Bernd Schumacher

Die Rückkehr der Hexe

Historischer Kriminalroman

cmz

Bibliografische Information der Deutschen Nationalbibliothek

Die Deutsche Nationalbibliothek verzeichnet diese Publikation in der Deutschen Nationalbibliografie; detaillierte bibliografische Daten sind im Internet über http://dnb.d-nb.de abrufbar.

Originalausgabe

An der Glasfachschule 48, 53359 Rheinbach
Tel. 02226-9126-26, Fax 02226-9126-27, info@cmz.de

Satz (Aldine 401 BT 11 auf 14,5 Punkt; Civilité Nr. 6)
mit Adobe InDesign CS5.5:
Winrich C.-W. Clasen, Rheinbach

Papier (Munken Print Cream 90 g mit 1,5 f. Vol.):
Grycksbo Paper AB, Grycksbo/Schweden

Umschlagbild:
Pieter Claesz (1596/97–1660), *Vanitas-Stilleben*, 1630;
Öl auf Leinwand, 39,5 × 56 cm; Mauritshuis, Den Haag

Umschlaggestaltung:
Lina C. Schwerin, Hamburg

Gesamtherstellung:
Livonia Print, Riga/Lettland

ISBN 978-3-87062-151-3

20140401

www.cmz.de

www.schumacher-rheinbach.de

Im Jahre 1654, achtzehn Jahre nach der letzten Hexenprozesswelle, erschüttern grauenhafte Morde die kleine Stadt Rheinbach am Rande der Eifel. Der scharfsinnige Dominikanerpater Philipus von der Velde, ein entschiedener Gegner der Hexenverfolgung, wird aus Köln entsandt, um die Verbrechen aufzuklären. Schnell ist eine Schuldige gefunden, die der Hexerei verdächtigte Wirtswitwe Appolonia Simons. Ihr droht der Scheiterhaufen. Die Suche nach dem wahren Mörder jedoch wird zu einem Wettlauf mit der Zeit.

Foto: Winrich C.-W. Clasen

Bernd Schumacher, Jahrgang 1952, ist verheiratet und lebt in Rheinbach. Er ist seit 1981 Lehrer am Staatlichen Berufskolleg Glas Keramik Gestaltung des Landes NRW Rheinbach. Seit über dreißig Jahren ist er außerdem Frontmann der Rheinbacher Rockgruppe »Tiebreaker«. »Die Rückkehr der Hexe« ist sein vierter Roman.

Bedorf
Weßeling
Lutstorf
Broick
Pinxesen
Bleßum
Walberg
S. Martin
Vrsel
N. Cassel
Tienelstorp
Sechtenem
Widick
Reyd
Bußfelt
Eschmar
Kulschen
Roesberg
Bornhem
Herßel
Mondorf
Swisterberg
Meternich
Nenckvehen
Alster
Menden
Waldorp
Mundorf
Kriegshouen
Viliche
HEYMERTSEN
Lessenich
Kirchen
Capellen
BONN
Reuuel
Kudikhouen
Hoenderberg Gulichs
und Colnichs
Guericht
O Castel
Dollendorf
Endenich
Buschouen
Kessenich
Morenhouen
Weterslich
Godelsberg
Poppelsdorff
Myll
Raetgien
Lutzenberg
Merll
Adendorf
Artdorp
Sommerberg
RYNBACH
Tomberg
Oadenfelt
Mensdorf
Vettelhoven
Boeling
Landors
Eckedorp
Offerich
Berestorp
REMAGEN
GREINDT
Mariendael
Dernha
Lohndorp
Laech
Neden Ech
Ramersbach
Vehu
ALDEN AHR
BRUGGEN
Beilstem
Valdorf
Resseling
Cassel
Durebach
Spirhart
Huennen
Dumpelfeld
Herresbach
Prachtiengen
Wemerum
Wehr

Karte des südlichen Teils des Erzstifts Köln und angrenzender Territorien (Ausschnitt), 1660; Stadtarchiv Rheinbach, Kartensammlung

Mein sind die Jahre nicht, die mir die Zeit genommen
Mein sind die Jahre nicht, die etwa möchten kommen
Der Augenblick ist mein
Und nehm' ich den in acht
So ist der mein
Der Jahr und Ewigkeit gemacht.

Andreas Gryphius (1616–1664)

Dramatis Personae

Rheinbach

Engelbert Schnehagen .... *Bürgermeister*
Reinhold Billig .... *sein Stellvertreter*
Anton Stotzheim .... *Vicarius, Pfarrer von St. Gregorius*
Heinrich .... *sein Hausknecht und Küster*
Wienand Hartmann* .... *ehemaliger Pfarrer*
Doktor Andreas Schweigel* .... *ehemaliger Vogt,*
als Zauberer 1636 hingerichtet
Appolonia Simons geb. Schweigel .... *Witwe, Wirtin und*
Schweigels Tochter
Severin und Siglinde .... *ihre Kinder*
Franziska Schulte .... *ihre Magd*
Catharina Hamecher .... *Kräuterfrau und Heilerin*
Franz Tondorff .... *Handwerker*
Gisela Tondorff .... *seine Frau*
Walter Fischenich .... *Handwerker*
Walter Eick* .... *Turmwächter*

Burg Lüftelberg, Flerzheim, Meckenheim

Heinrich Degenhardt Schall von Bell* ...... *Amtmann, Burgherr*
Johannes von Wartenberg .... *Burgverwalter und Falkner,*
Sohn des Bonner Hofrats
Mathias Reimberg .... *Pferdeknecht*
und rechte Hand des Verwalters
Doktor Adalbert Wiemann .... *Medicus*
Hermann Kramer .... *Bürgermeister von Meckenheim*
Jakob Schnitzler .... *Meckenheimer Bauer*
Gertrud Strom .... *Schwester des Schultheißen Augustin Strom †*
Margarethe Winssen .... *Frau des Meckenheimer Schultheißen*

Benediktiner Propstei, Remagen

Abt Willibert Weinsberg* . . . . *Vorsteher des Klosters*
Pater Misericordius . . . . *Mönch und Leiter des Hospitals*
Martin Koch* . . . . *ehemaliger Rheinbacher Gerichtsdiener*

Kurfürstlicher Gerichtshof, Köln

Johann Gelenius* . . . . *Gerichtsvorsitzender und Hofrat*
Ferdinand Schlebusch . . . . *sein Sekretarius*

Kurfürstlicher Gerichtshof, Bonn

Wilhelm von Wartenberg* . . . . *Propst des Cassiusstifts*
Doktor Kaspar Liblar* . . . . *Hexencommissarius*

Dominikanerkloster Heilig Kreuz, Köln

Prior Hubertus von Nideke* . . . . *Vorsteher des Klosters*
Pater Atanasius Gebour . . . . *Mönch und Bibliothekar*
Pater Philipus van der Velde . . . . . *Mönch und kurfürstlicher Ermittler*
Pater Rufus Seydensticker . . . . *Mönch und Leiter des Hospitals*

Hexentribunal Rheinbach (1636)

Doktor Jan Möden* . . . . *Hexencommissarius*
Bartholomäus Winssen* . . . . *Meckenheimer Schultheiß*
Augustin Strom* . . . . *Lüftelberger u. Flerzheimer Schultheiß*
Dietrich Halfmann* . . . . *vermögender Landwirt*
Melchior Steinbach* . . . . *Gerichts- und Amtsschreiber*
Jan Thyn* . . . . *Kaufmann*

Die mit einem Stern* versehenen Personen sind historisch nachweisbar.

Prolog

Köln, Dominikanerkloster Heilig Kreuz
16. November, Anno Domini 1654

Pater Atanasius bemühte sich, so leise wie möglich zu sein. Er wollte keinen seiner Mitbrüder in der ohnehin schon kurzen Nachtruhe stören. Schon bald würde sie die Glocke zum Angelusgebet aus dem Schlaf reißen. Trotzdem konnte er es nicht vermeiden, dass seine Schritte an den kahlen Wänden des langen Flures des Dormitoriums widerhallten. Er musste sich beeilen, wenn er seinem heftigen Harndrang noch rechtzeitig Erleichterung verschaffen wollte. Auch die Kräutermischung, die er sich im Hospital des Klosters gegen das »Alte-Männer-Leiden« besorgt hatte, verfehlte in der letzten Zeit ihre Wirkung. Wie schon vielen seiner älteren Mitbrüder würde auch ihm wohl zukünftig nichts anderes übrig bleiben, als nachts einen Eimer mit auf die Zelle zu nehmen, wenn er sich den Ausflug zur weit entfernten Latrinenanlage ersparen wollte.

Trotz seiner Eile hielt er plötzlich inne. Er hatte etwas Ungewöhnliches gehört, das aus einer der Klosterzellen zu seiner Linken zu kommen schien. Unruhig untersuchte er die nächstgelegenen Klausen. Als er die Quelle des Geräuschs gefunden hatte, legte er neugierig sein Ohr an die Zellentür und lauschte. Konsterniert zuckte er zusammen. Er konnte es zunächst nicht glauben. Deutlich meinte er gehört zu haben, wie Lederriemen auf nacktes Fleisch klatschten, begleitet von einem monotonen, gebetsartigen Sprechgesang. Noch einmal ging er nahe mit seinem Kopf an die Tür. Dann hatte Pater Atanasius keine Zweifel mehr: einer seiner Klosterbrüder vollführte den Akt der Selbstkasteiung. Er hatte noch nie davon gehört, dass dies jemals im Kloster Heilig

Kreuz geschehen war, zumal diese Art von Selbstzüchtigung von den Ordensoberen abgelehnt wurde. Er überlegte, wer die Zelle bewohnte. Dann fiel es ihm wieder ein: Es war Bruder Philipus. Bedächtig nickte er mit dem Kopf. Allmählich konnte er sich einen Reim darauf machen. Bei dem ansonsten so ruhigen und besonnenen Mitbruder war eine gravierende Veränderung eingetreten, nachdem er von seiner Ermittlungsreise in die Eifel zurückgekehrt war. Sollte er seinen Mitbruder am nächsten Tag auf seine Probleme ansprechen oder gleich Prior Hubertus zu Rate ziehen? Sein Harndrang meldete sich wieder mit unvermittelter Härte. Pater Atanasius rannte zum rettenden Abort.

Wieder klatschen die nassen Lederriemen auf den geschundenen Rücken des knienden Paters. Der Dominikanermönch war in eine meditative Verzückung geraten, so dass er die Schmerzen nicht mehr spürte. Seine verklärten Augen hafteten an dem schlichten Holzkreuz, das an der kahlen Wand seiner Klosterzelle hing. Unaufhörlich verließen die gleichen Sätze seine Lippen in einem liturgischen Gesang. »Oh Herr, verzeihe mir, dass ich an Deiner unendlichen Gnade und Güte gezweifelt habe und … gib mir weiterhin die Kraft, Dir gemäß den Statuten der heiligen Mutter Kirche zu dienen … und banne die Gedanken der Fleischeslust aus meinem sündigen Körper!«

Seit sechs Tagen wiederholte er diese Prozedur jede Nacht. Sie schien ihm der einzige Ausweg aus seinem Gewissenskonflikt und seiner Seelenpein zu sein. Jetzt war er mit seiner Kraft am Ende. Ein schwarzer Schleier legte sich über seine Augen. Langsam neigte sich sein Oberkörper nach vorne. Pater Philipus bekam nicht mehr mit, wie sein Kopf hart auf die Steinfliesen seiner Zelle aufschlug.

Drei Monate zuvor

Rheinbach am Rand der Eifel
10. August, Anno Domini 1654

Noch einmal drehte sich Franz Tondorff um und schaute auf seine Heimatstadt. Wegen der einsetzenden Dunkelheit war sie nur schemenhaft zu erkennen. Er beobachtete die blauschwarzen Wolken am Horizont, aus denen ab und zu immer noch bedrohlich einige Blitze zuckten. Erleichtert verfolgte er, wie die Gewitterfront über die Dörfer Flerzheim und Lüftelberg abzog. Bald würde sie den Rhein erreicht haben. Einerseits hatten alle Einwohner Rheinbachs eine Abkühlung herbeigesehnt, denn die Eifel glich nach der dreiwöchigen Hitzeperiode einem Glutofen, was vor allen Dingen die anstehende Ernteeinfuhr auf den Feldern zu einer Qual machen würde. Anderseits barg ein heftiges Gewitter immer die Gefahr eines Stadtbrandes. Aus diesem Grunde hatte Bürgermeister Schnehagen schon in der Frühe alle Männer angewiesen, sich für solch einen Fall bereitzuhalten, während die Frauen in der Kirche St. Gregorius unter der Anleitung des Vicarius durch eifrige Gebete Gottes Beistand vor dem nahenden Unwetter erflehten. Gottlob hatte Rheinbach das Unwetter ohne Schaden überstanden.

Franz Tondorff nutzte die allgemeine Erleichterung in der Bevölkerung, sich heimlich in der Dämmerung durch das Voigtstor aus der Stadt zu schleichen, um im nahen Stadtwald nach seinen Kaninchenfallen zu schauen. Obwohl Wilderei strengstens verboten war und drastische Strafen nach sich ziehen konnte, mussten etliche Männer Rheinbachs dieses Risiko eingehen, wenn sie ihre Familie ernähren wollten. Sein Beruf als Strohdecker bot Franz Tondorff nur ein bescheidenes Auskommen. Er spürte die nasse

Schnauze seines Schäferhundes an seiner rechten Hand. Der Hund hatte panische Angst vor Gewittern und suchte bei jedem Donnergrollen die Nähe seines Herrn.

»Ist ja gut, Tilly!«, beruhige Tondorff das unruhige Tier und strich ihm über den Kopf. »Das Wetter kann uns nichts mehr anhaben.« Er hatte seinen Hund nach dem berühmten kaiserlichen Feldherrn benannt, dem in den katholischen Landesteilen auch nach der Beendigung des Dreißigjährigen Krieges große Verehrung entgegengebracht wurde. Trotz der Furcht des Hundes hatte seine Frau nach den fürchterlichen Todesfällen, die sich in den letzten Tagen in der Umgebung Rheinbachs zugetragen hatten, darauf bestanden, dass er nicht ohne seine Begleitung am Abend die Sicherheit der Stadtmauer verließ.

Franz Tondorff hatte jetzt den Waldrand erreicht und durchquerte in geduckter Haltung das hohe Buschwerk, das den Wald zu den bewirtschafteten Feldern abgrenzte. Die Blätter der Büsche, die den Gewitterregen gierig aufgesogen hatten, benetzten seine Kleider. Aber nach der Schwüle des Tages empfand Tondorff dies als angenehme Abkühlung. Etwas mulmig war ihm allerdings zu Mute, als er den Nebel sah, der nach dem Regen wie eine Wand zwischen den Bäumen des Mischwaldes emporstieg. Franz Tondorff besiegte seine Furcht und tauchte in die Nebelwand ein. Er wusste, dass er sich beeilen musste, wenn er seine Fallen noch vor der Dunkelheit finden wollte. Vorsichtig tastete er sich durch das Unterholz des Waldes, das knackend unter seinen Füßen nachgab, und orientierte sich an einigen markanten Bäumen, an die er sich durch das häufige Aufsuchen seiner Fallen erinnerte. Ab und zu blieb er lauschend stehen und achtete darauf, dass Tilly in seiner Nähe blieb. Die befremdlichen Geräusche im nächtlichen Wald waren ihm trotzem unheimlich. Als er an ein kleines Rinnsal kam, das sich seinen Weg über den Waldboden suchte, wusste er, dass er auf dem richtigen Weg war. In wenigen Schritten musste er den Kaninchenbau, vor dem er seine Schlingfalle ausgelegt hatte, erreicht haben. Nachdem er den Wasserlauf mit einem Sprung überquert hatte, hielt er an. Plötzlich überfiel ihn ein eigenartiges Gefühl, das ihm Angst machte. Instinktiv suchte seine Hand nach seinem Hund, der ebenfalls stehengeblieben war und witternd seinen Kopf aufgerichtet hatte. Eine bedrohliche Ruhe hatte sich über den Wald gelegt. Tondorff schaute in die Wipfel der Bäume, denn er meinte ein sonderbares Pfeifen und Rauschen in der Luft zu hören. Auch Tilly schien es bemerkt zu haben, denn aus seiner Kehle drang ein grollendes Knurren.

Wenige Augenblicke später zerrissen laute Schreie die Stille des Waldes. Sie waren so grässlich, dass Tondorff auf die Knie ging und seine Ohren zuhielt. Als er, am ganzen Leibe zitternd, nach einer Weile die schützenden Hände wegnahm, hörte er die Schreie noch immer. In panischer Angst rappelte er sich auf und stolperte gehetzt davon. Seine Flucht war so kopflos, dass er einige Male strauchelte, bevor er endlich den Waldrand erreichte. Er hastete noch einige Schritte auf das Feld hinaus, bevor er völlig entkräftet zu Boden fiel.

Nach einiger Zeit hob er den Kopf und blickte nach Rheinbach. In der Zwischenzeit war es so dunkel geworden, dass er die Umrisse seines Heimatortes in der Ferne nur erahnen konnte.

»Nur noch einen kurzen Augenblick zu Atem kommen, Tilly«, sagte Franz Tondorff keuchend, »und dann nichts wie weg von hier!« Torkelnd kam er wieder auf die Beine, als er merkte, dass sein Hund nicht in seiner Nähe war. Seine Augen suchten die Umgebung ab. »Tilly«, rief er mit unterdrückter Stimme, »wo bist du? Komm zu mir!«

Tondorff wartete einige Augenblicke angespannt. Aber sein Hund war wie vom Erdboden verschwunden. Vorsichtig schlich er an den Waldrand zurück und rief immer wieder in den Wald hinein. Aber Tilly meldete sich nicht. Fünf bange Minuten wartete er noch. Dann drehte er sich um und trat schweren Herzens den Heimweg nach Rheinbach an. Doch schon nach wenigen Schritten plagte ihn sein Gewissen, und er blieb stehen. Ihm fiel es schwer, seinen treuen Gefährten so einfach im Stich zu lassen.

Einige Momente kämpfte er noch mit sich. Doch dann erwies sich die Liebe zu seinem Hund größer als die Angst vor den entsetzlichen Geschehnissen im Wald. Tondorffs Blick ging zum Himmel. Dann faltete er seine Hände.

»Lieber Gott, ich lege mein Leben vertrauensvoll in Deine Hände«, betete er, »beschütze mich vor den Dämonen des Waldes!«

Er atmete noch einmal kräftig durch. Dann machte er sich auf den Weg. Als er die Büsche am Waldrand durchquerte, stellte er mit Erleichterung fest, dass der Himmel wolkenlos war, so dass die Sterne und die Sichel des Mondes ihm ein wenig Sicht verschafften. Außerdem hatten sich die Nebelbänke zwischen den Bäumen durch die klare Luft gelichtet. Obwohl er sich stetig Mut zusprach, klopfte ihm das Herz bis zum Hals. Noch einmal verharrte er und lauschte in die Dunkelheit. Gottlob … die furchtbaren Schreie waren nicht mehr zu hören. Dann schlich er im Schutz der Bäume in den Wald hinein. Als er die Stelle erreicht hatte, an der er Tilly das letzte Mal gesehen hatte, blieb er stehen. Angestrengt suchten seine Augen die Umgebung ab. Da hörte er plötzlich lautes Gebell.

Ihm fiel ein Stein vom Herzen. Es war Tilly. Wieder nahm er allen Mut zusammen und hastete in die Richtung, aus der er seinen Hund gehört hatte. Bald erreichte er eine kleine Lichtung, auf der er trotz des diffusen Lichtes seinen Hund erkennen konnte. Aufgeregt lief Tilly hin und her.

Als Tondorff näher kam, sah er, dass der Hund winselnd um eine Gestalt herumlief, die am Boden lag. Mit vorsichtigen Schritten bewegte sich Tondorff auf sie zu. Als er nahe genug war, erschrak er. Es war die alte Cath, seine Nachbarin, die er anhand ihrer Kleidung erkannt hatte. Er beugte sich über sie und zuckte zusammen. Der Körper der alten Frau war mit blutenden Wunden übersät.

Franz Tondorff entfuhr ein heiserer Schrei. Das Gesicht der alten Cath war nicht mehr zu erkennen. Ihre Augen waren aus ihren Höhlen verschwunden, der Rest nur noch eine blutige Masse.

Die Frau bewegte sich.

»Cath!«, rief Tondorff ängstlich. »Was ist?«

Die alte Frau öffnete ihre blutigen Lippen. »Hinweg mit euch … ihr Dämonen der Hölle«, krächzte sie wie von Sinnen, »seid ihr noch immer da?« Sie richtete ihren Kopf ein wenig auf und versuchte etwas zu sagen. Aber sie brachte nur noch unverständliche Laute hervor. Mit einem Röcheln sank ihr Kopf wieder nach hinten.

»Cath … Cath …«, flüsterte Franz Tondorff verzweifelt, »sprich mit mir … was ist passiert?« Als er merkte, dass seine Nachbarin ihm nicht mehr antworten würde, nahm er ihre Hand und sagte: »Halte durch! Ich hole Hilfe!«

Köln, Kurkölnisches Hofgericht
14. August, Anno Domini 1654

Das wummernde Dröhnen der Glocken des Kölner Doms ließ die Scheiben des Raumes vibrieren. Der Vorsitzende des Kölner Hofgerichts schaute nach draußen. Er konnte sich immer noch nicht satt sehen an den mächtigen Türmen dieses prächtigen Kirchenbaus, auf den jeder Kölner Stolz war. Sehnlichst hatte er die Glockenklänge erwartet, kündeten sie doch von zwölf Uhr und der Zeit, in einem der nahen Brauhäuser das Mittagessen einnehmen zu können. Dafür war dort schon seit Jahren für ihn und seine Gerichtsmitglieder eigens ein abgetrennter Raum reserviert.

Er knöpfte sich die Hose zu, denn er hatte es sich zur Gewohnheit gemacht, während der Arbeit am Schreibtisch die beiden obersten Knöpfe seiner Beinkleider zu öffnen, damit ihn sein mächtiger Bauch nicht so sehr drückte. Mühsam erhob er sich.

»So, Ferdinand«, sagte er zu seinem Sekretarius, »das wäre geschafft. Ich meine, jetzt haben wir uns eine gute Portion Hämmchen mit Sauerkraut verdient!«

»Noch nicht ganz«, druckste Ferdinand Schlebusch herum. Er wusste, wie ungehalten sein Vorgesetzter reagieren konnte, wenn er hungrig war. »Da ist heute Morgen noch eine Eingabe aus der Eifel hereingeflattert.« Er hob ein Schriftstück hoch und wedelte damit durch die Luft.

»Von wem ist sie?«, fragte Johann Gelenius missmutig und nahm wieder Platz.

»Von Amtmann Schall von Bell!«

»Und … was will er?«

Der Sekretarius setzte sich noch einmal die Brille auf die Nase und las sich das Schreiben durch. »Er meint, in Rheinbach gingen wieder Hexen und Zauberer um, und das Volk verlange nach einem Hexencommissarius.«

Gelenius verzog das Gesicht. »Was ist genau passiert?«

Noch einmal schaute Ferdinand Schlebusch in den entsprechenden Passus des Schriftstückes. »Wenn ich den Brief richtig verstehe, sind dort wohl in den letzten Tagen mehrere Morde begangen worden!«

Johann Gelenius überlegte. Dann schlug er mit beiden Händen auf den Schreibtisch. »Hört das denn nie auf, dass das dumme Volk gleich hinter jedem Verbrechen und allen anderen Ungereimtheiten Hexenwerk vermutet? Da sind wir froh, dass wir endlich die lodernden Scheiterhaufen aus fast ganz Kurköln verbannt haben, da schreit das einfältige Gesindel schon wieder nach einem Hexencommissarius!« Der Hofrat stierte auf den Schreibtisch.

»Können wir denn nicht vielleicht«, nuschelte der Sekretarius durch seine schlechten Zähne, »den Dominikaner dorthin schicken?«

Der Hofrat schaute auf. Dann erhellte sich seine Miene. »Schlebusch!«, polterte er los. »Manchmal sind Sie doch zu was zu gebrauchen! Es gefällt mir zwar nicht, den klugen Kopf nicht mehr in Köln zu wissen, aber für einige Tage können wir ihn entbehren.« Gelenius stand wieder auf und drängte seinen übergewichtigen Körper am Schreibtisch vorbei. »Lassen Sie nach Pater Philipus schicken und machen Sie die Papiere fertig!«, sagte er und nahm seinen Hut von der Garderobe. »Ich werde sie gleich nach dem Mittagsmahl unterschreiben.« Dann verließ er das Zimmer.

Missmutig blieb Ferdinand Schlebusch zurück. Hätte er doch nur seinen Mund gehalten. Jetzt war er um die verdiente Mittagspause gebracht.

Burg Lüftelberg
15. August, Anno Domini 1654

Der Dominikanerpater trieb Aphrodite noch einmal mit einem kräftigen Schenkeldruck an, als er das stattliche Burghaus vor sich liegen sah. Auch wenn der Ritt von Köln in die Eifel anstrengend gewesen war, hatte er ihn doch genossen.

Noch gestern Abend hatte er sich in die Stallungen des kurfürstlichen Palastes begeben, um sich ein Pferd für seine Reise auszusuchen. Es war Liebe auf den ersten Blick, als er die Schimmelstute sah. Als sie ihre Nüstern an seinen Körper rieb, wusste er, dass ihre Zuneigung auf Gegenseitigkeit beruhte. Es war schon einige Zeit her, seit er das letzte Mal auf einem Pferd gesessen hatte. Mit etwas Wehmut erinnerte er sich daran, dass er in seiner Jugend auf dem Landsitz seiner Familie viele Stunden in den Pferdeställen verbracht hatte. Sein Vater war als Marstall des Bischofs von Kleve ein Angehöriger des Niederadels gewesen und hatte sehr darauf geachtet, dass seine drei Söhne eine gute militärische Ausbildung genossen, zu der vor allen Dingen Reiten und Fechten gehörte. Ihm war schließlich als Jüngstem der Brüder nur die Laufbahn eines Geistlichen geblieben.

Sein Blick schweifte über das Burghaus hinweg zu einer Kirche am Rande des Dorfes. Pater Philipus lächelte. Er wusste, dass in ihr die Gebeine der heiligen Lüfthildis verehrt wurden. Nicht nur wegen seines Gespräches mit dem Hausherrn der Burg, dem Amtmann Schall von Bell, sondern auch wegen der Heiligen hatte sich der Pater entschlossen, zunächst Lüftelberg aufzusuchen, bevor er weiter nach Rheinbach ritt. Er wollte unbedingt an ihrem Grab beten und ihre Hilfe erflehen, bevor er seine Untersuchungen aufnahm.

Als er über die Felder in Richtung Burg ritt, beobachtete er, wie die Bauern des Dorfes das Sommergetreide einbrachten. Mit Genugtuung stellte er fest, dass die Ernte nach den schrecklichen Hungersnöten, die noch vor einigen Jahren das Rheinland heimgesucht hatten, dieses Mal üppig ausfiel. Er parierte Aphrodite vom leichten Trab in den Schritt, als er das Burgtor passierte. Im Innenhof hielt er an und betrachtete zunächst das Anwesen. Bewundernd stellte er fest, dass sich sowohl das Herrenhaus als auch die angrenzenden Wirtschaftsgebäude in einem äußerst gepflegten Zustand befanden.

Als er vom Pferd glitt und seine vom langen Ritt steif gewordenen Glieder reckte, bemerkte er eine Person, die mit federnden Schritten aus einem der Ställe auf ihn zu kam. Pater Philipus schätzte den Mann, dessen drahtige Figur ganz in Leder gekleidet war, in seinem Alter. An seinem rechten Arm trug er eine lederne Schutzmanschette. Er erinnerte sich, dass sie Falkner zum Schutz vor den Krallen der Raubvögel anlegten.

»Willkommen auf Burg Lüftelberg!«, sagte der Mann und lächelte freundlich. »Ich nehme an, Sie sind der Hexencommissarius, auf den der Amtmann schon so sehnsüchtig wartet!«

Der Mönch stutzte. Dann lächelte er und reichte dem Mann die Hand. »Nein, nein«, sagte er, »mein Name ist Pater Philipus van der Velde. Ich komme aus dem Dominikanerkloster Heilig Kreuz in Köln.«

»Dann sind Sie also nicht wegen der schrecklichen Vorfälle hier in der Gegend?«, fragte sein Gegenüber und schüttelte herzlich die dargebotene Hand.

»Doch, doch«, entgegnete der Pater, »aus diesem Grund hat man mich hierhin geschickt. Und … mit wem habe ich das Vergnügen?«

»Oh, entschuldigen Sie. Ich habe mich noch gar nicht vorgestellt«, der junge Mann deutete eine leichte Verbeugung an, »Johannes von Wartenberg. Ich bin der Verwalter der Gutsherrschaft!«

»Mein Respekt«, sagte der Pater und ließ seinen Blick noch einmal anerkennend über das Anwesen schweifen. »Sie scheinen Ihre Arbeit zu verstehen – alles ist in einem tadellosen Zustand!«

»Danke für die freundlichen Worte«, erwiderte von Wartenberg. »Es ist zwar sehr viel Arbeit. Aber ich mache sie gerne.« Mit einem Wink zum Herrenhaus fuhr er fort: »Kommen Sie! Ich bringe Sie jetzt zum Amtmann. Außerdem brauchen Sie bestimmt eine Stärkung!«

»Danke«, erwiderte Pater Philipus bescheiden und klopfte sich den Reisestaub aus der Kutte. »Es wäre mir schon recht, wenn ich etwas zu trinken haben könnte. Zuvor muß jedoch mein Pferd versorgt werden.«

»Natürlich«, antwortete von Wartenberg, »ich gehe einmal kurz in den Stall hinüber und schaue, ob sich jemand darum kümmern kann.« Der Burgverwalter lief über den Hof und verschwand in einem der Gebäude. Kurz darauf erschien er in Begleitung eines älteren, aber drahtigen Mannes. »Das ist Mathias Reimberg, meine rechte Hand, und der erfahrenste Pferdeknecht auf Gottes weitem Erdenrund!« Johannes klopfte seinem Begleiter auf die Schulter.

»Da hat Aphrodite ja Glück gehabt«, entgegnete der Pater und reichte dem Knecht die Hand.

»Ein schönes Tier, das Sie da haben«, stellte der Pferdekenner anerkennend fest und klopfte der Stute auf den Rücken. Dann nahm er die Zügel und zog Aphrodite hinter sich her. Brav folgte sie dem Pferdeknecht in den Stall.

Die beiden Männer sahen den beiden nach. Dann stiegen sie die Treppe zum Herrenhaus hoch.

»Bemerkenswert, dass Sie den weiten Weg von Köln geritten sind!«, sagte von Wartenberg bewundernd. »Es ist doch eher ungewöhnlich, dass ein Mönch zu Pferd daher kommt.«

»Ich bin nicht immer Geistlicher gewesen«, entgegnete der Pater forsch und folgte dem Gutsverwalter durch die mächtige Eingangstür ins Haus. »In meiner Jugend habe ich viel Zeit auf dem Pferderücken verbracht. Ich habe den Ritt hierhin genossen!«

Von Wartenberg steuerte durch den sparsam möblierten Eingangsbereich auf eine mit Ornamenten verzierte Flügeltür zu. Kurz bevor er sie erreicht hatte, öffnete sie sich, und es erschien eine üppige Magd mit einem weißen Kopftuch. In ihren Händen trug sie einen Eimer. »Na, Margarethe, wie ist denn die Laune des gnädigen Herrn?«, fragte von Wartenberg.

Die Magd verdrehte die Augen. »Sie wissen doch, wie seine Stimmung ist, wenn ihn das Zipperlein plagt.«

»Schlimmer als gestern kann die Gicht doch wohl nicht sein!«, erwiderte der Verwalter lächelnd.

»Sie werden's schon sehn«, flüsterte die Magd, denn von Wartenberg hatte die Tür schon geöffnet. Er gab dem Dominikanerpater mit einer Kopfbewegung zu verstehen, dass er ihm folgen sollte.

Als Pater Philipus das große, saalartige Zimmer betrat, zog ihn zunächst die Wandbekleidung mit dunklem Holztafelwerk, welche den Raum wie einen altertümlichen Rittersaal aussehen ließ, in seinen Bann. Dann schweifte sein Blick zu einem großen Eichentisch am hinteren Ende des Saals, an dem ein fülliger, kahlköpfiger Mann in einem weißen, mit Rüschen besetzten Seidenhemd saß. Seine Hosen hatte er bis zu den Knien hochgekrempelt, weil seine Beine in einem Waschzuber standen. »Margarethe!«, brüllte er der Magd hinterher, »vergiss ja nicht, nach dem Doktor zu schicken, dass er mich heute Abend zur Ader lässt!«

Noch einmal erschien der Kopf der Magd in der Tür. »Nein, mein Herr. Ich werde es schon nicht vergessen«, rief sie und zog die Tür hinter sich zu.

Erst jetzt nahm der alte Amtmann mit seinen wässrigen Augen den Gast zur Kenntnis. Eingehend musterte er den Dominikaner. Dann grummelte er unfreundlich: »Na, Johannes, was bringst du mir denn da für ein Pfäfflein?«

»Das ist Pater Philipus von den Dominikanern in Köln, Herr Amtmann!«, antwortete der Verwalter.

»Und was will er?«

»Man hat ihn geschickt, um die Vorfälle hier in der Gegend zu untersuchen!«

»Vorfälle!«, brauste der Amtmann auf und bewegte dabei seine Füße mit schmerzverzerrtem Gesicht im heißen Wasser. »Das sind keine Vorfälle. Das ist ausgemachtes Hexenwerk! Wen schickt mir der Gelenius vom Hofgericht denn da? Die Sache braucht einen juristisch ausgebildeten Hexenkommissar!« Einen Moment holte er Luft. Dann stand er auf und schrie mit puterrotem Kopf weiter. »Der Teufel und seine Kumpanen massakrieren hier einen nach dem anderen auf entsetzlichste Weise, so dass sich kein Mensch mehr abends aus dem Hause traut, und was schickt mir da Kurköln? Einen Mönch! Hätte ich doch bloß nicht auf Schnehagen gehört und beim Hofgericht in Bonn nachgefragt!«

Pater Philipus war ganz ruhig geblieben. Er wartete, bis sich der Tobende wieder hingesetzt hatte. Dann sagte er mit leiser Stimme. »Vielleicht lesen Sie zunächst einmal das Empfehlungsschreiben des Hofgerichtsvorsitzenden, bevor Sie sich weiter ereifern, Herr Schall von Bell!« Der Dominikanerpater zog das Schreiben aus der Kutte und legte es auf den Tisch.

Widerstrebend nahm der Amtmann das Schriftstück auf. Dann griff er mit seinen fleischigen Fingern nach seiner Brille und setzte sie auf. Mit düsterer Miene überflog er das Schreiben. »Ein scharfsinniger Kopf sollen Sie also sein«, sagte Schall von Bell mit einem spöttischen Unterton. »Als einen ausgezeichneten Logiker beschreibt Gelenius Sie hier.« Er hob den Kopf und schaute den Mönch durchdringend an. »Wie und wo haben Sie diese Fähigkeiten denn schon bewiesen?«

»Mir ist es gelungen, schon mehrere Todesfälle in Köln aufzuklären«, entgegnete der Pater. »Zunächst in unserem Kloster. Später hat mich das Hofgericht auf Empfehlung meines Priors auch zu anderen Verbrechen hinzugezogen.«

»Verbrechen im Kloster? Gibt es sowas auch?«, fragte der Amtmann amüsiert. »Nennen Sie mir ein Beispiel!«

»Eigentlich sollte diese Geschichte hinter den Klostermauern bleiben. Aber da sie in Köln durch die Indiskretion meiner Mitbrüder schon jeder kennt, erzähle ich sie Ihnen: Es ging um einen Eifersuchtsmord wegen einer widernatürlichen Liebesbeziehung zwischen meinen Mitbrüdern.«

»Ha! Sagte ich es doch!«, brüllte der Amtmann und schlug sich vor Vergnügen auf den Oberschenkel. »Die hinter den Klostermauern, die treiben es am Schlimmsten!«

Der Mönch schaute zur Seite und tat so, als hätte er die Bemerkung überhört.

»Aber nein, Pater Philipus!«, polterte Schall von Bell wieder los. »Hier bei uns ist die Sachlage ganz klar. Da brauchen wir keinen Ermittler. Diese Taten können nur Ausgeburten der Hölle ausgeführt haben. Ich habe die Opfer selber gesehen. Kein normaler Mensch ist in der Lage, jemand auf so bestialische Weise umzubringen!«

»Sie glauben gar nicht, wozu der normale Mensch in der Lage ist«, widersprach der Dominikanermönch gelassen. »Schauen Sie doch nur an, wozu er im Dreißigjährigen Krieg im Stande war!«

Der Amtmann ließ sich nicht umstimmen und schüttelte den Kopf. »Glauben Sie mir! Ich weiß Bescheid«, fuhr er fort. »Wir hatten das letzte Mal vor achtzehn Jahren mit solchem Teufelsgezücht hier in der Gegend zu tun. Nachdem wir reichlich davon verbrannt hatten, prophezeite mir der damalige Hexencommissarius Jan Möden, dass sich die Brut in Rheinbach versteckt halte und nur darauf warte, wieder loszuschlagen! Er hat leider recht behalten!«

»Ich sage ja nicht, dass es nicht so sein kann«, versuchte Pater Philipus den Amtmann zu beschwichtigen. »Vielleicht hat der Teufel wirklich seine Hand im Spiel. Aber lassen Sie mich die Sache erst einmal untersuchen, bevor wir nach dem Hexencommissarius rufen!«

Schall von Bell überlegte einen Moment. Dann nahm er einen seiner Füße aus dem Zuber und massierte ihn. »Ich weiß zwar nicht, warum die Herren in Köln sich so davor scheuen, die Teufelsbrut zu verbrennen«, sagte er mit schmerzverzerrtem Gesicht, »aber meinetwegen. Meinen Segen haben Sie. Untersuchen Sie die Sache!«

Der Dominikanerpater war froh, dass er das Gespräch jetzt auf eine sachliche Ebene gelenkt hatte. »Um wie viele Todesopfer handelt es sich mittlerweile?«, fragte er.

Schall von Bell sah hilfesuchend seinen Verwalter an. »Mit der alten Frau aus Rheinbach, die vor fünf Tagen zu Tode gekommen ist …«

»… sind es jetzt vier«, half Johannes von Wartenberg dem Amtmann auf die Sprünge.

»Sehen Sie! Es gibt nichts, was Johannes nicht weiß«, lobte der Burgherr seinen Verwalter. »Aber nähere Auskünfte über die Todesfälle können nur Bürgermeister Schnehagen und der Vicarius Stotzheim in Rheinbach geben! Ich nehme an, Sie werden im Pfarrhaus übernachten?«

Pater Philipus nickte.

Der Amtmann gab zu verstehen, dass er das Gespräch beenden wollte. »Johannes, geleite den Pater nach draußen und sorge dafür, dass die Küche ihn anständig verköstigt, bevor er weiter nach Rheinbach reist!«

Der Verwalter machte eine leichte Verbeugung und verließ mit dem Mönch den Raum.

»Übrigens, Johannes«, rief Schall von Bell seinem Verwalter hinterher, »zeige unserem Gast auch unsere Falkenzucht!« Die Art und Weise, wie der Amtmann das sagte, verriet, dass sie wohl sein ganzer Stolz war.

Pater Philipus war von der Anmut und Schönheit der Vögel begeistert. Mit leuchtenden Augen schaute er in das Gehege, in dem die Vögel majestätisch auf ihren Holzpfosten saßen. »Wie viele Jagdvögel haben Sie insgesamt?«, fragte er Johannes.

»Fünf!«, antwortete der Falkner. »Hier in diesem Käfig befinden sich die drei kleineren Greifvögel! Zwei Habichte und …«

»… ein Wanderfalke!«, beendete der Dominikanerpater den Satz.

»Sie scheinen sich ja auszukennen«, zeigte sich der Falkner überrascht.

»Neben den Pferdeställen meines Vaters gab es eine Falknerei, die ich in meiner Kindheit oft besucht habe. Daher weiß ich ein wenig darüber Bescheid.«

»Dann kommen Sie einmal mit zum nächsten Gehege! Da werden Sie staunen!«, sagte Johannes geheimnisvoll.

Der Pater folgte ihm. Als sie es erreichten und Pater Philipus hineinsah, war er überrascht. »Ein weißer Gerfalke!«, sagte er bewundernd.

»So ist es«, flüsterte der Verwalter und fuhr mit Pathos in der Stimme fort: »›Falco rusticanus‹, die weltweit größte Falkenart. Sein Name ist Omar. Er stammt aus der Zucht des Emirs von Tunis und ist ein Geschenk an den Kurfürsten. Dieser hat ihn seinerzeit dem Amtmann zum Abrichten übergeben.«

Die Augen des Mönchs konnten sich gar nicht von dem wunderschönen Tier lösen, als er schon von Johannes aufgefordert wurde weiterzugehen. »Schauen Sie erst einmal dorthin!«, sagte der Falkner stolz und deutete auf die linke Seite des Geheges.

»Das glaube ich nicht!«, entfuhr es Philipus.

»Doch, Sie sehen richtig!«, sagte Johannes. »›Aquila chryseatos‹, ein Steinadler. Der König aller Greifvögel!«

Als das mächtige Tier die beiden Männer sah, wurde es unruhig. Es ließ ein lautes Krächzen vernehmen, machte einige Trippelschritte mit seinen Krallen auf der hölzernen Plattform und spannte seine Flügel auf.

»Wie sind seine Maße?«, wollte der Mönch wissen, wobei ihn die dunkelbraunen Vogelaugen durchbohrend anstarrten.

»Es ist ein Weibchen, und sie heißt Amalie. Sie hat eine Körperlänge von über zwei Ellen, und ihre Flügelspannweite beträgt nahezu fünf.«

Pater Philipus hatte einmal gehört, dass dieser mächtige Vogel in den Alpen sogar Steinböcke und Wölfe erbeutete. Als er die riesigen Krallen und die Größe des spitz nach unten gebogenen Schnabels sah, konnte er das verstehen. »Nehmen Sie ihn auch mit auf die Jagd?«, fragte der Dominikaner.

»Natürlich. Ich nehme alle Tiere mit. Sie sorgen für eine abwechslungsreiche Küche.«

»Das glaube ich Ihnen gerne«, antwortete der Pater lächelnd und dachte an das köstliche Wildkaninchen, das man ihm eben in der Küche serviert hatte.

»Der Amtmann ist wegen seiner Gebrechen leider nicht mehr in der Lage, seiner großen Jagdleidenschaft nachzukommen. Wie wäre es? Haben Sie nicht einmal Lust, mich auf der Falkenjagd zu begleiten?«

»Wenn es meine Zeit hier erlaubt, komme ich gerne noch einmal auf Ihr Angebot zurück«, sagte Pater Philipus ausweichend. Er bewunderte die stolzen Tiere zwar, aber an einer blutigen Tierhatz war ihm nichts gelegen.

Eine halbe Stunde später befanden sich die beiden Männer im Hof der Burganlage und verabschiedeten sich voneinander. Pater Philipus hatte schon sein Pferd bestiegen.

»Ich wünsche Ihnen eine erfolgreiche Untersuchung in Rheinbach!«, sagte Johannes von Wartenberg und reichte dem Dominikanerpater die Reisetasche auf das Pferd.

»Herzlichen Dank! Aber ich möchte noch am Grab der heiligen Lüfthildis beten, bevor ich mich auf den Weg mache«, sagte der Mönch und befestigte die Tasche mit einem Lederriemen am Sattel.

Der Verwalter überlegte einen Moment. »Warten Sie!«, sagte er. »Ich hole mein Pferd und begleite Sie. Auch ich gehe täglich zur Kirche und verrichte bei der Heiligen mein Gebet!«

»Es wäre mir eine Ehre«, antwortete der Pater erfreut.

Als er wenige Minuten später neben dem Burgverwalter am Grabe der Heiligen kniete und ihn aus den Augenwinkeln beten sah, wusste er, dass Johannes von Wartenberg nicht nur ein äußerst fähiger Verwalter und Falkner, sondern auch ein frommer und gottesfürchtiger Mann war.

Es war schon später Nachmittag, als der Gesandte des kurkölnischen Hofrats am östlichen Rheinbacher Stadttor anlangte und den Torwächter um Einlass bat. Von dem etwas höher gelegenen Lüftelberg hatte er sich auf seinem Ritt nach Rheinbach einen guten Überblick über sein Reiseziel verschaffen können. Schon von weitem konnte er sehen, dass der Ort ringsum von reich angebauten Feldern und Obstplantagen umgeben war. Hinter ihm, in südlicher Richtung, erhoben sich die ersten Eifelhöhen mit ihren mächtigen Eichen- und Buchenbeständen. Auch im Dominikanerkloster hatte er schon einige Informationen über den Ort, in dem er seine Untersuchungen anstellen sollte, eingeholt. Einige Mitbrüder kannten die kleine Stadt von früheren Inspektionsreisen. Dabei hatte Pater Philipus erfahren, dass der unter Kurkölner Kontrolle stehende Ort nicht durch den Dreißigjährigen Krieg in Mitleidenschaft gezogen war. Daher konnte er durch eine gut florierende Landwirtschaft, Handel, blühendes Tuchhandwerk und Gerbereiwesen zu einigem Vermögen kommen. Somit waren die Stadtväter auch in der Lage gewesen, Rheinbach durch den Ausbau der Befestigungen zu einer wehrhaften Stadt zu machen, die durch einen breiten Wassergraben und hohe Mauern umschlossen war. Davon konnte sich Pater Philipus nun mit eigenen Augen überzeugen, als er sich seinem Ziel näherte. Er zählte nicht weniger als sieben Wehrtürme; dazu kamen noch die beiden Türme der Burg, die der Ort an seinem südöstlichen Ende in seinen Mauern beherbergte. Außerdem fiel dem Pater sogleich auf, dass Rheinbach mit zwei Kirchen gesegnet war, denn zwei Kirchtürme überragten die Häuser und waren schon aus der Ferne zu erkennen.

»Wer da?«, erklang eine barsche Stimme aus der obersten Fensterluke über dem mit einem Fallgitter verschlossenen Stadttor.

Der Dominikanermönch blinzelte angespannt gegen die untergehende Sonne nach oben. Dann formte er mit den Händen einen Trichter und rief laut: »Pater Philipus vom Kloster Heilig Kreuz in Köln bittet um Einlass!«

Kurz darauf erschien das Gesicht des Torwächters, das den Dominikaner an ein Wiesel erinnerte, im Turmfenster. »Und was sucht ein Mönch zu Pferd um diese Uhrzeit vor den Toren Rheinbachs?«, schallte es von oben herunter.

»Ich bin Gesandter des Kurkölnischen Hofgerichts und soll die Todesfälle in dieser Gegend untersuchen.«

»Aha, endlich! Der Hexencommissarius! Warten Sie!«

»Ich bin nicht der …«, Pater Philipus wollte das Missverständnis klarstellen. Doch er sah, dass der Wächter schon den Kopf aus der Luke gezogen hatte. Kurze Zeit später wurde das Fallgitter mit knarrenden Geräuschen nach oben gezogen. Der Pater stieg vom Pferd, schritt durch das Tor und führte Aphrodite hinter sich her.

Auf der anderen Seite wurden sie bereits vom Torwächter erwartet, der in großer Eile die Treppen des Turmes hinabgestiegen sein musste. Seine Landsknechtkleidung und zahlreiche Narben im Gesicht verrieten, dass er einem der vielen Söldnerheere des Dreißigjährigen Krieges entstammte und wohl in Rheinbach eine Anstellung in der Stadtwache gefunden hatte. Als Ausdruck seiner Autorität hielt er eine Hellebarde in der rechten Hand. »Es ist gut, dass Sie dem Höllenspuk hier endlich ein Ende bereiten«, sagte er und stützte sich dabei auf seine Waffe. »Seit dem grässlichen Tod der alten Cath traut sich keiner mehr aus der Stadt!«

»Ist das auch der Grund, warum die Tore schon so früh geschlossen sind?«, wollte der Pater wissen.

»Bürgermeister Schnehagen hat es so angeordnet«, antwortete der Kriegsveteran, »obwohl die Morde alle außerhalb der Stadt passiert sind. Er meinte: Sicher ist sicher!«

»Da hat er recht, euer Bürgermeister«, lächelte der Dominikanermönch. »Können Sie mir sagen, wo ich das Haus des Vicarius finde?«

»Aber natürlich!« Der Torwächter deutete in Richtung Stadtmitte. »Der Pfarrer wohnt genau gegenüber der Kirche St. Gregorius. Sie können das Haus nicht verfehlen!«

»Ich danke Ihnen, Herr …?« Der Pater schaute den Wächter fragend an.

»Eick, Walter Eick!«, stellte sich der alte Soldat mit einer Verbeugung vor.

»Ich nehme an, wir werden uns in den nächsten Tagen noch des Öfteren sehen«, sagte Pater Philipus und zog sein Pferd stadteinwärts hinter sich her.

»Das wird sich wohl nicht vermeiden lassen, wenn Sie die Stadt durch dieses Tor verlassen wollen!«, lachte der alte Landsknecht dem Geistlichen hinterher.

Kurze Zeit später hörte Philipus, wie das Fallgitter des Stadttors wieder herabrasselte.

Als der Dominikaner die Straße, die die beiden Haupttore Rheinbachs verband, an der Fachwerkfront der angrenzenden Häuser vorbei in Richtung Kirche hinaufging, fiel ihm auf, dass eine gespenstische Ruhe herrschte. Niemand befand sich auf der Straße. Nur die Geräusche der arbeitenden Menschen aus den Hinterhöfen der Häuser bewiesen, dass Rheinbach bewohnt war. Die Vorfälle in den letzten Tagen schienen eine lähmende Angst in der Bevölkerung hervorgerufen zu haben. Pater Philipus wusste genau, wie beeinflussbar der kleinmütige Geist der Menschen auf dem Lande bei der Vorstellung war, dass bei solchen Dingen Teufelskunst und Hexerei die Hand im Spiel haben. Gerade als der Pater die Kirche erreicht hatte, schlug die Turmglocke wie zu seiner Begrüßung sieben Mal.

Im Kirchenschiff von St. Gregorius wurde gesungen. Vicarius Stotzheim schien mit einem Lied gerade die Abendandacht zu beenden. So blieb Philipus stehen und band die Stute an einem der Eisenringe fest, die an der Straßenseite eines jeden Hauses angebracht waren, um das Pfarrhaus näher zu betrachten. Es überraschte ihn, dass das imposante dreistöckige Fachwerkhaus das größte auf Rheinbachs Hauptstraße war. Das mächtige Tor zur Linken des Anwesens bewies, dass sich dahinter ein Innenhof mit einer Reihe von Wirtschaftsgebäuden befinden musste. Er schüttelte den Kopf, als er an seine winzige Klosterzelle in Köln dachte, in der er seinen Dienst im Namen des Herrn verrichtete.

Die Tür des Hauptportals der Kirche ging auf, und die Besucher der Andacht strömten hinaus. Es waren in der Mehrheit Frauen, die mit ernsten Mienen die Kirchentreppe hinunterstiegen. Es dauerte nicht lange, und auf der Treppe erschien eine schlanke, große Gestalt mit vollem schwarzem Haar im Priesterhabit, die sich noch angeregt mit einer Kirchenbesucherin unterhielt. Trotz des Kopftuchs konnte Pater Philipus erkennen, dass sie langes blondes Haar und ein hübsches Gesicht hatte. Die beiden beendeten ihr Gespräch und schüttelten sich die Hände.

Der Priester setzte sich sein Barett auf den Kopf und ging die Treppe hinunter auf das Pfarrhaus zu, während die Frau die Straße in entgegengesetzter Richtung hinuntereilte.

»Vicarius Stotzheim?«, rief der Dominikaner zum Rheinbacher Pfarrer hinüber.

Der Priester war so in Gedanken, dass er Reiter und Pferd auf der anderen Straßenseite noch nicht bemerkt hatte und regelrecht erschrak, als er seinen Namen hörte. Wie angewurzelt blieb er stehen und starrte den Mönch eine Weile an. »Sie müssen Pater Philipus van der Velde von Heilig Kreuz in Köln sein«, sagte er schließlich mit einem breiten Grinsen im Gesicht. Dabei entblößte er sein Gebiss, in dem schon einige Zahnlücken zu erkennen waren. »Dem Herrn sei Dank!«, fuhr er fort und ging auf den Dominikaner zu. »Da sind Sie ja endlich! Ich habe Sie schon früher erwartet.« Freudig reichte er dem Besucher die Hand. »Dem Schreiben des kurkölnischen Hofgerichts war zu entnehmen, dass Sie schon in aller Frühe in Köln aufbrechen wollten!«

»Das bin ich auch«, entgegnete der Pater, »aber ich habe noch einen Abstecher zum Amtmann Schall in Lüftelberg gemacht.«

»Kommen Sie!«, sagte der Vicarius und fasste den Dominikaner an die Schulter. »Davon müssen Sie mir unbedingt erzählen! Aber lassen Sie uns zunächst einmal ins Haus gehen.«

Als sie die Pfarrei erreicht hatten, holte er einen großen Schlüssel aus der Tasche seiner Soutane. Er wollte das große Hoftor aufschließen, als es schon von innen durch eine kleine Gestalt in grauer Arbeitskleidung geöffnet wurde, deren krummer Rücken in einem Buckel endete.

»Heinrich!«, begrüßte der Pfarrer den Türöffner. »Hast du uns gehört? Ich habe Gäste mitgebracht!«

Aber der Bucklige schaute nur unsicher zur Seite und wich den Blicken des Paters aus. Wortlos riss er dem Dominikaner die Zügel aus der Hand, löste die Reisetasche vom Sattel und übergab sie dem verdutzten Gast. Dann drehte er sich um und zog das Pferd über den Hof hinter sich her.

Der Vicarius wartete, bis er in der Scheune verschwunden war. »Machen Sie sich nichts draus!«, sagte er. »Heinrich ist etwas seltsam. Er hatte eine schwere Kindheit. Aber glauben Sie mir: Wenn er sich erst an Sie gewöhnt hat, wird er Sie in sein Herz schließen.«

Wollen wir es hoffen, dachte Philipus und folgte dem Priester in das Pfarrhaus.

Eine halbe Stunde später saßen die beiden Geistlichen in einer kleinen Laube, die sich im Garten hinter den Stallungen des Anwesens befand. Wegen des schönen Spätsommerabends hatten sie sich entschlossen, ihre Abendmalzeit im Freien einzunehmen. Pater Philipus war von der Großzügigkeit des Fremdenzimmers und der Herberge so angetan, dass er sich die Frage an seinen Gastgeber nicht verkneifen konnte, ob alle Landpfarrer so komfortable Pfarrhäuser zur Verfügung gestellt bekamen.

»Oh nein, wo denken Sie hin!«, lachte der Vicarius laut auf. »Das ist in Rheinbach reiner Zufall. Das Anwesen gehörte einem angesehenen und vermögenden Bürger Rheinbachs, der Opfer der letzten Hexenverfolgung wurde.«

Das Thema schien dem Rheinbacher Pfarrer nicht genehm zu sein. Nervös nahm er seine Pfeife vom Tisch und versuchte mit hektischen Griffen, Tabak in den Pfeifenkopf zu stopfen. »Es ist anschließend durch eine Schenkung an die Kirche geraten«, fuhr er mit leiser Stimme fort.

»Sieh an! Wovon unsere Mutter Kirche nicht alles profitiert!«, entgegnete der Pater mit einem ironischen Unterton.

»Glauben Sie mir«, sagte Pfarrer Stotzheim entschuldigend. »seine Größe ist aber auch ein Fluch! Wenn ich nicht selber oft genug mit anpacken würde, wäre Heinrich völlig überfordert.«

Das nahm Pater Philipus seinem Gegenüber sofort ab, denn er hatte schon bemerkt, dass Stotzheims Figur zwar dürr, aber äußerst drahtig war.

»Wir haben einen kleinen landwirtschaftlichen Betrieb, wie fast alle hier in der Stadt.« Dabei deutete er mit seinem Kopf in den hinteren Teil des Gartens, in dem es sowohl gepflegte Salat- und Gemüsebeete als auch Obstbäume gab.

Pater Philipus hatte außerdem von dem Fenster seines Schlafgemachs im zweiten Stock Vieh in den Stallungen und einen kleinen Hühnerstall gesehen.

»Ich behalte nur einen kleinen Ertrag für uns«, beeilte sich der Rheinbacher Pfarrer hinzuzufügen. »Den Rest verschenke ich an die Armen in der Stadt!«

»Das ist sehr löblich«, sagte der Dominikaner anerkennend. »Der Herr wird es Ihnen danken.« Er fuhr sich verschmitzt mit der Hand über das Kinn. »Übrigens … geben Sie auch etwas der blonden Frau, mit der Sie sich so angeregt nach der Andacht unterhalten haben?«, fügte er hinzu.

Der Pfarrer wurde von der Frage so überrascht, dass er die nächsten Worte nur zögernd über die Lippen bekam. »Auch … Appolonia … bekommt etwas davon.«

»Ach, Appolonia heißt sie?«

»Ja … Appolonia Simons«, stammelte Stotzheim. »Sie ist die Wirtin der einzigen Gaststätte in Rheinbach.«

»Ja, ja, mit der Wirtin sollte man sich immer gut halten!«, bemerkte der Mönch lachend.

»Endlich!«, rief der Pfarrer plötzlich aus und war froh, das Thema wechseln zu können. »Da kommt Heinrich und bringt uns das Abendbrot.«

Der Hausknecht durchquerte den Garten mit einem großen Holzbrett in den Händen, auf dem sich Speisen und zwei große Tonkrüge mit Wein und Wasser befanden. Er stellte das Abendmahl auf den Tisch und streifte dabei Pater Philipus mit einem scheuen Blick. Dann murmelte er schwer verständlich: »Guten Appetit«. Mit hektischen Schritten schlurfte er zurück ins Haus.

»Oh, Heinrich kann doch sprechen!«, bemerkte Philipus mit gespieltem Erstaunen.

»Er ist im Grunde genommen ein armer Kerl«, begann der Vicarius seine Erklärung. »Er hat nicht nur körperliche Gebrechen, sondern ist auch geistig etwas zurückgeblieben. Kein Wunder, dass er als Kind jahrelang von den Gleichaltrigen gehänselt wurde.«

Pfarrer Stotzheim unterbrach seinen Vortrag, um das Essen auf dem Tisch zu verteilen. »Als ich in Rheinbach meine seelsorgerliche Tätigkeit antrat, starben seine Eltern kurz hintereinander«, fuhr er fort. »Da habe ich mich seiner erbarmt und in der Pfarrei aufgenommen. Er hat es mir gedankt, indem er zu einem unentbehrlichen Gehilfen geworden ist, der für alle Arbeiten in Haus, Garten und Stallungen zu gebrauchen ist. Er verrichtet sogar manchmal die Aufgaben des Küsters.« Der Vicarius wollte seinem Gast Wein aus einem großen Tonkrug einschütten, doch dieser lehnte dankend ab. »Trinken Sie etwa keinen Wein?«, fragte der Pfarrer ungläubig. »Dieser Riesling ist der beste Moselwein seit Jahren.«

»Doch, doch«, antwortete Philipus, »nur heute Abend nicht. Er würde mich nach der anstrengenden Reise zu sehr ermüden.«

Widerwillig goß der Pfarrer Wasser in den Becher des Mönches. Anschließend füllte er seinen Krug mit Wein und nahm einen gierigen Schluck.

Als Philipus ihn dabei beobachtete und seine rote Nasenspitze sah, dachte er darüber nach, dass die landläufige Meinung, dass Pfarrer nichts gegen einen guten Tropfen einzuwenden haben, nicht aus der Luft gegriffen war.

»Sie wollten mir noch etwas über Ihren Besuch beim Amtmann in Lüftelberg erzählen«, wechselte Vicarius Stotzheim das Thema und schnitt eine Scheibe vom Brotlaib ab.

»Ehrlich gesagt, war Herr Schall von Bell gar nicht darüber erfreut, dass ich die Untersuchung übernehme«, antwortete Philipus und nahm das dargereichte Brot. »Er hatte wohl einen Hexencommissarius angefordert. Ich hatte alle Mühe, ihn zu überzeugen, dass ich die Sache zunächst einmal untersuchen darf.«

»Warum hat ihm Kurköln keinen Hexenkommissar geschickt?«, fragte der Pfarrer schnippisch.

»Weil es gottlob gewisse Kreise beim Hofgericht gibt, die keine neuen Hexenprozesse in kurkölnischen Landen zulassen wollen.«

»Sind Sie auch dieser Meinung, Pater Philipus?«, fragte der Vicarius mit einem bissigen Unterton.

Der Dominikaner nickte entschieden mit dem Kopf. »Allerdings! Ich habe mich in den letzten Jahren sehr intensiv mit den Akten der Hexenprozesse beschäftigt und bin zu dem Schluss gekommen, dass die armen Geschöpfe allesamt schuldlos dem Feuertod überantwortet wurden.«

»Schuldlos?« Rheinbachs Pfarrer blieb vor Erstaunen der Bissen im Halse stecken. »Das kann nicht sein. So etwas würde unser Herrgott nicht zulassen!«

»Lassen Sie in dieser Angelegenheit besser unseren Herrgott aus dem Spiel!«, antwortete der Mönch und kaute nachdenklich auf der Brotrinde. »Außerdem«, fuhr er fort, »wurden alle Mordfälle und andere Scheußlichkeiten, die ich in Köln untersucht habe und hinter denen viele sogleich Hexenwerk vermuteten, von Menschen aus Fleisch und Blut begangen, die nichts mit dem Teufel zu tun hatten.«

»Aber soviel ich weiß, haben doch alle Beschuldigten ihre Verbrechen und die Buhlschaft mit dem Teufel gestanden?«, ließ der Pfarrer nicht locker.

»Nicht nur das«, antwortete Philipus mit traurigem Blick, »sie wurden außerdem dazu gezwungen, auch noch viele Mitmenschen auf der Folter zu denunzieren.«

Pfarrer Stotzheim wollte etwas entgegnen, aber Philipus ließ ihn nicht zu Wort kommen. »Hätte man an Ihnen, lieber Vicarius, diese furchtbaren Folterungen vollzogen, dann hätten auch Sie alle erdenklichen Verbrechen zugegeben und sogar Ihre eigene Mutter an den Teufel verraten!«

Entrüstet wollte der Rheinbacher Pfarrer erneut etwas entgegnen, aber als er in das ernste Gesicht des Mönchs sah, sagte er nur irritiert: »Aber wenn es doch das Gute gibt, das den Menschen in Besitz nehmen kann, dann muss es auch das Böse können.«

»Glauben Sie mir, Vicarius«, entgegnete Pater Philipus entschlossen, »alles Schlechte kommt nur aus dem Menschen heraus. Er alleine entscheidet, ob er Gutes oder Böses tut. Ich sage es Ihnen noch einmal: Keine der armen Seelen, die verbrannt wurden, war mit dem Teufel im Bunde!«

Der Vicarius grübelte vor sich hin. Schließlich sagte er: »Die Rheinbacher Bevölkerung ist völlig verunsichert. Sie glaubt einerseits, dass die schreckliche Mordserie nur vom Teufel und seinen Gehilfen in Menschengestalt ausgehen kann, andererseits haben viele auch große Angst vor dem Hexencommissarius, der ihnen, wie schon in der Vergangenheit zweimal in Rheinbach geschehen, den guten Nachbar oder sogar einen Verwandten nehmen kann.«

»Das ist mir klar«, antwortete der Pater. »Aber dabei geht jeder auch davon aus, nicht persönlich betroffen zu sein, da man ja weiß, selber nichts mit dem Teufel zu tun zu haben.«

Das Gespräch hatte den Dominikaner so aufgewühlt, dass er seine Meinung bezüglich des Weins doch noch änderte. »Ich glaube, mir tut ein Schlückchen Wein jetzt doch ganz gut«, sagte er und hielt dem Vicarius den Becher unter die Nase.

»Ich wusste doch, dass Sie meinen Riesling letztendlich nicht verschmähen würden!«, sagte dieser hocherfreut und beeilte sich, das Trinkgefäß seines Gastes zu füllen.

Nachdem sich die beiden Männer zugeprostet hatten, sagte der Pfarrer: »Wann wollen Sie morgen mit Ihren Untersuchungen beginnen?«

»So zeitig wie möglich«, antwortete Philipus und nahm den ersten Schluck. Bei den nächsten Worten verzog er das Gesicht. Der Riesling hatte doch mehr Säure, als er erwartet hatte. »Der Amtmann sagte mir, Sie und der Bürgermeister wären am besten über die Geschehnisse der letzten Tage informiert. Dann sollten wir uns am morgigen Tag so früh wie möglich zusammensetzen.«

»Gut«, ging der Pfarrer auf den Vorschlag ein. »Ich setze Bürgermeister Schnehagen noch heute Abend davon in Kenntnis, dass wir uns morgen nach der heiligen Messe hier in der Pfarrei treffen.«

Die beiden Gottesmänner besiegelten die Abmachung, indem sie noch einmal die Becher zum Wohle erhoben.

»Übrigens«, sagte der Pfarrer und schnitt mit seinem Messer ein großes Stück aus dem Schinken, »wollen Sie mir nicht morgen Früh bei der Sonntagsmesse assistieren?«

»Warum nicht?«, antwortete Bruder Philipus nach kurzem Überlegen. »Dann habe ich auch Gelegenheit, Ihre Gemeinde kennenzulernen.«

Kaum hatte er den Satz beendet, da überfiel den kurkölnischen Gesandten eine bleierne Müdigkeit. »Ich glaube, es ist besser, ich gehe jetzt zu Bett«, sagte er und unterdrückte ein Gähnen, »der Riesling scheint schon Wirkung zu zeigen.«

»Gehen Sie nur!«, gab sich Pfarrer Stotzheim verständnisvoll, »Sie haben ja auch einen anstrengenden Tag hinter sich. Ich leere nur noch meinen Becher, dann gehe auch ich schlafen!«

»Gute Nacht!«, sagte Pater Philipus und erhob sich mühsam. Er spürte im Besonderen sein Hinterteil. Es war doch schon zu lange her, dass er eine so weite Strecke mit dem Pferd zurückgelegt hatte. Als er mit müden Schritten zum Wohnhaus ging, war er sich ziemlich sicher: Sein Gastgeber würde sich noch einen weiteren Krug Wein von Heinrich bringen lassen.

Pater Philipus fuhr erschrocken hoch. Er hatte so tief geschlafen, dass er eine Weile brauchte, um sich klar zu werden, was ihn aufgeweckt hatte. Kein Zweifel, es waren die Glocken von St. Gregorius. Verdutzt schaute er durch das Fenster. Es war finstere Nacht. Nur der Mond, der durch die Dachgaube schien, erhellte die Schlafkammer ein wenig. Der Dominikaner wälzte sich auf die linke Seite des Bettes und schaute auf seine Uhr, die er auf einen Schemel gelegt hatte. Der Mönch musste das Zifferblatt ganz nahe an seine Augen heranführen, um die Uhrzeit erkennen zu können. Er konnte es nicht glauben. Es war kurz nach elf Uhr. Was zum Teufel hatte das Glockengeläut zu bedeuten? Allmählich wurde ihm bewusst, dass die Sturmglocken in einer Stadt geläutet wurden, wenn eine große Gefahr im Verzug war. Nach kurzer Überlegung war er sich sicher, dass es sich nur um eine Feuersbrunst handeln konnte – eine Bedrohung, die jede Stadt fürchtete wie die Pest, da das Baumaterial der meisten Häuser aus Holz bestand. Dann musste er unbedingt helfen.

Philipus riss die Federdecke zur Seite und sprang aus dem Bett. Schlaftrunken kam er auf die Beine. Hastig nahm er seine Kleider vom Stuhl und zog sich an. Während er die Treppe hinuntereilte, rief er nach Vicarius Stotzheim, doch er bekam keine Antwort. Ihm fiel ein, dass der Rheinbacher Pfarrer für das Läuten der Glocken verantwortlich und daher nicht im Haus war.

Als er die Haustür hinter sich schloss, hörte das Dröhnen der Kirchturmglocken auf. Von überall stürzten Leute aus ihren Häusern auf die Straße und schrien wild durcheinander. Pfarrer Stotzheim eilte aus der Kirche, gefolgt von Heinrich.

»Was ist geschehen, Vicarius?«, rief ihm Philipus zu.

»Es ist die Hexe!«, brüllte der Pfarrer aufgeregt zurück. »Sie hat vor dem Voigtstor jemandem aufgelauert und angegriffen!«

»Nun fassen Sie sich zunächst einmal, lieber Stotzheim!«, versuchte Philipus den völlig aufgelösten Mann zu beruhigen. Der alkoholisierte Atem des Geistlichen brachte ihn sogar auf den Gedanken, dass der Rheinbacher Pfarrer sich vielleicht in seiner Trunkenheit die Geschichte nur eingebildet und daraufhin die Glocken geläutet hatte.

»Ich weiß es von Torwächter Eick«, sprudelte Stotzheim hervor, während sich um ihn eine Menschentraube versammelt hatte, die ihm angsterfüllt zuhörte. »Als ich zu Bett gehen wollte, stürzte er völlig außer Atem in mein Haus und bat mich, die Sturmglocken zu läuten.«

»Wo ist Eick jetzt?«, wollte Philipus wissen.

»Ich nehme an, er ist wieder zum Stadttor zurückgelaufen.«

»Kommen Sie!«, sagte der Dominikaner. »Nichts wie hin!«

Zaudernd blieb der Pfarrer stehen, während sich die übrigen Schaulustigen mit schreckensweiten Augen in ihre Häuser zurückzogen. Auch Heinrich schaute Philipus ängstlich an.

»Meinen Sie nicht, dass das zu gefährlich ist? Mit diesem Teufelspack ist nicht zu spaßen«, entgegnete Stotzheim zaghaft. »Lassen Sie uns lieber wieder ins Haus zurückgehen!«

»Dann bleiben Sie doch hier, Sie Angsthase!«, sagte Philipus ungehalten und machte sich auf den Weg in Richtung Stadttor. Als er an der Häuserfront entlanglief, hörte er von überall hysterische Schreie. Einige Einwohner hatten noch den Mut, ihre Köpfe aus ihren Hauseingängen zu stecken, um sich die Neuigkeit über die Straße zuzurufen. Dann verbarrikadierten sie sich hinter geschlossenen Türen und Fenstern. Als er beim Voigtstor angelangt war, war der Platz menschenleer. Nur jemand mit lang ausgestreckten Beinen saß noch an der Stadtturmmauer. Der alte Torwächter kniete vor ihm und redete auf ihn ein. Fackeln, die unterhalb der Turmfenster brannten, erhellten die Szenerie.

Abrupt drehte sich Eick um, als er Philipus' Schritte hinter sich hörte. Er brauchte einige Zeit, um den Dominikaner im Halbdunkel wiederzuerkennen. »Ach Sie sind es!«, entfuhr es ihm. »Sie kommen gerade recht. Das Hexengezücht hat wieder zugeschlagen und sich direkt vor dem Stadttor über diesen armen Kerl hergemacht! Ich konnte ihn noch so gerade aus seinen Klauen retten.«

Philipus sah sich das Opfer an. Es war ein ungepflegter Bursche mit zerschlissener Kleidung. Aber er schien nicht ernstlich verletzt zu sein. Der Mönch registrierte auf den ersten Blick nur drei kleinere, blutende Wunden an Arm, Bein und im Nackenbereich. Mehr hatte ihm wohl der Schrecken zugesetzt, den er bei der Attacke erlitten hatte.

»Erzählen Sie mir, was sich zugetragen hat!«, forderte Philipus den Verletzten mit ruhiger Stimme auf.

Mit unschlüssigem Blick schaute dieser zunächst den Torwächter an. Als Walter Eick nickte, begann er zu stammeln: »Das Untier fiel … wie aus dem Nichts … plötzlich von hinten über mich her … und verbiss sich in meinen Nacken!«

»Wie sah es genau aus?«

»Es war ein … großer, schwarzer Dämon … mit entsetzlichen Zähnen und Krallen. Aus seinem Schlund kam stinkender Atem. Dabei gab er schreckliche Laute von sich.«

»Was für Laute?«

»Ein grässliches Knurren und Grollen …«, antwortete der Mann, während sich Philipus zu ihm hinunterbeugte und die Wunden näher untersuchte.

»Aber ich glaube, ich habe ihn erwischt«, sagte der Mann mit einem matten Lächeln. Dabei hob er einen blutenden Dolch hoch, den er in seiner rechten Hand hielt. »Ich konnte gottlob noch rechtzeitig meine Waffe aus dem Gürtel ziehen. Nachdem ich das Messer mehrere Male in seinen Leib gerammt hatte, ließ das Untier von mir ab und machte sich mit schaurigem Geheul davon.«

Der Mönch erhob sich wieder. »Können Sie mir sagen, was Sie um diese Uhrzeit vor den Stadtmauern verloren hatten?«, fragte er missbilligend.

Der Verwundete suchte nach Worten. »Ich … ich bin auf der Durchreise von Düren … an die Mosel«, stotterte er. »Ich will mir dort ... bei der anstehenden Weinernte etwas Geld verdienen. Ich habe leider ... die Dauer meiner Reise falsch eingeschätzt. Deshalb kam ich erst zu so später Stunde in Rheinbach an. Ich hoffte, dass man mir noch Einlass gewährte, um hier übernachten zu können.«

»Sie sind also ein Tagelöhner auf der Durchreise!«, hakte der Mönch nach. Das zaghafte Kopfnicken des Burschen verriet Philipus, dass er nicht die Wahrheit sagte. Noch einmal warf er einen einschätzenden Blick auf die Wunden des auf dem Boden Liegenden. Dann wendete er sich an Walter Eick. »Können Sie mir Ihre Hellebarde geben und das Tor öffnen?«

Der alte Stadtbedienstete schaute ihn entgeistert an. »Sie wollen doch nicht etwa zu dieser Hexenbrut hinaus?«

»Genau das will ich«, antwortete der Mönch und nahm dem wie gelähmt dastehenden Torwächter die Waffe aus der Hand. Dann entfernte er eine der Fackeln aus der Halterung. »Na, was ist?«, fragte Philipus noch einmal eindringlich. »Wollen Sie mir jetzt das Fallgitter hochziehen oder nicht?«

»Wenn Sie sich unbedingt umbringen wollen!«, gab Walter Eick zurück und ging kopfschüttelnd auf den Torturm zu. Gleich darauf wurde das Fallgitter mit knatternden Geräuschen nach oben gezogen. Aber nur so hoch, dass sich Philipus tief gebückt darunter hindurchzwängen musste.

Als der Pater das Tor passierte, konnte er förmlich spüren, wie er aus den Fenstern der anliegenden Häuser beobachtet wurde. Vor dem Tor hob er zunächst die Fackel über seinen Kopf, um den Sichtkreis zu vergrößern. Hinter ihm ließ der ängstliche Torwächter das Fallgitter wieder nach unten rasseln. Zögernd entfernte sich Philipus von der Stadtmauer in die bedrohliche Dunkelheit der Nacht. Seine Augen suchten den Boden nach Spuren ab. Bald hatte er den Ort gefunden, an dem der vermeintliche Tagelöhner angefallen worden war: Blutspuren auf dem Boden kennzeichneten die Stelle eindeutig.

Mithilfe der Fackel untersuchte Philipus den Ort sorgfältig und folgte schließlich in gebückter Haltung einer Blutfährte. Nach ungefähr fünfzig Schritten erreichte der Mönch eine Buschreihe. Er hielt an und lauschte. Deutlich war ein heulendes Winseln zu vernehmen, das aus dem Dickicht des Buschwerks kam. Vorsichtig ging Philipus auf die Büsche zu und schob mit der Hellebarde das Geäst auseinander. Dann untersuchte er im Fackelschein den Boden. Erschrocken wich er zurück. Auf dem Grunde des Dickichts lag ein schwarzer Torso, der aus mehreren Wunden stark blutete.

Bei näherem Hinsehen erkannte der Mönch, dass es ein großer Hund war. Immer wieder versuchte er, seinen Kopf zu heben, und stieß dabei erbärmliche Laute aus. Sein Körper war zu einem Skelett abgemagert und das Fell ungepflegt und spröde. Philipus wusste, dass die arme Kreatur im Sterben lag und entsetzliche Qualen litt. Auch wenn es ihm noch so widerstrebte, er musste dem Tier weiteres Leid ersparen. Widerwillig setzte er die Spitze der Hellebarde beim Herz des Hundes an. Er schloss die Augen, als er mit der Waffe blitzschnell und kräftig zustieß. Noch einmal heulte der Hund auf. Nachdem ein Zittern durch seinen ausgemergelten Körper gegangen war, bewegte er sich nicht mehr. Phlilus vergewisserte sich noch, dass der Hund wirklich tot war. Dann schritt er nachdenklich zum Stadttor zurück.

Wieder öffnete Eick das Fallgitter so weit, dass Philipus hindurchschlüpfen konnte. Auf der anderen Seite des Stadttors erwarteten ihn die neugierigen Blicke des Turmwächters und des Verletzten.

»Euer Dämon war ein halbverhungerter, streunender Hund!«, sagte Philipus vorwurfsvoll und übergab die Hellebarde wieder an Eick.

Ungläubig schaute ihn der Torwächter an. Dann inspizierte er die bluttriefende Spitze seiner Waffe. »Ich wünsche den Herren eine gute Nacht«, bemerkte der Mönch spöttisch. Dann machte er sich auf den Weg zum Pfarrhaus. Aus dem Augenwinkel sah er noch, dass sich aus dem Dunkel der gegenüberliegenden Seitengasse eine Handvoll Männer auf das Stadttor zubewegte und Eick aufgeregt Fragen stellte. Anhand ihrer vornehmen Kleidung vermutete Philipus, dass es eine Abordnung der Rheinbacher Stadtväter war, die sich nach dem Grund der nächtlichen Störung erkundigen wollte. Philipus war zu müde, um sich bei ihnen vorzustellen. Das hatte Zeit bis morgen. Er sehnte sich nach dem anstrengenden Tag nur noch nach seinem Bett. Bevor er einschlief, sprach er noch ein Gebet für das arme Tier, das er töten musste. Er war sich sicher, dass auch dieses Geschöpf unter der Obhut des Allmächtigen stand. Dann musste er daran denken, dass die Geschehnisse am heutigen Abend eines bewiesen hatten: Der Aberglauben und die Hexenhysterie der Bevölkerung würden die Ermittlungen erheblich beschweren.

Sonntag, 16. August, Anno Domini 1654

Bürgermeister Engelbert Schnehagen machte auf Pater Philipus sogleich einen freundlichen Eindruck. Sein bauschiger grauer Bart, der sein gesamtes Gesicht umrahmte, vermittelte einen Eindruck von Gutmütigkeit, wobei seine wachen Augen und markanten Gesichtszüge durchaus Tatkraft und Autorität ausstrahlten. Seine Sonntagskleidung, die aus einem großen Schlapphut mit mehreren Federn, einen weit herabreichenden Rock, einer Pluderhose und Stulpenstiefeln bestand, komplettierte sein seriöses Erscheinungsbild.

Dagegen machte Pfarrer Stotzheim mit seinem zerknitterten Priestergewand und den kleinen verwässerten Augen an diesem Morgen keine gute Figur. Philipus' Annahme hatte sich bestätigt: Rheinbachs Pfarrer musste am gestrigen Abend noch einiges an Wein zu sich genommen haben. Der Mönch hatte ihm bei der Liturgie während der Sonntagsmesse einige Male hilfreich unter die Arme greifen müssen, damit sein Zustand der Kirchengemeinde nicht auffiel.

Da sich das Wetter während der Nacht verschlechtert hatte und dunkle Regenwolken von Südwesten über Rheinbach hinwegzogen, hatten die Männer an einem großen Holztisch in der Wohnstube des Pfarrhauses Platz genommen, auf dem Heinrich schon Getränke bereitgestellt hatte.

Bürgermeister Schnehagen zog seinen Hut ab und sah den Mönch aufmerksam an. »Ich habe mich über Sie erkundigt. Ihnen eilt ein guter Ruf voraus, Pater Philipus«, sagte er und legte seinen Hut zur Seite. »Sie sind ja in Köln durch Ihre Ermittlungserfolge schon zu einer Berühmtheit geworden. Ich hatte insgeheim gehofft, dass Johann Gelenius Sie uns schickt. Es hat mich einige Überredungskunst und eine kleine Zuwendung beim Amtmann gekostet, dass er nicht das Bonner Gericht angerufen hat. Der Hofrat und Propst des Cassiusstifts zu Bonn ist in solchen Fällen allzu schnell bereit, einen Hexencommissarius hinzuzuziehen.«

Der Pater bedankte sich für das Kompliment mit einem dankbaren Lächeln. Jetzt wusste er, dass er in Rheinbachs Bürgermeister einen Gleichgesinnten gefunden hatte.

»Ihr beherztes Eingreifen gestern Abend bestätigt diesen Eindruck«, fuhr der Bürgermeister fort. »Walter Eick sagte mir übrigens, dass wir uns nur knapp verpasst hätten.«

Philipus nickte. Der Bürgermeister gehörte also zu den Männern, die er gesehen hatte, als er das Stadttor verließ. »Wie geht es dem verletzten Tagelöhner?«, fragte er.

»Ha! Von wegen Tagelöhner!«, entgegnete Schnehagen mit einem bitteren Schmunzeln. »Der Spitzbube gehört zu dem Räubergesindel, das sich in der letzten Zeit hier in der Gegend herumtreibt. Wir nehmen an, dass er im Schutz der Nacht in die Stadt eindringen wollte, um zu stehlen. Als wir am Voigtstor ankamen, um Eick zu befragen, hatte er schon die Gelegenheit genutzt und sich schnell aus dem Staub gemacht.«

Wiederum nickte der Mönch. Er hatte also auch in dieser Annahme richtig gelegen. »Was ist mit dem toten Hund?«

»Wir haben ihn heute Morgen schon verscharrt. Es war der treue Begleiter von Erwin Gedeke, dem Scherenschleifer, der seit Jahren hier in der Umgebung von Ort zu Ort reiste. Er ist vor drei Wochen eines natürlichen Todes gestorben. Seitdem streunte sein Hund in der Gegend herum. Ich mache mir ein wenig den Vorwurf, dass ich mich nicht um ihn gekümmert habe!«

»Das hätten Sie wirklich tun sollen«, antwortete Philipus etwas vorwurfsvoll, »dann hätten wir dem armen Tier dieses schreckliche Ende ersparen können. Aber … wir sollten jetzt keine Zeit mehr verlieren«, sagte der Dominikaner und strich mit seiner Hand über ein Papier, das er sich zurechtgelegt hatte, um sich Notizen zu machen. »Schall von Bell ist ein ungeduldiger Mann. Wenn ich keine Erfolge aufweise, kommt er doch noch auf die Idee, das

Hofgericht in Bonn um Hilfe zu bitten. Das einzige, was ich über den Fall weiß, ist, dass es sich bislang um vier Todesopfer handelt. Können Sie mir Angaben zu den Personen machen?«

Der Bürgermeister besann sich einen Moment. Dann sagte er: »Es begann mit Augustin Strom, dem ehemaligen Lüftelberger Schultheiß, dann folgten Melchior Steinbach und Jan Thyn aus Rheinbach!«

»Das letzte Opfer war Catharina Hamecher«, beteiligte sich der Pfarrer das erste Mal am Gespräch. »Die alte Cath, wie sie hier in Rheinbach genannt wird, war eine meiner fleißigsten Kirchengänger«, fügte er traurig hinzu.

Der Bürgermeister und der Pfarrer warteten, bis der Mönch die Namen aufgeschrieben hatte.

»Wie alt waren sie?« wollte der Ermittler als nächstes wissen. Schnehagen und der Vicarius schauten sich fragend an. »So genau wissen wir das nicht«, sagte der Bürgermeister schließlich, »aber … man kann wohl sagen, dass alle Opfer schon zu den älteren Mitbürgern gehörten.«

»… mindestens jenseits der sechzig«, präzisierte der Pfarrer die Aussage.

Philipus gab sich mit der Auskunft zufrieden. »Wo geschahen die Morde?«, fragte er und tunkte seine Schreibfeder in ein kleines Tintenfass.

Der Pfarrer und Rheinbachs Bürgermeister einigten sich mit einem kurzen Blick, wer darauf antworten sollte. Schnehagen ging auf die Frage ein. »Den Augustin haben wir auf den Feldern zwischen den Orten Drees und Lüftelberg gefunden. Auch Melchior Steinbach starb dort ganz in der Nähe.«

Pfarrer Stotzheim bestätigte die Aussagen des Bürgermeisters mit einem Kopfnicken.

»Jan Thyn und die alte Cath«, fuhr dieser fort, »kamen indes im Wald, nicht weit von Rheinbach entfernt, ums Leben.«

»Wann geschahen die Verbrechen?«, wollte der Mönch wissen und schrieb eifrig mit.

Engelbert Schnehagen legte beim Überlegen den Kopf in den Nacken. »Wenn ich es mir so recht überlege«, sagte er, »müssen die Morde alle in der Dunkelheit begangen worden sein.«

»Also nach Sonnenuntergang!«, unterbrach der Ermittler.

»Außer Catharina Hamecher sind alle Opfer erst am Morgen gefunden worden«, ergänzte der Vicarius und griff als erster zu Becher und Krug. »Da alle aber am Abend noch lebend gesehen wurden, muss es also in der Nacht passiert sein.«

»Sie sagten, Catharina Hamecher wurde früher gefunden?«, hakte der Kölner Ermittler nach und registrierte mit Erleichterung, dass sich der Pfarrer seinen Becher nicht aus dem Wein-, sondern aus dem Wasserkrug füllte.

»Ja, und zwar von Franz Tondorff, einem Rheinbacher Handwerker«, erwiderte Schnehagen. »Er ist übrigens der einzige Zeuge der begangenen Taten.«

»Wie? Hat er etwa den oder die Täter gesehen?«, horchte Pater Philipus auf.

»Nicht direkt«, entgegnete Schnehagen und nippte an seinem Wasser. »Er hörte nur Catharina Hamechers Todesschreie. Als er sie fand, lag sie bereits im Sterben.«

»Ich muss diesen Zeugen unbedingt sprechen«, sagte Philipus und notierte sich seinen Namen.

»Er sitzt jetzt bestimmt wie die meisten Männer Rheinbachs beim Sonntagsfrühschoppen im Wirtshaus«, meldete sich der Pfarrer zu Wort. »Soll ich ihn von Heinrich holen lassen?«

Der Pater überlegte einen kurzen Moment. Dann schüttelte er den Kopf. »Wir werden gleich selber ins Wirtshaus gehen«, sagte er. Als er bemerkte, dass sich seine beiden Gesprächspartner irritiert ansahen, stellte er klar: »Sie glauben gar nicht, was man im Wirtshaus alles erfahren kann. Darum möchte ich unbedingt dorthin!«

Schnehagen und der Pfarrer gaben sich mit der Erklärung zufrieden.

»Aber bevor wir gehen, möchte ich noch wissen, was Sie mir über die Todesursache der Opfer sagen können.«

Wieder schauten sich der Bürgermeister und der Pfarrer fragend an. »Wir wissen nur, dass alle Opfer entsetzliche Wunden am ganzen Körper aufwiesen«, sagte der Bürgermeister.

»Der Medicus Wiemann, den wir dazu geholt haben, hat sie untersucht«, ergänzte der Vicarius.

»Kann ich mir eines der Todesopfer ansehen?«, fragte der Ermittler.

»Nein«, antwortete Pfarrer Stotzheim bestürzt, »wir haben die armen Seelen schon alle begraben.«

»Das mussten wir tun«, erklärte der Bürgermeister, »das Wetter war einfach zu heiß!«

»Dann müssen wir eben eines der Opfer wieder ausgraben!«, erwiderte Pater Philipus mit Entschiedenheit.

»Das können Sie nicht tun«, brauste der Pfarrer auf. »Das verstößt gegen die Gebote der Kirche. Sie dürfen die Ruhe der Toten nicht stören!«

»Hören Sie!«, sagte der Dominikaner in ruhigem Ton. »Manchmal muss man bei solchen Untersuchungen auch einmal ungewöhnliche Wege gehen. Wenn ich das nicht gemacht hätte, wäre ich bei der Aufklärung der Fälle in Köln nicht so erfolgreich gewesen.«

Bürgermeister Schnehagen schien diese Erklärung zu akzeptieren, während Pfarrer Stotzheim noch immer bedenklich den Kopf schüttelte.

»Dann sollten wir uns jetzt auf den Weg ins Wirtshaus machen«, sagte Philipus und packte sein Schreibzeug zusammen. Als er an der Haustür der Pfarrei angelangt war, drehte er sich noch einmal um. »Übrigens, bevor ich es vergesse: Ich möchte auch noch dringend den Medicus bei der Untersuchung der Leiche dabei haben!«

»Den müssten wir aber dazu eigens aus Flerzheim hierhin holen!«, versuchte der Pfarrer den Pater davon abzuhalten.

»Dann werden wir das eben tun!«, sagte der kurkölnische Ermittler und öffnete die Tür zur Straße.

Rheinbachs Bürgermeister und Pfarrer waren sich jetzt im Klaren darüber, dass es sich bei dem Dominikaner um einen Mann handelte, der wusste, was er wollte, und der sich so schnell nicht umstimmen ließ.

Das Wirtshaus Simons war die einzige Schänke in Rheinbach. Sie befand sich nicht weit von der Kirche, schräg gegenüber der Weiherstraße. Ein einfacher Tannenbusch oberhalb des Fensters über der Eingangstür kennzeichnete das Haus als Gaststube. Schon von Weitem hörten die Männer die lauten Gespräche und das Lachen der Gäste aus den halbgeöffneten Fenstern zur Straße. Pater Philipus überließ dem Bürgermeister und dem Pfarrer den Vortritt, als sie den Gastraum betraten. Es war ein geräumiger, hoher Raum, der mit hölzernen Stühlen, Tischen und Bänken möbliert war. Auf der linken Seite befand sich die Theke, an die sich ein großer offener Kamin anschloss, in dem ein Kessel an einer Kette hing. Sein qualmendes Herdfeuer und der beißende Pfeifenrauch der Gäste ließen die Luft beinahe undurchdringlich werden und den hereinkommenden Männern zunächst die Augen tränen. Es dauerte eine Weile, bis die Gäste, die ausschließlich aus Männern bestanden, die Neuankömmlinge bemerkt hatten. Allmählich wurde es ganz ruhig in der Stube. Pater Philipus bemerkte sogleich, welches Ansehen der Bürgermeister und der Vicarius in Rheinbach haben mussten, denn sogleich sprangen einige Männer von ihrem Platz in der Nähe der Eingangstür auf und boten den drei Männern ihren Tisch an. Mit einem freundlichen Kopfnicken bedankte sich Engelbert Schnehagen für die freigewordenen Plätze und gebot den beiden Geistlichen, Platz zu nehmen; derweil suchten sich die höflichen Burschen neue Plätze im hinteren Teil der Stube. Es dauerte einige Zeit, bevor Pater Philipus alle Einzelheiten im Gastraum durch die dichten Rauchschwaden erkennen konnte. Die meisten der Gäste hatte er schon heute Morgen in der Frühmesse gesehen. Mit neugierigen Blicken nahmen sie ihn in Augenschein, steckten ihre Köpfe zusammen und begannen zu tuscheln.

Als Philipus' Blick in Richtung Theke schweifte, sah er die Wirtin, Appolonia Simons, hinter der Theke stehen. Da sie im Gegensatz zu ihrem morgendlichen Kirchenbesuch kein Kopftuch trug, konnte er ihr ganzes Gesicht sehen und war von ihrer Anmut angetan. Während der Messe war ihm aufgefallen, dass sie nicht in einer der Bankreihen Platz genommen, sondern ganz alleine in der hintersten Ecke der Kirche gestanden hatte. Fast schien es, als würde sie von den anderen Kirchenbesuchern gemieden.

Der Pfarrer hatte die musternden Blicke des Paters bemerkt. »Ich sehe, es fällt Ihnen auch auf, lieber Philipus«, flüsterte er. »Appolonia ist eine Schönheit.«

»Und wo ist der Wirt?«, fragte der Pater.

»Den gibt es nicht mehr«, antwortete der Vicarius. »Berthold Simons ist vor fünf Jahren gestorben. Seitdem führt die Witwe die Geschäfte alleine.«

Als der Mönch sich etwas nach vorne beugte, um bessere Sicht hinter die Theke zu bekommen, erkannte er zwei Kinder, die hinter der Wirtin auf dem Boden mit Holzfiguren spielten. »Sind das die Kinder von Appolonia?«, wollte Philipus wissen.

»Das sind Severin und seine jüngere Schwester Siglinde«, bejahte der Pfarrer die Frage, »ganz liebenswürdige und brave Rangen.«

In der Zwischenzeit hatte Appolonia Simons die neuen Gäste bemerkt. Sie nahm die vollen Bierkrüge in die Hände und brachte die Bestellung an einen der Tische. Dann eilte sie auf die drei Männer zu. »Das ist aber eine große Ehre, Herr Schnehagen, dass Sie auch einmal meine Gaststube besuchen«, begrüßte sie zuerst den Bürgermeister. Dass sie nicht auch den Pfarrer in dieser Angelegenheit ansprach, belegte, dass er wohl des Öfteren im Wirtshaus einkehrte. »Herr Vicarius, ich sehe, Sie haben uns heute einen Gast mitgebracht«, sagte sie zum Pfarrer mit einem Augenzwinkern.

»Appolonia, darf ich Ihnen Pater Philipus aus dem Dominikanerkloster Heilig Kreuz in Köln vorstellen?«, wurde der Pfarrer förmlich. »Er ist Gesandter des kurkölnischen Hofgerichts und soll die Todesfälle, die uns in der letzten Zeit in Angst und Schrecken versetzt haben, untersuchen.«

Pater Philipus bemerkte, dass die Frau plötzlich zurückwich und vorsichtig wurde. »Sind Sie … der Hexencommissarius?«, fragte sie mit stockender Stimme.

»Nein, nein, der bin ich nicht!«, beeilte sich der Dominikaner zu sagen und lächelte die Wirtin an. »Wir in Köln gehen nicht davon aus, dass hier in Rheinbach schon wieder Hexen und Zauberer ihr Unwesen treiben.« Philipus konnte förmlich spüren, wie seine Worte die Wirtin erleichterten.

»Was mögen die Herren denn trinken?«, war Appolonia froh, das Thema wechseln zu können.

Der Bürgermeister und Pater Philipus bestellten einen Humpen Bier. Als Vicarius Stotzheim seine Bestellung abgab, merkte man ihm an, dass er mit sich kämpfte. »Einen … Moselriesling!«, platzte es schließlich aus ihm heraus. Als er Philipus' strengen Blick bemerkte, fügte er eilig hinzu: »Aber mit einem guten Schuss Wasser!«

Appolonia Simons konnte sich das Lachen nicht verkneifen.

Als sie sich vom Tisch entfernen wollte, hielt der Bürgermeister die Wirtin noch einmal zurück. »Frau Simons, wären Sie vielleicht so liebenswürdig, uns Franz Tondorff an den Tisch zu schicken?«

»Das mache ich gerne, Herr Schnehagen«, entgegnete die Wirtin. »Ich hatte sowieso vor, zu ihm hinüberzugehen, weil er bezahlen wollte.«

Pater Philipus beobachtete, wie Appolonia zu einem der hinteren Tische ging und bei einem der Gäste kassierte. Als dieser aufstand, flüsterte sie ihm etwas zu und zeigte in seine Richtung.

Tondorff sah misstrauisch zu ihnen herüber. Zögerlich machte er sich auf den Weg. Als er vor ihrem Tisch stand, knetete er mit seinen Fingern verlegen den Rand seines Filzhuts. »Die Wirtin sagte, Sie wollten mich sprechen?«, fragte er die drei Männer.

»So ist es, Franz. Setz dich doch zu uns!«, sagte der Bürgermeister und zog einen Stuhl vom Nebentisch herüber.

Tondorff schaute sich unsicher um, denn er wusste, dass er von allen anderen Gästen beobachtet wurde. Als er Platz genommen hatte, ergriff der Dominikaner das Wort.

»Ich möchte mich zunächst vorstellen, Herr Tondorff. Ich bin Pater Philipus van der Velde. Das Hofgericht in Köln hat mich beauftragt, die Mordfälle in Rheinbach zu untersuchen. Mir kam zu Ohren, dass Sie vor einigen Tagen Zeuge eines der Verbrechen geworden sind.«

Wieder sah sich Tondorff nervös um. »Ich habe aber nichts gesehen!«, sagte er aufgeregt. »Wir haben die alte Cath nur gefunden.«

»Wir?«, fragte der Pater erstaunt.

»Ja, mein Hund Tilly und ich.«

»Verzeihen Sie mir die Frage. Aber ...«, Philipus spitzte die Lippen, »was haben Sie und Ihr Hund denn um diese Zeit im Wald verloren?«

Der Angesprochene suchte nach Worten und schaute den Bürgermeister an. »Nach dem Gewitter ... wollten wir ... noch einen Spaziergang im ... kühlen Wald unternehmen«, stammelte er.

Der Pater wusste, dass er log, aber er ließ es sich nicht anmerken. »Erzählen Sie uns doch einfach, was Sie an diesem Abend gesehen haben!«

Franz Tondorff schluckte schwer. »Also ...«, begann er seine Erzählung, »... da war auf einmal diese seltsame Stille im Wald ... dann spürte man, dass da irgendetwas Seltsames um einen herum vor sich ging.«

Die übrigen am Tisch sahen sich an.

»Auch Tilly hatte es gemerkt, denn er begann zu knurren«, fuhr Tondorff fort. »Dann ... auf einmal ... diese entsetzlichen Schreie.«

Der Erzähler musste eine Pause machen. Man merkte ihm an, dass er dieses Erlebnis noch nicht überwunden hatte.

»... dann bin ich, so schnell ich konnte, aus dem Wald auf die Felder gerannt. Dort habe ich erst gemerkt, dass mein Hund nicht mehr bei mir war. Schließlich nahm ich allen Mut zusammen und ging wieder in den Wald zurück, um ihn zu suchen.«

»Hatten die Schreie zu diesem Zeitpunkt aufgehört?«, wollte der Pater wissen.

Tondorff nickte. »Aber ich hörte plötzlich Tilly bellen. Ich lief in seine Richtung und fand ihn bald auf einer kleinen Lichtung neben der alten Cath.«

»Haben Sie eine Erklärung dafür, warum Ihnen der Hund nicht folgte, sondern zu der alten Frau lief?«

»Ich denke schon«, antwortete Tondorff zögerlich. »Die alte Cath war unsere Nachbarin. Tilly war die meiste Zeit bei ihr. Ich glaube, sie mochten sich.«

Der Pater schien mit der Antwort zufrieden. »Lebte die alte Frau noch, als Sie sie fanden?«, fragte er.

»Ich dachte zuerst, sie wäre tot. Sie hatte am ganzen Körper diese schrecklichen Wunden. Überall … war Blut.« Tondorff überlegte. »Aber plötzlich riss sie die Augen auf und schrie, dass die Dämonen sie endlich in Frieden lassen sollten!«

»Dämonen? Hat sie das wörtlich gesagt?«, unterbrach ihn der Pater.

Franz Tondorff schaute Philipus fest ins Gesicht. »Ja! Ich bin mir ganz sicher. Sie sprach von Dämonen!«

Der Ermittler ließ die Worte auf sich einwirken. Dann fragte er: »Ist Ihnen jemand im Wald oder auf dem Weg dorthin begegnet?«

Tondorff verneinte das.

»Oder ist Ihnen sonst noch irgendetwas aufgefallen?«, hakte der Pater nach.

Der Befragte senkte den Kopf und dachte angestrengt nach. Plötzlich schaute er auf. »Doch … da war noch etwas. Dieser scheußliche Geruch!«

»Geruch?«, wiederholte Philipus. »Meinen Sie nach Blut?«

»Nein, nicht so!«, widersprach Tondorff. »Mehr nach faulen Eiern.«

Die beiden Geistlichen und der Bürgermeister sahen sich betroffen an. Schließlich sagte Schnehagen. »Haben Sie noch weitere Fragen an unseren Zeugen, Pater Philipus?«

»Ich glaube nicht«, entgegnete dieser. »Fürs Erste weiß ich genug. Vielen Dank, Herr Tondorff. Wenn mir noch etwas einfällt, werde ich mich bei Ihnen melden.«

Langsam erhob sich der Rheinbacher Handwerker. Man konnte ihm die Erleichterung ansehen. Mit einem gequälten Lächeln verabschiedete er sich von den Männern und setzte seinen Filzhut auf. Dann drehte er sich um und eilte zum Ausgang des Wirtshauses.

»Was hat er wirklich im Wald getan?«, fragte Philipus den Bürgermeister unvermittelt.

»Er hat gewildert«, antwortete Schnehagen ohne Umschweife. »Wahrscheinlich Kaninchen, wie die meisten Männer hier in der Gegend. Er hat sich nur nicht getraut, es zu sagen.«

Der Mönch nickte verständnisvoll.

»Pater Philipus«, ergriff der Pfarrer das Wort, »wenn Sie das hören, was Franz gesagt hat – sind Sie dann noch immer der Meinung, dass es keine Verbrechen sind, die mit Hexenspuk zu tun haben?«

»Ich glaube eher«, entgegnete Philipus, »dass mit unserem leichtgläubigen Franz die Phantasie durchgegangen ist.« Dabei schaute er den Bürgermeister an und hoffte, bei ihm eine Bestätigung zu finden.

Doch dieser schüttelte langsam den Kopf. »Ich kenne Franz Tondorff schon viele Jahre. Er ist eigentlich ein Mann, der auf seinen Verstand hört und nicht so schnell ...« Der Bürgermeister musste seine Rede unterbrechen, denn er wurde durch lautes Gegröle von einem der Nebentische gestört. Die Zecher dort hatten wohl schon zu tief ins Glas geschaut. Schnehagen wartete, bis die Lautstärke wieder erträglich war. Dann setzte er seinen Gedankengang fort: »Normalerweise ist Franz keiner, der allzu schnell an Hexenkunst und Teufelsspuk glaubt.«

Philipus wollte etwas entgegnen, aber er wartete, denn Appolonia Simons war wieder an ihren Tisch zurückgekehrt.

»Möchten Sie noch etwas bestellen?«, fragte sie. »Ich bin nämlich eine Weile weg. Ich muss mich um meine Kinder kümmern.

Sie müssen etwas essen und ihren Mittagsschlaf halten.«

Schnehagen schaute die anderen fragend an: »Bringen Sie ruhig noch etwas! Ich gebe einen aus«, wartete er die Zustimmung der Geistlichen nicht ab.

»… aber dieses Mal bitte den Wein ohne Wasser!«, ergänzte Pfarrer Stotzheim und warf seine guten Vorsätze über Bord.

Appolonia und der Pater sahen sich schmunzelnd an.

»Franziska wird Ihnen die Getränke gleich servieren«, sagte die Wirtin. »Unsere Magd wird mich solange vertreten.«

Als sie sich entfernte, streifte sie Pater Philipus mit einem warmen Blick. Dieser schaute ihr nachdenklich hinterher. An der Theke erwarteten sie ihre Kinder bereits. Die kleine Siglinde streckte ihrer Mutter die Hände entgegen. Appolonia nahm sie auf den Arm. Die Kleine schlang ihre Ärmchen um ihren Hals und schloss ihre müden Augen, während Severin die Hand seiner Mutter nahm und ihr hinter die Theke folgte. Appolonia gab im Vorbeigehen die Bestellung an Franziska weiter, dann verschwand sie mit ihren Kindern durch eine Tür, die sich direkt hinter der Theke befand.

Wie gelähmt hatte Pater Philipus diese Szene beobachtet. Sie hatte ihn auf eine sonderbare Art berührt. Schnehagen und Stotzheim war das nicht entgangen.

»Seien Sie nicht traurig, lieber Philipus! Appolonia kommt ja gleich wieder«, sagte der Pfarrer und musste lachen.

Der Dominikaner schaute an seinen Tischnachbarn vorbei und tat so, als hätte er die Bemerkung nicht gehört. »Ich wüsste noch gerne, ob die anderen Gäste etwas über die Mordfälle erzählen können«, bemühte er sich, die Situation zu überspielen.

»Gut, ich werde das feststellen«, erwiderte der Bürgermeister. Er wartete noch, bis Franziska ihren fülligen Körper durch die Enge der Gastwirtschaft geschoben und die Getränke auf den Tisch gestellt hatte. Nachdem er seinen Tischnachbarn zugeprostet hatte, nahm er einen tiefen Schluck aus dem Bierkrug. Dann stand er auf. »Hört mir mal bitte alle zu!«, versuchte er das Stimmengewirr in der Gaststätte zu übertönen. Er musste eine Weile warten, bis es ruhig geworden war. »Hier an unserem Tisch sitzt Pater Philipus. Die meisten von euch haben ihn ja schon bei der Morgenmesse gesehen. Er ist Abgesandter des kurkölnischen Gerichtshofs und untersucht die Mordfälle. Wie ihr alle mitbekommen habt, hat er eben Franz Tondorff befragt, der die alte Cath gefunden hat.« Schnehagen drehte sich nach allen Seiten um. »Gibt es hier jemanden, der noch etwas über die Verbrechen aussagen kann?«

Ein Raunen ging durch das Wirtshaus. Einige Gäste steckten die Köpfe zusammen und unterhielten sich leise. Andere schauten betroffen auf den Boden und schüttelten den Kopf. Bürgermeister Schnehagen ließ einige Zeit verstreichen, aber niemand meldete sich zu Wort. Er wollte sich gerade wieder enttäuscht setzen, als sich doch noch jemand erhob. Die drei Männer erkannten sogleich, dass es einer der Gäste war, die eben für den Lärm in der Wirtsstube verantwortlich gewesen waren. Sein schwankender Oberkörper bewies, dass er schon zu viel getrunken hatte.

»Hat denn hier niemand den Mut zu sagen, was die ganze Stadt denkt?«, bellte er mit lallender Stimme durch die Stube. Mit glasigen Augen schaute er die Gäste verächtlich an. »Die Hexe ist an allem schuld!«, brüllte er plötzlich und zeigte auf die Tür hinter der Theke.

Ein Aufschrei ging durch die Gaststube. Philipus sprang auf.

»Sie gehört zur versengten Art«, fuhr der Betrunkene fort. »Schon ihr Vater, der Vogt Schweigel, buhlte mit dem Teufel und hat hier in Rheinbach sein Unwesen getrieben. Dafür hat ihn der Hexencommissarius Möden damals verbrannt.«

Es war auf einmal mucksmäuschenstill in der Stube. Die gespenstische Ruhe wurde plötzlich durch ein lautes Krachen beendet, denn Franziska hatte vor Schrecken zwei Bierkrüge fallen lassen, die sie in den Händen gehalten hatte.

»Kurz vor seinem Tode prophezeite der vermaledeite Zauberer, dass die Hexenbrut wieder zurückkehren und Rache nehmen würde. Genau das ist jetzt geschehen!«, keifte der Mann weiter.

Pater Philipus konnte sich nicht mehr beherrschen und wollte einschreiten. Aber Bürgermeister Schnehagen gab ihm mit einem Handzeichen zu verstehen, dass er selber antworten würde.

»Walter Fischenich«, brüllte er den Betrunkenen an. »Du nichtsnutziger Trunkenbold! Hat dir denn der Gerstensaft den letzten Rest deines Gehirns geraubt? Weißt du überhaupt, was du mit solchen Brandreden anrichtest? Was fällt dir ein, eine ehrbare und unbescholtene Frau mit solchen infamen Lügen zu beschuldigen! Willst du uns denn mit aller Gewalt wieder den Hexencommissarius nach Rheinbach holen, damit das Brennen wieder beginnt?«

»Fast jeder hier in der Stadt hat Angst vor dem Teufelspack«, traute sich Walter Fischenich dem Bürgermeister zu widersprechen. »Niemand wagt sich mehr aus der Stadt. Nur Hexen und Zauberer sind in der Lage, solche scheußlichen Verbrechen zu begehen. Wir haben die Toten gesehen und wissen, was Franz Tondorff im Wald erlebt hat!«

Wutentbrannt ging der Bürgermeister auf Fischenich zu. Dabei ergriff er einen Besen, der an der Stubenwand lehnte, und blaffte den Mann an. »Wenn du jetzt nicht ruhig bist, prügele ich dich aus der Gaststube! Was bist du doch für ein feiger Hundsfott, der sein Maul nur dann aufreißt, wenn die Person, die er beschuldigt, sich nicht wehren kann! Geh lieber nach Hause und kümmere dich um deine Frau und Kinder, statt dein weniges Hab und Gut im Wirtshaus zu versaufen!«

Fischenich wollte etwas entgegnen, aber seine Zechkumpane geboten ihm zu schweigen. Wie einen geprügelten Hund führten sie ihn schließlich an Bürgermeister Schnehagen vorbei zur Wirtshaustür. Dort riss er sich noch einmal los und rief: »Ihr werdet schon sehen, was ihr davon habt. Die Hexe wird weiter morden, wenn ihr niemand Einhalt gebietet!«

Schließlich wurde der Rasende durch die Tür gestoßen. Die Gäste konnten vernehmen, dass er auch draußen noch weiter tobte. Dann machte sich ein betretenes Schweigen in der Gaststube breit.

»Franziska, ich übernehme die Zeche dieses Idioten!«, rief Bürgermeister Schnehagen schließlich, um die peinliche Situation zu beenden. »Ich werde dafür sorgen, dass er das Wirtshaus nie mehr betritt!«

Die Magd wollte etwas entgegnen. Aber sie bekam keinen Ton heraus. Noch immer stand ihr das Entsetzen im Gesicht.

Pater Philipus saß auf seinem Stuhl und stierte vor sich hin. Er wusste jetzt, wie die öffentliche Meinung zu diesen Mordfällen in Rheinbach aussah. Zu tief saßen noch Aberglaube und Hexenwahn in den Köpfen der Menschen. Walter Fischenich hatte die Lunte gelegt, und er wusste zu gut, wie schwer es war, sie wieder auszutreten.

Der Dominikaner hatte sein Gesicht tief in seine Hände vergraben. Nur ab und zu öffnete er die Augen inmitten seiner Gebete, um im anmutigen Antlitz der Madonna Trost zu finden. Hier an diesem Ort, vor dem Marienaltar im Seitenschiff der Kirche St. Gregorius, versuchte er, der inneren Zerrissenheit Herr zu werden und das Gleichgewicht wieder zu finden. Immer wieder zogen längst vergessen geglaubte Bilder aus der Kindheit an seinem Auge vorbei, als er als kleiner Junge das erste Mal auf einem Pferd saß, das sein Vater im Kreis des Abreitplatzes am Zügel führte. Stolz blickte er in die gütigen Augen seiner Mutter, die ihn anlachten. An ihrer Hand hielt sie einen seiner Brüder und trug seine jüngere Schwester, die die Arme um ihren Hals geschlungen hatte, auf den Armen. Er war noch nie so glücklich gewesen wie in diesem Augenblick und hatte die inneren Bande seiner Familie noch nie so innig gespürt. Appolonia Simons und ihre beiden Kinder hatten diese Gefühle wieder an die Oberfläche geholt. Die Szene am heutigen Morgen an der Theke der Gaststube ließ ihn daran zweifeln, ob es richtig war, sein Leben nur Gott zu widmen und dafür das Glück im Schoß einer Familie aufzugeben. Dabei verspürte er einen ungeheuren Drang, Appolonia und ihre Kinder zu beschützen. Außerdem war seine Überzeugung durch die Schilderung

Franz Tondorffs ins Wanken geraten. Gab es doch das Böse, das sich auf widernatürliche Art der Menschen bemächtigt, sie zu Hexen und Zauberern macht und abscheuliche Taten vollbringen lässt? Philipus stöhnte von Selbstzweifeln geplagt, als er plötzlich Schritte hinter sich vernahm.

»Wusste ich doch, dass ich Sie hier finden würde, Pater Philipus!«

Der Dominikaner fuhr erschrocken herum und sah Pfarrer Stotzheim durch den Mittelgang der Kirche auf sich zukommen. »Ich habe doch gemerkt, wie die Geschehnisse im Gasthaus Sie mitgenommen haben und wie nötig Sie den Beistand unseres Herrgotts brauchten.«

Der Dominikaner war aufgestanden und empfing den Vicarius mit brennenden Augen. Ohne Umschweife musste er sogleich die alles entscheidende Frage loswerden. »Glauben Sie, dass Appolonia eine Hexe ist und etwas mit den Morden hier in Rheinbach zu tun hat?«, ging er den Pfarrer unvermittelt an.

Der Vicarius machte ein gequältes Gesicht. »Nein ...«, druckste er, »ich kann es mir einfach nicht vorstellen. Ich kenne Appolonia schon so lange. Sie ist eine gute Frau und Mutter! Andererseits ...« Verzweifelt fuchtelte er mit seinen Armen und holte tief Luft. »Man sagt, dass der Teufel sich gerade dieser Geschöpfe bedient, um sein widerwärtiges Tun auszuüben.«

»Man, man. Wer ist man?«, bellte der Mönch zurück.

»Verblendete und fanatische Kreaturen!« Der Pfarrer erinnerte Philipus mit dem Hochziehen seiner Augenbrauen daran, dass er sich in der Kirche mäßigen sollte. »So steht es im ›Hexenhammer‹. Haben Sie dieses Buch noch nicht gelesen?«, flüsterte er und erinnerte Philipus an das Standardwerk der Hexenprozesse, das die gesetzlichen Vorschriften enthielt.

»Doch! Natürlich habe ich das – ich weiß, wovon ich rede!«

Pfarrer Stotzheim schaute dem Dominikaner fest ins Gesicht. »Ich glaube, Sie regen sich so auf, weil Sie sich Ihrer Sache selber nicht mehr so sicher sind!«

»Worüber haben Sie mit Appolonia gestern auf der Kirchentreppe gesprochen?«, überging der Mönch die Äußerung des Pfarrers.

»Sie sagte mir, dass sie Angst habe; sie weiß, was man in Rheinbach über sie denkt.«

Das Gehörte versetzte dem Mönch einen Schlag in die Magengrube. »Was meinte Fischenich damit, als er Appolonia als ›versengte Art‹ bezeichnete?«, drängte er weiter.

»Kommen Sie!«, antwortete der Vicarius mit ruhiger Stimme. Er wollte den aufgebrachten Mönch schon wegen der Ruhe, die in einem Gotteshaus geboten war, besänftigen. »Wir gehen dort hinüber«, sagte er und fasste Philipus sanft am Arm. »Dann werde ich Ihnen alles im Angesicht des Kreuzes erzählen.«

Der Pater nickte und folgte ihm.

Die beiden Geistlichen betraten das Mittelschiff und knieten sich in eine der vorderen Bänke. Beide falteten die Hände und richteten ihre Blicke auf das große Holzkreuz über dem Altar. Dann begann der Rheinbacher Pfarrer seine Erzählung.

»›Die versengte Art‹ ist hier in Rheinbach die Bezeichnung für alle Nachkommen der als Hexen und Zauberer Verbrannten. Auch ihnen wird nicht über den Weg getraut. Wenn sich irgendwelche merkwürdigen Dinge ereignen, stehen sie als erste im Verdacht, etwas damit zu tun zu haben.«

»Erzählen Sie mir etwas über Appolonias Vater!«, unterbrach ihn Pater Philipus.

»Zur Zeit der zweiten Hexenverfolgungswelle im Jahre 1636 bin ich noch nicht in Rheinbach gewesen. Die Geschehnisse kenne ich nur aus den Erzählungen des damaligen Pfarrers Wienand Hartmann. Ich habe die Seelsorge in Rheinbach übernommen, als er von einer schweren Krankheit gezeichnet war und sein Amt nicht mehr ausführen konnte. In seinen letzten Tagen habe ich ihn gepflegt. Die Geschehnisse um die Hexenverfolgungen müssen ihn sehr mitgenommen haben, da sie ihn selbst in den Fieberträumen kurz vor seinem Tode noch beschäftigten.«

Die Worte des Vicarius gingen in ein Flüstern über, da zwei ältere Frauen die Kirche betreten hatten und sich zum Marienaltar begaben.

»Soviel ich weiß, ging es in dieser Zeit auch einigen Bürgern der Oberschicht Rheinbachs an den Kragen. Selbst zwei angesehen Ratsmitglieder, die bei den ersten Hexenprozessen 1631 noch als Schöffen gedient hatten, konnten nur durch ihre rechtzeitige Flucht dem Feuertod entgehen. Vogt Schweigel hatte den Mut, sich gegen den Hexencommissarius Jan Möden zu stellen. Es dauerte nicht lange, und er war der Erste, der als Zauberer angeklagt wurde. Man hat ihn vor den Toren Rheinbachs auf dem Scheiterhaufen verbrannt.«

»Was wissen Sie über die Prophezeiung Schweigels, von der Fischenich sprach?«, fragte Pater Philipus ungeduldig.

Stotzheim rückte noch etwas näher an den Dominikaner heran. »Seine letzten Worte waren: ›Wehe, wehe über Rheinbach‹. Von den damaligen Richtern wurden sie als Teufelsfluch ausgelegt. Nach der Ansicht Pfarrer Hartmanns wollte er damit wohl nur seine Sorge um seine Mitbürger zum Ausdruck bringen. Wenn man es so sieht, ist seine Prophezeiung auch in Erfüllung gegangen, denn viele Rheinbacher folgten ihm als verurteilte Zauberer und Hexen in den Tod.«

»Sind die beiden Schöffen zwischenzeitlich wieder nach Rheinbach zurückgekehrt?«, fragte der Dominikaner.

»Nein!«, erwiderte der Pfarrer. »Was sollten sie auch hier? Die Gefahr, dass man sie wieder der Hexerei bezichtigen würde, war zu groß. Außerdem hatten sie ihr ganzes Hab und Gut verkauft, als sie aus Rheinbach flüchteten.«

Schade, dachte Pater Philipus, zu gerne hätte er die beiden zu den damaligen Ereignissen befragt.

Als die beiden Geistlichen die Kirche verließen, hatte der Vicarius noch eine schlechte Mitteilung für den Gesandten des Kölner Gerichtshofs. Heinrich war mit der Nachricht aus Flerzheim zurückgekehrt, dass der Medicus erst am späten Abend des folgenden Tages von einer Reise zurückerwartet wurde. Die Leichenschau der alten Cath musste also um einen Tag verschoben werden. So verging wieder wertvolle Zeit, Zeit, und das wusste Pater Philipus nur zu genau, die er nicht hatte.

Pater Philipus rückte die Kerzen näher an sein Manuskript. Er saß in seiner Schlafkammer und hatte sich von Heinrich noch zwei zusätzliche Lichter bringen lassen. Dabei hatte er erfreut festgestellt, dass sich das Verhältnis des Hausknechts ihm gegenüber allmählich besserte. Heinrich hatte sich sogar zu einem kleinen Lächeln durchringen können, als er ihm die Kerzen an der Zimmertür überreichte.

Trotz des helleren Lichtes musste Philipus mit seinen Augen nahe an das Papier herangehen. Er gestand sich ein, dass es bald an der Zeit war, sich eine Brille anzuschaffen. Das häufige Lesen im Dunkeln des Skriptoriums und der Bibliothek hatte seine Augen im Laufe der Jahre sehr in Mitleidenschaft gezogen.

Der Dominikaner wollte die erste Bestandsaufnahme seiner bisherigen Ermittlungen machen. Wie schon in früheren Fällen hatte er alle Informationen und Eindrücke aufgeschrieben. Sein Erfolgsrezept lag bislang darin, dass er methodisch vorging. Zunächst las er seine Aufzeichnungen aufmerksam durch. Dann machte er sich daran, wichtige Anhaltspunkte von unwichtigen zu trennen. Anschließend versuchte er, Übereinstimmungen und Muster in den Informationen zu erkennen.

Die Opfer der Verbrechen waren allesamt ältere Personen jenseits der Sechzig und wiesen alle auf die gleiche Art und Weise beigebrachte große Wunden am ganzen Körper auf. Näheres musste die Leichenschau ergeben, die er übermorgen mit dem Medicus vornehmen wollte. Des Weiteren waren alle Morde am späten Abend oder in der Nacht verübt worden. Das deutete darauf hin, dass der oder die Täter ihre Taten möglichst ungestört begehen wollten. Die Übereinstimmung, dass es sich bei den Mordopfern nur um Männer handelte, war durch den Tod der alten Cath durchbrochen worden. Außerdem kamen nicht alle Opfer direkt aus Rheinbach, wie der Mord an dem alten Schultheiß Augustin aus Flerzheim bewies.

Philipus wusste, dass er diesen mysteriösen Fall nur lösen würde, wenn er das Motiv für die Taten entschlüsseln konnte. Das häufigste Motiv eines Verbrechens, die Habgier, fiel aus. Keinem der Opfer war etwas entwendet worden, und niemandem brachte ihr Tod im Nachhinein irgendwelche wirtschaftlichen Vorteile. Ebenso fiel das Motiv der Eifersucht oder verschmähter Liebe aus. Dafür waren die Getöteten zu alt. Die Morde mussten jedoch mit sehr großen Hassgefühlen begangen worden sein, denn alle Opfer waren auf bestialische Art und Weise zugerichtet worden. Wenn Philipus davon ausging, dass die Taten nicht von Teufelsdienern und anderen Geistesgestörten verübt worden waren, die ihre Opfer wahllos aussuchten und Freude am sinnlosen Töten hatten, mussten der oder die Täter in irgendeiner Verbindung zu den Opfern gestanden haben.

Pater Philipus massierte seine Stirn und seine Schläfen, um sich besser konzentrieren zu können. Dann studierte er seine Niederschrift ein weiteres Mal. So gelang es ihm schließlich doch noch, ein Muster zu entdecken: Alle Morde waren auf freiem Feld oder im Wald begangen worden.

Was hatten die Opfer dort in der Nacht zu suchen? Der Dominikaner wusste genau, dass sich die abergläubische Landbevölkerung nur in äußersten Notfällen in der Nacht aus dem Schutz ihrer Häuser entfernte; zu groß war ihre Angst vor bösen Geistern und Wesen. Waren sie vielleicht zu den Tatorten gelockt worden? Er nahm sich vor, auch dieser Frage am nächsten Tage nachzugehen.

Der Mönch schaute nachdenklich in den Schein der Kerzen. Da erschien ihm plötzlich durch das flackernde Licht das Gesicht Appolonia Simons. Es fröstelte ihn. Er spürte, dass sie in großer Gefahr war. Umso dringlicher sollte er jetzt zu Bett gehen, um am morgigen Tag ausgeschlafen und erholt die Ermittlungen fortführen zu können.

Als er das Manuskript zur Seite legte, fiel ihm noch eine Notiz ins Auge, die er sich am späten Nachmittag nach dem Gespräch mit dem Pfarrer in der Kirche gemacht hatte. Er hatte sich von dem Vicarius die genauen Daten der Morde geben lassen, auch wenn dieser einige Zeit brauchte, bis sie ihm wieder einfielen. Jetzt schaute er sich die aufgelisteten Tage noch einmal genau an. Philipus schlug sich gegen die Stirn. Warum war ihm das nicht gleich aufgefallen? Noch einmal zählte er die Anzahl der Tage zwischen den einzelnen Verbrechen. Kein Zweifel! Alle hatten sich im gleichen Abstand von sieben Tagen ereignet. Der Mönch sah sich das Datum des letzten Mordes an. Es war der 10. August. Von diesem Tag an zählte er sieben Tage weiter. Philipus hob überrascht seinen Kopf. Wenn die gleichen Zeitabstände zwischen den Verbrechen kein Zufall waren, musste die nächste Mordtat am folgenden Tage passieren.

Ferdinande weinte still vor sich hin, als sie in die Gasse einbog. Die Magd glaubte, vor Angst sterben zu müssen. Sie hatte auf ihrem Weg durch die Dunkelheit schon tausend Flüche auf ihre Herrin ausgestoßen. Die Alte wusste doch genau, unter welcher Todesangst sie in der Dunkelheit litt. Gerade jetzt, wo sich wieder das Hexenpack in der Gegend herumtrieb. Warum mußte sie noch zu dieser späten Abendstunde zum Barbier geschickt werden, um Salbe für ihr runzliges Gesicht zu holen? Die alte Frau brauchte die Paste doch erst am nächsten Morgen. Aber Ferdinande musste den Botengang erledigen, riskierte sie doch anderenfalls, ihre Arbeitsstelle bei der wohlhabendsten Herrschaft der Stadt zu verlieren. Ganz vorsichtig setzte sie einen Fuß vor den anderen und lauschte immer wieder in die Stille.

Das Mädchen atmete erleichtert aus, als sie das Gehöft im Dämmerlicht ausmachte. Es waren nur noch wenige Schritte, bis sie es erreichte.

Plötzlich hielt sie inne. Hatte sich nicht vor ihr ein Schatten bewegt, der in großer Eile an der Begrenzungsmauer des Anwesens entlangschlich und dann in die Seitengasse abbog? Es war sicherlich nur ein Tier, beruhigte sie sich. Vielleicht ein Hund oder eine Katze. Aber war der Schatten nicht zu groß dafür? War es vielleicht doch eine Ausgeburt der Hölle, die ihr jetzt auflauerte und nur darauf wartete, sich auf sie zu stürzen? Das Mädchen blieb wie gelähmt stehen.

Als alles ruhig blieb, nahm sie ihren Mut zusammen und ging mit klopfendem Herzen weiter. Auf der Höhe der Seitengasse, die an der Rückwand des Pferdestalls vorbeiführte, traute sie sich nicht, in die dunkle Abzweigung hineinzublicken. Trotzdem überkam das Mädchen eine Gänsehaut. Sie hatte das Gefühl, dass sich dort irgendetwas befand und sie beobachtete. Sie holte tief Luft und überbrückte das letzte Stück zur Hoftür im Laufschritt. Mit zitternden Händen suchte das Mädchen den Schlüssel. Endlich hatte sie ihn in ihrer Schürze gefunden. Hastig schloss sie auf und schlüpfte durch das Tor in den Hof.

Auf der anderen Seite blieb sie zunächst stehen und presste ihren Rücken gegen die Holzbalken der Hoftür. Dort verharrte sie einige Zeit und rang nach Atem. Ferdinande hatte gehofft, dass im Haus noch Licht brannte – aber alles war dunkel. Die Herrschaft und das Gesinde waren wohl schon zu Bett gegangen. Allmählich gab ihr die Heimlichkeit des vertrauten Hofes etwas Sicherheit. Sie musste nur noch am Stall vorbeigehen, dann hatte sie die rettende Tür zum Gesindehaus erreicht. Das Mädchen nahm sich vor, nicht in die drohende Schwärze des Stalls zu blicken, und lief los.

Nach zwei Schritten blieb sie starr vor Schrecken stehen. Da … sie war sich ganz sicher. Wieder hatte sich etwas vor ihr bewegt. Hatte es sich jetzt hinter der großen Stalltür verborgen? Deutlich hörte sie, dass auch die Tiere im Stall unruhig wurden. Die Hühner gackerten, und der Hengst scharrte aufgeregt mit den Hufen. Dann glaubte die Magd, einen ekligen Geruch wahrzunehmen.

Das war zuviel für sie. Sie stürzte mit einem heiseren Schrei nach vorne. Stolpernd erreichte sie die Tür und war heilfroh, dass sie nicht verschlossen war. Sie riss sie auf und taumelte in ihre Kammer. Dort warf sich die Magd auf ihre Schlafstatt und verbarg sich unter der Bettdecke. Sie schloss ihre Augen und hielt sich die Ohren zu.

In einem innigen Gebet rief sie den Heiland an, sie vor den Ausgeburten der Hölle zu beschützen. Schließlich überlegte Ferdinande, ob es nicht ihre Pflicht wäre, den Hausherrn über ihr Erlebnis zu informieren. Dann verwarf sie aber ihre Absicht. Sollte sie sich alles nur eingebildet haben, setzte es Schläge, weil sie den früheren Schultheiß grundlos aus dem Schlaf gerissen hatte.

Montag, 17. August, Anno Domini 1654

Pater Philipus wurde vom lauten Geläut der Glocken von St. Gregorius geweckt, das die Kirchgänger zur Morgenandacht rief.

Eilig sprang er auf, um seine Morgentoilette zu verrichten. Als er zur Waschkommode ging, konnte er aus dem Fenster zum Hof den Hausknecht beobachten. Heinrich war damit beschäftigt, eine Kutsche aus einem der Ställe zu ziehen. Pfarrer Stotzheim musste am heutigen Tag wohl eine Ausfahrt geplant haben. Als der Knecht nach der Anstrengung die Kappe vom Kopf nahm, um sich den Schweiß von der Stirn zu wischen, schaute er nach oben und erkannte den Mönch hinter der Fensterscheibe. Philipus winkte ihm freundlich zu. Heinrich tat zunächst so, als hätte er die Geste nicht gesehen. Doch dann winkte er unsicher zurück. Der Dominikaner war sich sicher, dass das Eis zwischen ihnen bald brechen würde.

Hastig schüttete er sich Wasser in die Waschschüssel und wusch sich Gesicht und Oberkörper. Das erfrischende Nass tat ihm nach der unruhigen Nacht gut. Dann kleidete er sich an und eilte die Treppe hinunter. Unten rief er nach Pfarrer Stotzheim, bekam aber keine Antwort. Der Vicarius musste also schon in der Kirche sein. Eilig verließ der Pater das Haus und rannte über die Straße zur Kirche. Als er die Tür öffnete, hatte die Andacht schon begonnen. Auf Zehenspitzen schlich Philipus zur Kirchenbank in der letzten Reihe, kniete sich nieder und setzte in das Gebet ein, das der Vicarius gerade gemeinsam mit seiner Gemeinde sprach. Während er die Worte des »Gegrüßest seist du, Maria« murmelte, beobachtete er die übrigen Kirchenbesucher. Die Andacht war gut besucht. Außer einigen älteren Männern bestand die Mehrheit der Kirchenbesucher, wie schon bei der Abendandacht, aus Frauen.

Der Pater blickte zur Seite und hielt inne. In der parallel zu ihm stehenden Bank kniete ganz alleine Appolonia Simons. Sie hatte sich einen dunklen Umhang über den Kopf gezogen und betete, tief in sich gekehrt, mit geschlossenen Augen. Der Mönch war von ihrem Anblick so gefangen, dass er seine Augen nicht abwenden konnte. Als die Wirtin das Gebet beendet hatte, öffnete sie die Augen und schaute zu ihm herüber. Er täuschte sich nicht. Sie schien erfreut zu sein, ihn zu sehen, und lächelte ihm warmherzig zu. Dann wendete sie ihren Blick schnell wieder zum Altar, als wollte sie vermeiden, dass die übrigen Kirchenbesucher ihre Vertraulichkeit mitbekamen.

Zum Ende der Andacht hielt Pfarrer Stotzheim eine Predigt, die Philipus dem Geistlichen gar nicht zugetraut hätte. Er ging noch einmal auf das Geschehen in der Wirtsstube vom Vortag ein und ermahnte die Kirchenbesucher eindringlich, dass es eine schwere Sünde sei, andere Menschen voreilig, oft auch aus niedrigen Beweggründen, zu verleumden oder anzuklagen. Dabei vermied er sorgfältig, den Namen von Appolonia Simons in den Mund zu nehmen. Als Philipus zu ihr herüberschaute, stellte er fest, dass sie die Kirche bereits verlassen hatte.

»Ihre Predigt hat mir sehr gut gefallen!«, lobte der Dominikanermönch den Pfarrer und zog den Milchkrug zu sich herüber. Die beiden Männer saßen beim Frühstück, das gewohnheitsgemäß im Pfarrhaus nach der Morgenandacht stattfand.

Vicarius Stotzheim war sichtlich geschmeichelt und schaute verlegen auf den Tisch.

»Ich glaube, das war sehr wichtig, dass Sie die Dinge angesprochen haben, wie sie unser Herr Jesus Christus sehen würde.«

»Insbesondere, wenn so viele Frauen meine Zuhörer waren!«, erwiderte der Pfarrer.

»Wie meinen Sie das?«

»Wir dürfen eine wichtige Sache in dieser Angelegenheit nicht außer Acht lassen«, antwortete Stotzheim und hob seine Stimme.

»Für die öffentliche Meinung in einer Stadt sind die Ansichten der Frauen sehr bedeutsam. Gerade sie vergiften die Atmosphäre durch Klatsch und Tratsch. Dabei spielt bezüglich Appolonia Simons bei vielen von ihnen Neid und Eifersucht eine entscheidende Rolle. Sie ist eine attraktive Frau und alleinstehend. Die meisten Rheinbacher Frauen glauben, dass ihre Männer auch ihretwegen das Wirtshaus so häufig besuchen.«

Philipus nickte nachdenklich. An diesen Aspekt hatte er noch gar nicht gedacht. In diesem Augenblick sah der Pater durch die geöffnete Tür zum Hof, wie der Hausknecht zu seiner Kammer schlurfte, die sich neben dem Pferdestall befand. »Sollten wir Heinrich nicht mit uns frühstücken lassen?«, fragte er unvermittelt und schaute den Vicarius erwartungsfroh an.

»Wie bitte?« Stotzheim sah ihn fassungslos an. »Wo kommen wir denn hin, wenn das Gesinde schon mit der Herrschaft an einem Tisch sitzt?«

»Ich glaube, das würde Heinrichs Einstellung zu mir schon um einiges ändern!«

»Aber ich glaube nicht, dass Heinrich das selber möchte«, versuchte der Vicarius den Mönch von seiner absurden Meinung abzubringen.

»Ich finde, wir sollten es aber auf einen Versuch ankommen lassen!«

Philipus stand auf, ohne den Pfarrer weiterhin zu diesem Thema Stellung nehmen zu lassen. Er überquerte den Hof und betrat die Kammer des Knechts. Dieser saß am Tisch seiner spärlich ausgestatteten Unterkunft und bearbeitete mit der stumpfen Klinge seines Messers einen harten Brotlaib. Als er den Mönch bemerkte, fuhr er erschrocken hoch und starrte den unerwarteten Besucher an.

»Na, Heinrich«, sagte Philipus freundlich, »möchtest du nicht mit dem Vicarius und mir gemeinsam frühstücken?«

Der Hausknecht machte ein Gesicht, als könnte er nicht glauben, was er da gehört hatte. Er wendete sich verlegen ab und tat so, als wollte er sich in die hinterste Ecke seiner Kammer verkriechen. Als der Pater sein Angebot wiederholte, drehte sich Heinrich zögerlich um und schüttelte heftig den Kopf. »Nein … das … geht nicht!«, stotterte er. »Heinrich … besser … hier bleiben … in Stallkammer!«

»Na, du kannst es dir ja noch einmal überlegen!«, wollte Philipus den verängstigten Jungen nicht weiter bedrängen und verließ die Kammer.

Pfarrer Stotzheim empfing ihn mit einem überlegenen Lächeln. »Habe ich es Ihnen nicht gesagt? Er will nicht!«, sagte der Vicarius und hoffte, dass der Dominikaner zukünftig nicht mehr auf solch sonderbare Ideen käme.

Der Mönch jedoch schmunzelte, als er sich wieder an den Tisch setzte. Er war sich sicher, dass sich der Hausknecht ihm gegenüber ab jetzt offener verhalten würde. Die beiden Geistlichen setzten schweigend ihr Frühstück fort.

»Ich habe gesehen, dass Heinrich heute Morgen schon die Kutsche fertig gemacht hat«, sagte der Pater nach einer Weile. »Wollen Sie verreisen?«

Der Pfarrer musste zunächst den Bissen Brot herunterschlucken, auf dem er mit seinen wenigen Zähnen schon einige Zeit herumkaute. »Als Heinrich gestern in Flerzheim war, um dem Medicus Bescheid zu geben, nach Rheinbach zu kommen, fuhr er noch zur Burg Lüftelberg, um Besorgungen zu machen«, entgegnete er. »Dort begegnete er dem Amtmann. Dieser trug ihm auf, dass er mich heute sehen wolle.«

»Das trifft sich gut«, sagte der Pater. »Dann können Sie mich ja mitnehmen. Ich möchte mich nämlich auch nach Flerzheim begeben.«

»Was wollen Sie denn dort?«, konnte Stotzheim seine Neugier nicht verbergen.

»Ich habe vor, mit Familienangehörigen der Ermordeten zu sprechen. Vielleicht wissen sie etwas darüber, warum sich die Opfer des Nachts in Wald und Feld herumgetrieben haben.«

Der Vicarius überlegte einen Augenblick. »Da werden Sie aber bei der alten Cath und Melchior Steinbach wenig Erfolg haben. Sie lebten alleine.«

»Und wie sieht es bei Jan Thyn und dem Flerzheimer aus?«

»Die Ehe des ehemaligen Flerzheimer Schultheiß ist kinderlos geblieben. Seine Frau ist schon einige Jahre tot. Aber er wohnt mit seiner Schwester Gertrud, einer alten Jungfer, zusammen.«

»Und Jan Thyn?«

Der Pfarrer zögerte, da er sich einen Moment besinnen musste. »Seine Frau lebt noch. Soviel ich weiß, hat er zwei Töchter, die aber weit von Rheinbach entfernt verheiratet sind.«

»Erzählen Sie mir etwas über Jan Thyn und Melchior Steinbach!«, forderte Philipus den Pfarrer auf, während dieser sein Brot mit Pflaumenmus bestrich.

»Das müssen Sie unbedingt probieren! Heinrich hat es im letzten Herbst eingemacht. Es ist köstlich!«, ging Stotzheim nicht direkt auf die Bitte des Mönchs ein. Er wartete, bis Philipus das Mus gekostet hatte und seine Behauptung mit einem anerkennenden Nicken bestätigt hatte.

»Also«, begann er und griff selber zum Pflaumenkompott, »beide sind wohlhabende und angesehene Bürger Rheinbachs gewesen. Melchior Steinbach war früher Amts- und Gerichtsschreiber, Jan Thyn ein Kaufmann, der mit Wolle und Leinen handelte. Thyn war viele Jahre im Rat der Stadt und hat früher auch die Funktion des Schöffen ausgeführt.«

»Also gehörten alle Opfer der gehobenen Bürgerschicht an!«, stellte Philipus fest.

»... außer der alten Cath!«, schränkte der Pfarrer ein.

»Außer ihr!«, wiederholte der Dominikaner nachdenklich. Wieder musste er erkennen, dass die alte Frau nicht in eines seiner Muster passte. »Wann brechen Sie zum Amtmann auf?«, fragte Philipus und wollte zum Ende des Gespräches kommen.

»Erst nach dem Mittagessen«, antwortete der Pfarrer und wischte sich mit einem Finger das Pflaumenmus von den Lippen.

»Ich muss heute Morgen noch zwei Taufen vornehmen. Rheinbach hat in den letzten Tagen zwei neue Mitbürger bekommen.« Dabei strahlte er den Pater an und leckte sich genüsslich die Finger ab.

»Gut!« sagte Philipus. »Dann werde ich heute Morgen meine Befragungen in Rheinbach vornehmen.« Der kurkölnische Ermittler ließ sich von Pfarrer Stotzheim noch eine Beschreibung geben, wie er zu den Häusern der Mordopfer gelangen konnte. Dann stand er auf und machte sich auf den Weg.

Pater Philipus betrat die Geißengasse. Er merkte gleich an dem unangenehmen Geruch, der ihm entgegenschlug, dass hier die ärmeren Einwohner Rheinbachs zu Hause waren. Obwohl eine Verordnung des Rates nicht erlaubte, Unrat und Fäkalien in die Abflussrinne, die dicht an den Häusern vorbeilief, zu schütten, wurde dieses Verbot offensichtlich selten befolgt. Dichtgedrängt standen die kleinen verwinkelten Fachwerkhäuser nebeneinander. Die Gasse war so schmal, dass keine zwei Fuhrwerke aneinander vorbeifahren konnten. Da die oberen Geschosse der Häuser von beiden Seiten weit in die Gasse hineinragten, hatte man das Gefühl, dass sie sich fast berührten. Aus diesem Grunde fand die Sonne sehr selten Durchlass zwischen den Giebeln, so dass selbst am hellen Tage ziemliche Dunkelheit herrschte. Die Gasse war menschenleer. Nur das Bellen der Hunde und der Lärm spielender Kinder hinter den Hoftoren bezeugten, dass die Häuser bewohnt waren.

Der Ermittler blieb an einer kleinen Kate stehen, deren Vorderfront so schmal war, dass Philipus sich gar nicht vorstellen konnte, dass dort überhaupt jemand wohnte. Es musste das Haus sein, das ihm der Pfarrer beschrieben hatte. Die Läden des winzigen Fensters zur Straßenseite waren geschlossen. Neben der Behausung zog sich ein mannshoher Bretterzaun an der Straßenfront entlang, in dessen Mitte sich ein altes, verwittertes Hoftor befand. Der Eingang war mit einem einfachen Holzriegel verschlossen. Der Pater hob ihn hoch und drückte mit der Hand gegen die Tür. Sie öffnete sich mit einem knarrenden Geräusch. Vorsichtig warf Philipus einen Blick in den dunklen Hof, der mit groben Feldsteinen gepflastert war. Seine hintere Seite wurde durch die Rückwand der Scheune des Nachbarhauses begrenzt, vor der eine kleine Holzbank stand. Zur Linken konnte man durch eine niedrige, zweigeteilte Tür ins Haus gelangen. Auf der rechten Seite befand sich ein kleiner Schuppen, dessen Wände aus mit Reisig verflochtenem Lehm bestanden.

Der Pater ging auf den Hof, als er plötzlich hinter sich ein drohendes Knurren hörte. Er drehte sich um und schaute auf einen struppigen Mischlingshund, dessen Fell sich im Nacken aufgerichtet hatte.

»Tilly, mach Sitz!«, hörte Philipus eine Stimme sagen, die von außerhalb des Zauns kam. Der Hund folgte dem Befehl widerwillig und legte sich mit einem unterdrückten Winseln auf den Boden. Gleich darauf erschien eine Frau mit einem verschlissenen Arbeitskittel, über den sie eine speckige Schürze trug. Das ungepflegte Haar hatte sie sich hinter dem Kopf zusammengebunden. Ihr durch harte Arbeit gezeichnetes Gesicht ließ sie älter erscheinen, als sie in Wirklichkeit war.

»Das ist also Tilly!«, sagte Philipus und ging einen Schritt auf den Hund zu.

»Woher kennen Sie seinen Namen?«, fragte die Frau verwundert und nahm ein kleines Mädchen mit roten Haaren an die Hand. Schüchtern versteckte es sich hinter den Beinen ihrer Mutter, als es den Mönch sah.

»Von Ihrem Mann!«, entgegnete Philipus und kniete sich hin, »ich habe ihn vorgestern im Wirtshaus kennengelernt.« Der Dominikaner hob seine Hand, um den Hund zu streicheln.

»Das würde ich an Ihrer Stelle nicht tun«, warnte die Frau. »Tilly lässt sich nicht von jedem streicheln.«

»Machen Sie sich keine Sorgen, Frau Tondorff. Ich weiß, wie man mit Tieren umgeht.« Philipus fuhr dem Hund mit einer Hand kräftig durch das Fell hinter den Ohren. Tilly legte sich unterwürfig auf die Seite, um sich auch den Bauch streicheln zu lassen.

Frau Tondorff beobachtete die Szene erstaunt, bevor sie sagte: »Sind Sie etwa der Pater, der die Morde hier in Rheinbach untersucht?«

Philipus schaute zu ihr hoch und nickte.

»Mein Mann hat mir von Ihnen erzählt. Wir haben uns schon gefragt, warum ein Mönch diese Sache hier untersucht. So wie es aussieht, ist das doch eher ein Fall für den Hexencommissarius!«

»Es gibt gute Gründe dafür, dass man mich hierhin geschickt hat«, antwortete Philipus. »Glauben Sie mir, seien Sie froh, dass der Hexenkommissar Rheinbach fernbleibt!«

»Aber wie wollen Sie sonst diesem Teufelspack beikommen?«

»Ich glaube, dass die Mordserie nichts mit Hexenspuk zu tun hat, sondern menschengemacht ist. Ich versuche, dem oder den Mördern auf die Spur zu kommen!«

»Das glauben Sie doch selber nicht«, widersprach die Frau ungehalten. »Franz hat mir erzählt, was er im Wald erlebt hat und wie die alte Cath zugerichtet war!«

Philipus sah ein, dass es keinen Sinn hatte, dem althergebrachten Aberglauben der Frau zu widersprechen, und wechselte das Thema. »Sie haben die alte Cath wohl sehr gemocht?«

Frau Tondorff traten Tränen in die Augen. »Sie war nicht nur meine beste Freundin, sondern auch unersetzlich für uns Ärmere hier in Rheinbach!«

»Wieso?« Der Pater war aufgestanden und horchte auf.

»Wir haben eben kein Geld, um uns den teuren Medicus leisten zu können, wenn wir oder unsere Kinder krank sind. Catharina hat uns mit ihrer Heilkunst und den Kräutern geholfen. Sie hatte diese Gabe von ihrer Mutter geerbt.«

Jetzt verstand der Mönch. Die alte Cath war in Rheinbach so beliebt, weil sie eine Heilerin war. Ihre Kunst, die Leiden der Menschen mit Kräutern zu lindern, ruhte auf Generationen vererbter Weisheiten über die Heilkräfte der Natur.

»Kommen Sie mit!«, forderte Frau Tondorff Philipus auf. Sie nahm das Kind auf den Arm, machte sich auf den Weg zum Schuppen und öffnete den Verschlag.

Philipus sah hinein. Im Halbdunkel des Raums konnte er erkennen, dass Dutzende von verschiedenen Kräutern, die zu Sträußchen zusammengebunden waren, zum Trocknen von der Decke herabhingen.

Die Frau begann, an einigen der Pflanzenbündel zu riechen. »Sie hatte leider keine Kinder, denen sie ihre Gabe weitergeben konnte«, sagte sie verbittert und hielt auch ihrer Tochter ein leise knisterndes Büschel unter die Nase. Das Kind sog den Geruch tief mit geschlossenen Augen ein und lächelte selig. »Was geschieht mit den Heilkräutern und wer hilft uns jetzt?«, fuhr die Frau verzweifelt fort.

Der Dominikaner folgte ihr in das Innere des Bretterverschlages. Er genoss den angenehmen Duft der getrockneten Pflanzen in dem engen Raum. Er erinnerte ihn an das Hospital des Klosters. Dort hatte er einige Zeit gearbeitet und war mit verschiedenen Heilkräutern in Berührung gekommen.

»Die Hexe soll brennen, die ihr und uns das angetan hat!«, sagte Frau Tondorff plötzlich mit harter Stimme.

Philipus wusste, wen sie damit meinte. Einen Moment überlegte er, ob er ihr widersprechen sollte, doch dann sah er ein, dass ihm das nicht weiterhelfen würde. »Ging die alte Cath eigentlich häufig im Dunkeln auf Kräutersuche in den Wald?«, fragte er stattdessen.

Die Frau schüttelte heftig den Kopf. »Eigentlich nie!«, sagte sie.

»An dem Tag ihres Todes tat sie es aber. Warum?«, wollte Philipus wissen.

»Weil es tagsüber ein heftiges Gewitter gab. Da sie aber dem Medicus Wiemann für den kommenden Tag frisches Johanniskraut versprochen hatte, machte sie sich noch am Abend auf.«

»Wie?«, fragte der Pater erstaunt. »Auch der Medicus war ein Abnehmer ihrer Kräuter?«

Frau Tondorff nickte und verließ den Schuppen. »Gerade der alte Wiemann profitierte sehr von ihrer Gabe. Auch ihm schadet es sehr, dass es die alte Cath nicht mehr gibt.«

Als sie die Kammer wieder verließen, fiel Philipus eine kleine Glasflasche auf, die neben dem Eingang mit einer Schnur von der Decke herabhing und bis zur Hälfte mit einer Flüssigkeit gefüllt war. Der Mönch schaute Frau Tondorff fragend an.

»Sie ist mit Weihwasser gefüllt und soll die Kräuter vor Kobolden und Geistern beschützen.«

Philipus nickte verständnisvoll. Wie die Menschen auf dem Lande doch kirchliche Gebräuche mit altem Geisterglauben vermischten! Der Dominikaner hatte genug erfahren. Er bedankte sich bei der Frau für die Auskünfte und streichelte dem kleinen Mädchen zum Abschied über die Wange. Verlegen lächelte es den Pater an.

Auf dem Weg zu seinem nächsten Ermittlungsziel hatte Philipus noch einmal Gelegenheit, über das nachzudenken, was er von Tondorffs Frau erfahren hatte. Allem Anschein nach musste der Mörder Catharina Hamechers gewusst haben, dass sie am Abend noch in den Wald gehen würde, um dort für den Medicus Kräuter zu sammeln!

Als er in die Pfaffengasse einbog, erkannte er sogleich, dass hier die wohlhabenderen Familien Rheinbachs wohnten. Die Häuser von Jan Thyn und Melchior Steinbach lagen nur wenig auseinander. Philipus stellte sich auf die gegenüberliegende Straßenseite und nahm die Anwesen in Augenschein. Wenn man die Gebäude mit der erbärmlichen Behausung von Catharina Hamecher verglich, waren es regelrechte Prachtbauten. Von Pfarrer Stotzheim hatte er erfahren, dass Jan Thyn seinen Reichtum als erfolgreicher Kaufmann erworben hatte. Aber wie war Melchior Steinbach an solch ein Vermögen geraten? Er war als Gerichtsschreiber ein einfacher Stadtbediensteter gewesen, dessen Lohn normalerweise nicht so hoch war, um sich ein solches Haus leisten zu können.

Der Pater ging zunächst auf das Haus des Stadtschreibers zu und pochte mit der Faust mehrfach gegen die Haustür. Doch niemand machte ihm auf. Der Vicarius schien recht zu haben. Steinbach hatte keine Familienangehörigen mehr, und das Haus war jetzt unbewohnt. Deshalb ging der Dominikaner weiter, um an der Haustür des ehemaligen Schöffen Thyn zu klopfen. Aber auch hier öffnete ihm nach mehrmaligen Versuchen niemand. Da das Anwesen neben dem Hauptgebäude einen Hof besaß, versuchte der Ermittler, durch die Hoftür Einlass zu finden. Er hatte Glück. Sie war nicht abgeschlossen. Als er den geräumigen Wirtschaftsbereich betrat, sah er einen Mann in Arbeitskleidung, der eine Sense schliff. Der Knecht hatte den Mönch bemerkt und schaute auf. Er legte das Arbeitsgerät zur Seite und sah den Pater misstrauisch an.

»Guten Tag«, sagte Philipus. »Entschuldigen Sie, dass ich hier so reinplatze, aber ich habe es vergebens an der Haustür probiert.«

»Kein Wunder …«, murmelte der Knecht undeutlich.

Philipus bemerkte, dass er auf einem großen Stück Kautabak herumkaute. Obwohl ihn die Antwort irritierte, ging er nicht darauf ein. »Mein Name ist Philipus von der Velde«, sagte er stattdessen. »Ich untersuche die Mordfälle hier in Rheinbach und …«

»Ach, Sie sind der Pater, den uns das Kölner Gericht geschickt hat«, unterbrach ihn der Mann mit einem spöttischen Unterton und spie dabei ein Stückchen Priem auf den Boden.

Deutlich hörte der Mönch einen norddeutschen Dialekt aus der Sprache seines Gesprächspartners heraus. Eine Tätowierung an seinem Oberarm und seine Kleidung verrieten, dass er wohl früher zur See gefahren sein musste. Auch ihn hatten wahrscheinlich die Wirren des Dreißigjährigen Krieges ins Rheinland verschlagen. Philipus wurde außerdem klar, dass er selbst Stadtgespräch in Rheinbach war. »Ich hätte gerne die Frau des Verstorbenen gesprochen!«, erklärte er sein Anliegen.

»Die Herrin ist im Haus«, sagte der Knecht und zeigte auf eine grobe Holztür, die vom Hof in das Gebäude führte. »Versuchen Sie es dort«, fügte er hinzu und lächelte dabei schelmisch.

Philipus bedankte sich und durchquerte den Hof. Als er das Haus betrat, stand er zunächst in einem dunklen Flur. Ein muffiger Geruch stieg ihm entgegen. Mit der rechten Hand verscheuchte er einen Schwarm lästiger Fliegen, der seinen Kopf umschwirrte. Als er sich in dem spärlichen Licht weitertastete, hörte er plötzlich eine schrille Stimme.

»Jan, du Nichtsnutz! Bist du es? Wo hast du dich wieder herumgetrieben?«

Philipus blieb wie versteinert stehen. Die Stimme ging in ein hysterisches Schreien über. »Irgendwelches Teufelspack pocht die ganze Zeit an der Haustüre! Ich glaube, es ist soweit! Sie wollen mich holen! Lauf schnell zum Amtmann und sag ihm Bescheid!«

Der Mönch vermutete die zur Stimme gehörende Person am Ende des Flurs hinter einer Tür, die ein Spalt weit offen stand. Vorsichtig bewegte er sich weiter und öffnete den Eingang in die Wohnstube so weit, dass er hindurchsehen konnte. In dem abgedunkelten Raum fiel es ihm zunächst schwer, überhaupt etwas zu unterscheiden. Als sich seine Augen an das diffuse Licht gewöhnt hatten, erkannte er eine alte Frau, die hinter einem kleinen Holztisch auf einem Sessel saß. Ihre Augen waren weiß und leer. In der Hand hielt sie eine Fliegenpatsche, mit der sie immer wieder nach den Fliegen schlug, die sie in dem stickigen Raum pausenlos belästigten. Plötzlich hörte sie auf damit. Sie schien bemerkt zu haben, dass sich jemand an der Tür befand, und reckte ihren Kopf in die Richtung des Zimmereingangs.

»Jan, hilf mir!«, kreischte sie plötzlich wieder los und schlug mit der ledernen Patsche jähzornig auf den Tisch. »Sie kommen! Sie sind schon an der Tür!«

Krampfhaft versuchte sie aufzustehen. Als es ihr nicht gelang, ließ sie sich mit einem wütenden Gejammer in den Sessel zurückfallen.

Der Mönch zog langsam den Kopf zurück und entfernte sich leise. Es hatte keinen Sinn, mit der Frau zu reden. Das arme Geschöpf war nicht nur blind, sondern auch geistig verwirrt. Als er durch den Flur wieder nach draußen ging, begleitete ihr wütendes Gezeter ihn bis auf den Hof.

Der Knecht empfing ihn mit einem durchtriebenen Grinsen.

Philipus ließ sich nichts anmerken und fragte nur: »Wohnt sonst niemand mehr im Haus?« Als der Mann den Kopf schüttelte, fügte er hinzu: »Ich hoffe, Sie kümmern sich um die arme Frau!« Philipus hatte Bedenken, dass der grobe Kerl die Situation nach dem Tode des Hausherrn ausnutzen würde.

»Es ist wahrlich nicht leicht mit ihr!«, erwiderte der Mann. »Aber einer muss es ja tun.«

Die Antwort beruhigte den Mönch ein wenig. »Vielleicht können Sie mir ja weiterhelfen«, sagte er und setzte sich neben den Knecht auf einen Holzklotz. »Wissen Sie vielleicht, warum Ihr Herr am Tage seines Todes zu später Stunde das Gehöft verließ, um in den Wald zu gehen?«

Der Knecht zuckte nur mit den Schultern. »Das kann ich Ihnen nicht sagen«, antwortete er und spuckte wieder auf den Boden. »Auch ich war sehr verwundert, dass er sich noch so spät davonmachte. In den Wald war er eigentlich schon lange nicht mehr gegangen. Früher besuchte er ab und zu abends das Wirtshaus. Aber auch das machte er in der letzten Zeit nicht mehr!«

»War jemand im Laufe des Tages hier und hat mit ihm gesprochen?«

Der Knecht überlegte. Dann schüttelte er langsam den Kopf.

»Oder brachte ihm vielleicht jemand eine Nachricht?«, hakte Philipus nach.

Wieder zuckte der Mann mit den Schultern. »Tut mir leid«, sagte er, »da kann ich Ihnen leider nicht weiterhelfen! Ich habe nichts bemerkt.«

Der Mönch nickte und atmete tief durch. Er musste sich eingestehen, dass er sich von den Befragungen in Rheinbach mehr erwartet hatte. Jetzt konnte er nur hoffen, dass die Ermittlung in Flerzheim ergiebiger ausfiel.

Pater Philipus hatte sich entschlossen, die Kutsche des Pfarrers in Anspruch zu nehmen, weil er seinen Hintern von dem langen Ritt von Köln nach Rheinbach noch immer spürte. Wenn er jedoch gewusst hätte, dass das Gefährt des Pfarrers so wenig gefedert war, hätte er doch lieber das Pferd genommen. Schon wenige hundert Meter hinter den Stadttoren Rheinbachs rumpelte die Kutsche auf der steinigen Feldstraße so heftig, dass die beiden Geistlichen regelrecht durchgeschüttelt wurden. Einzig die Sonne, die sich jetzt am Nachmittag nach zwei unbeständigen Tagen ihren Weg durch die Wolken bahnte, machte die Fahrt nach Lüftelberg einigermaßen erträglich.

Pfarrer Stotzheim war gut gelaunt. Bald verriet er auch den Grund dafür: Es war der gute Tropfen, der ihn beim Amtmann erwartete. Unumwunden gab er zu, dass die bisherigen Gespräche mit Schall von Bell auf der Burg Lüftelberg immer in einem Besäufnis geendet hatten.

Nachdem Pfarrer Stotzheim am Burgtor in Lüftelberg ausgestiegen war, setzte sich Philipus neben Heinrich auf den Kutschbock. Zuerst schaute dieser ihn völlig erstaunt an, doch dann rutschte er ein wenig zur Seite. Auf der kurzen Fahrt von Lüftelberg nach Flerzheim schaffte es Philipus sogar, ein Gespräch mit dem Hausknecht zu führen, der gar nicht so beschränkt war, wie allgemein angenommen wurde. Seine Sprache war zwar stockend und lückenhaft, aber Philipus bemerkte, dass Heinrich mit wachem Verstand alles um ihn herum mitbekam. Bei ihrer Unterhaltung stellte sich sogar heraus, dass er sehr wohl über seine Mission als kurfürstlicher Gesandter informiert war und jeden seiner bisherigen Ermittlungsschritte aufmerksam verfolgt hatte.

Auch im Dorf Flerzheim musste die einfache Landbevölkerung in Armut und Schmutz leben. Einzig die Häuser des Medicus Wiemann und des früheren Schultheißen machten einen einigermaßen wohnlichen Eindruck. Vor dem Gehöft des verstorbenen Augustin Strom angekommen, fragte der Pater Heinrich, ob er ihn begleiten wollte. Dieser schüttelte aber scheu den Kopf und gab zu verstehen, dass er lieber auf die Pferde und die Kutsche aufpassen wolle. Die große Hoftür des Anwesens stand offen, so dass der Ermittler schon von draußen das emsige Treiben im Hof erkennen konnte. Die Getreideernte im August schien alle Bediensteten des Bauernhofs auf Trab zu halten. Auch nach dem Tod des Hausherrn ging auf dem Bauernhof alles seinen geregelten Gang.

Philipus hielt auf eine Gruppe Männer zu, die das Getreide auf einer großen, viereckigen Bretterbahn droschen. Von ihnen erfuhr der Mönch, dass sich die Schwester des ermordeten Schultheißen in der Küche befand. Einer der Arbeiter erklärte sich bereit, Philipus zu begleiten, und durchquerte mit dem Mönch den Hof bis zu einer Tür, durch die schon von draußen der Geruch verkochter Kohlrüben zu riechen war. Philipus bedankte sich und trat ein.

Im hinteren Küchenbereich loderte ein Feuer, dessen Rauch nur unzureichend durch den hohen Kamin entweichen konnte. Die Augen des Paters tränten. Trotzdem erkannte Philipus eine ganz in Schwarz gekleidete Frau, die mit einer riesigen Schöpfkelle in einem großen Messingtopf herumrührte, der über dem Feuer im offenen Kamin hing. Da sie Philipus den Rücken zugewandt hatte, konnte sie den eintretenden Mönch nicht sehen. Mit einer schreckhaften Bewegung fuhr sie zusammen, als der Pater sie von hinten ansprach. Gereizt drehte sie sich um.

»Was fällt dir ein, mich ...!« Als sie erkannte, dass es keiner ihrer Bediensteten war, unterbrach sie ihre Schimpfkanonade. Mit böser Miene musterte die alte Frau den Pater. »Wer sind Sie?«, fragte sie unfreundlich.

»Es tut mir leid, wenn ich Sie erschreckt habe!«, sagte Philipus und ging mit einer beschwichtigenden Geste auf die Frau zu. »Ich untersuche den Todesfall Ihres Bruders und möchte Ihnen gerne ein paar Fragen dazu stellen.« Als Philipus sich der Frau soweit genähert hatte, dass er ihr Gesicht genauer betrachten konnte, sah er, dass Gertrud Strom nicht gerade eine Schönheit war. Vielleicht war das der Grund, warum sie keinen Mann bekommen hatte und einen so verbitterten Eindruck machte, dachte Philipus.

»Ich will es Ihnen gleich sagen: Mir ist es egal, wer dieses Ekel in die Hölle geschickt hat. Daher werden Sie von mir nichts erfahren!«, raunzte die Frau und begann wieder mit dem Löffel im Topf zu rühren.

Der Pater war von der derben Offenheit der Frau so getroffen, dass ihm zunächst die Worte fehlten. Er hatte sich nicht vorstellen können, dass das Verhältnis zwischen Bruder und Schwester so hasserfüllt sein konnte.

»Fragen Sie alle hier auf dem Hof!«, fuhr die Alte mit schriller Stimme fort. »Augustin war ein schlechter Mensch, der hier jeden sein Lebtag lang nur tyrannisiert hat!«

»Bedenken Sie bitte, dass noch mehr Menschen auf so bestialische Weise umgebracht worden sind wie Ihr Bruder, Frau Augustin!«, versuchte Philipus die Alte zu besänftigen. »Wollen Sie denn nicht, dass das Morden endlich aufhört und derjenige, der dafür verantwortlich ist, bestraft wird?«

Die Frau stellte ihre Tätigkeit ein und nahm den Löffel aus dem Topf. Noch einmal schaute sie Philipus mit durchdringendem Blick an. Erst jetzt schien sie bemerkt zu haben, dass es sich bei dem Besucher um einen Geistlichen handelte. Vielleicht war es dieser Umstand, der sie bewog, umgänglicher zu werden. »Was wollen Sie wissen?«, fragte sie schnippisch und wischte sich ihre Hände an einem groben Handtuch ab.

»Mich interessiert, warum Ihr Bruder sich zu nachtschlafener Zeit auf dem Felde oder im Wald herumtrieb.«

»Das kann ich Ihnen sagen!«, antwortete die Frau unvermittelt. »Er wollte zu unserer Base nach Drees!«

»Und das in der Nacht?«

»Hoho«, sagte Gertrud Strom höhnisch, »wenn es ums liebe Geld ging, wäre der liebe Augustin auch des Nachts geradewegs durch die Hölle gelaufen!«

»Wie meinen Sie das?«

»Er sagte mir, dass Kunigunde ihn wegen Erbschaftsangelegenheiten sprechen wollte. Mein Bruder war ein ausgemachter Feigling, dem sogar schon der Schrecken in die Glieder fuhr, wenn ihm eine schwarze Katze über den Weg lief. Aber wenn es ums Erben ging, da kannte er keine Angst. Da musste er sich direkt auf den Weg machen.«

»Wer überbrachte ihm die Nachricht?«, fragte der Mönch ungeduldig.

»Das ist ja das Seltsame«, fuhr die Alte fort. »Kunigunde wusste von nichts, als er in Drees ankam. Sie fiel aus allen Wolken!«

»Dann heißt das«, sagte Philipus bedächtig, »dass ihn jemand fälschlicherweise nach Drees gelockt hat.«

»So sieht es aus«, sagte die Alte und rührte wieder mit der Kelle im Topf.

»Haben Sie einen Verdacht, wer das getan haben könnte?«

Gertrud Strom drehte sich wieder Philipus zu. »Nein, ich habe mir auch schon meine Gedanken gemacht und sogar das Gesinde gefragt. Aber niemand wusste etwas.«

Der Mönch rieb sich mit der linken Hand das Kinn und überlegte, ob er noch weitere Fragen hatte. Als ihm keine einfielen, bedankte er sich bei der Alten und war froh, endlich dem beißenden Rauch und dem süßlichen Gestank der zerkochten Rüben zu entkommen.

»Ich habe Augustin immer gesagt, die Hexen kommen dich eines Tages holen!«, rief die alte Frau ihm mit einem heiseren Lachen hinterher.

Philipus verspürte keine Lust, sich auf weiteres Gerede über Hexen einzulassen, und verließ den Raum ohne ein weiteres Wort. Draußen auf dem Hof fragte er die Arbeiter und das Gesinde sicherheitshalber noch einmal, ob sie wirklich niemanden gesehen hätten, der dem alten Schultheiß die Mitteilung überbracht hatte. Aber Gertrud Strom hatte ihm die Wahrheit gesagt. Keiner konnte ihm weiterhelfen.

Als er das Gehöft verließ und wieder neben Heinrich auf dem Kutschbock Platz nahm, sah er, dass dieser eingeschlafen war. Der Mönch weckte ihn sanft, denn er gönnte dem Knecht das Nickerchen von Herzen. Er hatte sich schon gewundert, wie Heinrich mit so wenig Schlaf auskommen konnte. Er war der letzte in der Pfarrei, der zu Bett ging, und der erste, der schon beim ersten Tageslicht wieder aufstand, um mit seiner Arbeit zu beginnen.

Es war schon später Nachmittag, als sie die Burg in Lüftelberg erreichten, um den Rheinbacher Pfarrer abzuholen. Leider hatte dieser sein Gespräch mit dem Amtmann noch nicht beendet. So nutzte Philipus die Wartezeit, um die Falknerei aufzusuchen. Dort traf er auf Johannes von Wartenberg, der sich sichtlich freute, ihn wiederzusehen. Mit großem Interesse beobachtete der Dominikaner den Falkner beim Abrichten der Vögel, wobei er sehr geschickt und verständig vorging.

Nach einer guten Stunde tauchte auf einmal Heinrich auf und gab dem Mönch zu verstehen, dass er Hilfe brauchte. Als sie den Burghof betraten, sah der Dominikaner den Grund: Pfarrer Stotzheim lehnte mit hängendem Kopf und geschlossenen Augen am Burgtor und musste sich krampfhaft festhalten, um nicht das Gleichgewicht zu verlieren. Philipus' Befürchtung war eingetreten: Die Unterredung mit dem Amtmann war wieder in ein schlimmes Besäufnis ausgeartet. Da Schall von Bell nicht mit nach draußen gekommen war, um seinen Gast zu verabschieden, nahm der Mönch an, dass sich der Burgherr in einem ähnlichen Zustand befand. Ihm war es recht. Er verspürte keine große Lust, den Amtmann wiederzusehen.

Philipus und Heinrich nahmen den betrunkenen Geistlichen unter den Arm und schleiften ihn zur Kutsche. Dort legten sie den Pfarrer auf den Rücksitz. Schon nach wenigen Augenblicken war er eingeschlafen. Sein lautes Schnarchen übertönte sogar das geräuschvolle Poltern der Kutsche. Philipus hoffte, dass der Vicarius vor der Einfahrt in Rheinbach soweit wiederhergestellt war, dass er in der Kutsche aufrecht sitzen konnte. In seinem jetzigen Zustand sollte ihn seine Gemeinde besser nicht zu Gesicht bekommen. Auf jeden Fall war dem Mönch klar, dass der Pfarrer heute nicht mehr in der Lage war, ihm zu berichten, was der Amtmann von ihm gewollt hatte. Dabei hätte er das doch zu gerne gewusst!

Als sie schon die Umrisse des Voigtstors erkennen konnten, holte der Pater seine Taschenuhr aus der Soutane. Es war ein Geschenk seines Vaters, auf das er besonders stolz war, denn sie hatte schon eine Minutenanzeige. Es war kurz vor halb sechs. Der Mönch war zufrieden. Er hatte also noch genügend Zeit, Engelbert Schnehagen aufzusuchen. Er hoffte nur, dass der Bürgermeister bei dem, was er heute Abend vorhatte, mitspielte.

Die Glocke der Kirche St. Gregorius schlug sechsmal, als Burgwächter Eick das Fallgitter nach oben zog, um Philipus aus der Stadt zu lassen. Bevor sich der Kölner Pater von der Pfarrei zu Fuß auf den Weg gemacht hatte, musste er noch den Hinweis an die Kirchtür heften, dass die Abendandacht ausfiel. Einen Augenblick lang hatte er mit dem Gedanken gespielt, den betrunkenen Vicarius zu vertreten, aber das Unternehmen von heute Abend hatte Vorrang. Die Zeit drängte.

»Sie haben mich ja das letzte Mal belogen«, sprach der Turmwächter Philipus mit einem vorwurfsvollen Blick an, als dieser durch das Tor schritt.

»Wieso?«, stellte sich der Mönch ahnungslos.

»Sie sind ja gar nicht der Hexencommissarius!«, fuhr der alte Landsknecht mit einem geringschätzigen Blick fort.

»Das habe ich auch nicht behauptet. Sie haben mich am Samstag gar nicht zu Wort kommen lassen, um das Missverständnis aufzuklären.«

Mit einem missbilligenden Grummeln gab Eick zu verstehen, dass er mit der Antwort nicht zufrieden war. Philipus machte sich nichts draus. Der Torwächter war bestimmt durch seine Erfahrungen im Krieg geprägt. Sein tierischer Trieb zu herzloser Grausamkeit ließ ihn die Hexenprozesse mit all ihren furchtbaren Begleiterscheinungen regelrecht herbeisehnen. Welche Meinung solch geartete Menschen von ihm hatten, war ihm völlig egal.

Der Mönch ging an der östlichen Stadtmauer entlang und umwanderte die Burg mit ihren drei Türmen. Tief sog er die frische und würzige Spätsommerluft ein, die seinen Geist angenehm belebte. Hinter der Burg hielt er sich rechts in Richtung Wasemer Turm. Dabei kam er an den Wassergräben vorbei, die den südöstlichen Abschnitt von Rheinbachs Stadtmauer begrenzten. Weiter ging er in Richtung der Kirche St. Martin, die sich außerhalb der Stadt befand. Der Vicarius hatte ihm erzählt, dass St. Martin die alte Pfarrkirche Rheinbachs gewesen war. In den unruhigen Zeiten des Dreißigjährigen Krieges hatten sich die Stadtväter entschlossen, mit St. Gregorius eine weitere Kirche innerhalb der sicheren Stadtmauern zu bauen. Er ließ St. Martin zu seiner Rechten liegen und nahm sich vor, sie in den nächsten Tagen zu besichtigen.

Als Philipus auf den Wald zuging, fiel sein Blick auf einige Gemüse- und Obstgärten, die viele Bürger Rheinbachs zur Selbstversorgung hier angelegt hatten. Er hob den Kopf, um die ersten Eifelhöhen, die sich hinter dem nahen Wald erstreckten, in Augenschein zu nehmen. Dabei fiel ihm eine Frau auf, die ihm mit zwei kleinen Kindern an der Hand entgegenkam.

Der Geistliche näherte sich der kleinen Gruppe noch einige Schritte, hielt dann aber inne. Ein seltsam unruhiges Gefühl überfiel ihn. Er hatte die Personen erkannt. Es war Appolonia Simons mit ihren Kindern. Er erwischte sich dabei, dass er den Schmutz aus seiner Soutane klopfte und nachprüfte, ob seine Kopfbedeckung auch richtig saß. Irritiert gestand er sich ein, dass er einen guten Eindruck machen wollte, wenn er Appolonia wiedersah.

Die Wirtin hatte ihn jetzt auch erkannt und kam lächelnd auf ihn zu. »Ist das ein Zufall, Pater Philipus? Oder wussten Sie, dass Sie mich hier treffen würden?«, fragte sie und gab ihren Kindern zu verstehen, dass sie den Geistlichen begrüßen sollten.

»Reiner Zufall!«, antwortete Philipus und nahm die dargebotene Hand des kleinen Jungen. »Du bist also Severin!«, sagte er und wandte sich dann seiner Schwester zu. »… und du musst Siglinde sein!«

Die Kleinen schauten den Pater mit einem genierlichen Blick an.

»Pfarrer Stotzheim hat mir schon von euch erzählt«, fuhr Philipus fort. »Er war sehr von euch angetan und meinte, dass ihr ausgesprochen artige Kinder seid!«

»Das sind sie«, mischte sich Appolonia ein, »und Severin geht nächstes Jahr schon zur heiligen Erstkommunion.«

»Was? So alt bist du schon?«, fragte der Pater und schaute den Jungen mit großen Augen an.

»Ja, neun Jahre!«, krähte die kleine Siglinde und versuchte, die Zahl mit ihren kleinen Fingern anzuzeigen.

»Das ist ja toll«, tat Philipus erstaunt und strich dem Mädchen mit seiner Hand durch das hellblonde Haar. »Du kannst ja schon richtig zählen!«

»Das kann sie noch gar nicht!«, protestierte Severin. »Sie kommt gerade erst bis zehn!«

Appolonia und der Pater brachen über so viel kindliche Unbekümmertheit in lautes Gelächter aus.

»Auf jeden Fall seid ihr schon so groß, dass ihr eurer Mutter bei der Ernte helfen könnt«, sagte der Mönch und zeigte auf die beiden Körbchen, die die Kinder unter dem Arm trugen und die bis zum Rand mit Pflaumen gefüllt waren.

»Ja, wir kommen von dort drüben«, sagte Appolonia und zeigte auf einen umzäunten Garten ganz in ihrer Nähe. »Er gehörte meinem Mann, und wir sind froh, dass wir einiges für das tägliche Leben dort anpflanzen können.«

Philipus sah, dass die Wirtin auch heute Nachmittag sehr hart gearbeitet haben musste, denn ihre Haare waren über der Stirn noch schweißverklebt, was jedoch ihrem Aussehen nicht schadete.

In diesem Moment mussten sie zur Seite treten, um einige Feldarbeiter vorbeizulassen. Mit neugierigen Blicken wurden sie gemustert. Selbst als sich die Gruppe weiter entfernt hatte, drehten sich einige von ihnen immer wieder um und tuschelten miteinander.

Appolonia Simons hatte das auch bemerkt und war froh, das Gespräch wieder aufnehmen zu können. »Aber sagen Sie uns doch, was Sie hier auf die Felder außerhalb von Rheinbach führt!«, wollte sie mit einem neugierigen Augenaufschlag wissen.

Der Mönch entschied sich, die Witwe über seine tatsächlichen Beweggründe im Unklaren zu lassen, obwohl es ihm schwerfiel, sie anzulügen. »Ich möchte einfach nur das schöne Wetter nutzen und einen ausgedehnten Spaziergang in den Wald machen.«

»Wissen Sie denn nicht, wie gefährlich das am Abend ist, lieber Pater?«, redete Appolonia dem Kölner Ermittler mit gespielter Entrüstung ins Gewissen. »Hier treibt doch eine Hexe ihr Unwesen und trachtet den armen Bürgern nach dem Leben.«

»Es könnte mir nichts Besseres passieren, als ihr zu begegnen«, entgegnete Philipus. »Dann würde ich ihr endlich das Handwerk legen!«

Die beiden wussten, dass sie jetzt ein gefährliches Thema angeschnitten hatten. Schweigend sahen sie sich einen Moment lang in die Augen. Dann ging die Witwe zu ihren Kindern. »Stellt eure Körbchen zur Seite«, sagte sie liebevoll, »und spielt dort drüben noch ein wenig auf der Wiese!«

Die Kleinen freuten sich darüber, dass sie noch nicht nach Hause mussten, und rannten ausgelassen auf die Grasfläche. Als sie weit genug entfernt waren, wandte sich Appolonia mit ernster Miene an Philipus. »Ich hätte gerne eine ehrliche Antwort von Ihnen. Sie haben ja gestern mitbekommen, was viele hier in der Stadt über mich denken. Verdächtigen Sie mich, etwas mit dem schrecklichen Mordtaten zu tun zu haben?«

»Wie können Sie nur so etwas denken?«, entrüstete sich der Pater. »Wer nur ein bisschen Menschenverstand besitzt, weiß, dass das unmöglich ist. Es gibt genügend Zeugen, die Sie in Ihrer Schänke gesehen haben, als die Morde begangen wurden. Sie können also nichts damit zu tun haben!«

»Nichts ist unmöglich … wenn es um den Hexenwahn geht«, entgegnete die Frau verbittert. »Auch in den früheren Hexenprozessen wusste man, dass sich die Beschuldigten nicht an den Orten befunden haben konnten, wo die Untaten, die man ihnen zur Last legte, begangen wurden.«

Der Mönch antwortete nicht, sondern schüttelte nur energisch den Kopf.

»Es wurde so ausgelegt, dass die Angeklagten andere dazu angestiftet hätten, solch schlimme Dinge zu tun!«, fuhr Appolonia fort.

Der Ermittler wusste, dass sie recht hatte, aber er wollte sie beruhigen. »Das war vor langer Zeit! Heute setzt sich in Ermittlungs- und Gerichtsverfahren immer mehr die Vernunft durch. Solange ich hier die Untersuchungen führe, bleibt es dabei!«

Die Witwe sah den Pater mitleidig an. »Vielleicht bei Ihnen in Köln, lieber Pater. Aber hier auf dem Lande regiert noch immer Aberglaube und Hexenwahn. Dagegen sind auch Sie machtlos. Der Amtmann und viele in der Rheinbacher Bevölkerung warten nur darauf, dass der Hexencommissarius kommt, um mich auf dem Scheiterhaufen brennen zu sehen.« Bei den letzten Worten schossen Appolonia plötzlich Tränen in die Augen. Mit einem lauten Schluchzen überkam sie ein Weinkrampf.

Pater Philipus war bestürzt und wusste nicht, wie er sich verhalten sollte. Er dachte daran, wie tapfer diese Frau die Verleumdungen und Gehässigkeiten in den letzten Tagen ausgehalten hatte. Aber jetzt war es anscheinend zu viel für sie. Sie konnte die Schmach, Angst und Sorge einfach nicht mehr ertragen. Appolonia war auf ihre Knie gesunken und hielt sich die Hände vors Gesicht. Immer wieder wurde sie von neuen Weinkrämpfen geschüttelt. Der Pater schaute sich um. Dann beugte er sich zu ihr und nahm sie in den Arm. Fest drückte er sie an sich und versuchte, sie zu beruhigen.

Siglinde und Severin hatten wohl bemerkt, dass mit ihrer Mutter etwas nicht stimmte. Sorgenvoll kamen sie von der Wiese gelaufen. »Mama, was hast du denn?«, sagte Severin. Auch er legte seine Arme um die Schulter seiner Mutter, während Siglinde leise weinend danebenstand.

»Es ist … alles in Ordnung«, sagte Appolonia mit bebenden Lippen. Allmählich erlangte sie wieder ihre Fassung. »Mama … geht … es schon wieder gut.« Sie küsste ihre Kinder auf die Stirn.

Philipus war aufgestanden. Auch er hatte Mühe, Fassung zu bewahren. »Appolonia!«, sagte er mit fester Stimme. »Das wird unser Herrgott nicht zulassen! Ich verspreche Ihnen bei allen Heiligen, dass Ihnen und Ihren Kindern nichts geschehen wird.«

Die Kinder wussten nicht, was er meinte, und schauten ihn ängstlich an. Noch einmal strich ihnen der Mönch zärtlich über das Haar. Dann rannte er kopflos in Richtung des Waldes. Mit keuchendem Atem blieb er nach einiger Zeit stehen und blickte zurück. Noch immer kniete Appolonia auf dem Boden und hielt ihre Kinder in den Armen. Er faltete die Hände und schaute in die einsetzende Dämmerung. »Lieber Gott!«, betete er leise. »Gib mir die Kraft, mein Versprechen zu halten!«

Philipus drehte sich nach allen Seiten um. Er hatte den Platz gut gewählt. Er setzte sich auf den Stamm eines Baumes, der von den Holzfällern liegengelassen worden war. Von hier war es nicht weit zu den Tatorten der Opfer, die im Wald ums Leben gekommen waren.

Franz Tondorff hatte erzählt, dass er die Schreie der alten Cath bis zu den Feldern am Waldrand gehört hatte. Noch einmal schweifte der Blick des Paters über die Felder östlich von Rheinbach, wo er am Horizont die wenigen Häuser des Dorfes Drees in der Dämmerung erkennen konnte. Er hatte er einen guten Überblick über die vor ihm liegende Ebene. Er wusste, dass sein Vorhaben nur eine geringe Chance auf Erfolg hatte. Aber er musste es versuchen. Wenn die Mordtaten zeitlich und örtlich tatsächlich nach einem System geschahen, musste das nächste Verbrechen heute Abend entweder im Wald oder auf den Feldern nahe bei Drees erfolgen.

Dann dachte er an Bürgermeister Schnehagen. Hatte der seinen Beobachtungsplatz schon eingenommen? Der Mönch hatte den Rheinbacher Ortsvorsteher am späten Nachmittag in seinen Plan eingeweiht. Der Bürgermeister war sofort auf seine Bitte eingegangen und hatte vorgeschlagen, dass er sich in einer Buschreihe zwischen Dress und Lüftelberg auf die Lauer legen würde. Philipus bewunderte den Mut des Mannes, denn sollte sich das Verbrechen wirklich heute Abend in den Feldern vor Drees ereignen, dann wäre sein Aufenthalt dort nicht ungefährlich.

Der Pater holte seine Taschenuhr hervor und legte sie neben sich. Die Dunkelheit war jetzt schon so weit fortgeschritten, dass er die Häuser von Drees nur noch erahnen konnte. Seine Spannung stieg. Er lauschte in den Wald hinein und konnte die Geräusche der Waldtiere hören, die jetzt wach wurden. Wenn er mit seiner Vermutung recht hatte, dann würde sich die Mordtat in den nächsten anderthalb Stunden ereignen.

Philipus griff in die rechte Tasche seines fußlangen Übergewandes und holte den Rosenkranz hervor. Er hatte sich vorgenommen, die Wartezeit mit Gebeten zu verbringen. Er wusste nicht warum, aber immer wieder hatte er nach der Begegnung mit Appolonia und ihren Kindern das gütige Gesicht der Gottesmutter auf dem Marienaltar von St. Gregorius vor Augen. Sie gab ihm Kraft, und sie wollte er im Rosenkranzgebet anrufen. Seine ganze Hoffnung lag darin, dass sie ihm eine gute Fürsprecherin war, um die Untersuchungen in Rheinbach zu einem glücklichen Ende zu bringen.

Es war jetzt fast halb elf. Philipus war mit der Zeit immer mutloser geworden. Er fühlte sich müde. Seine Sinne waren vom Lauschen in das gesichtslose Dunkel des Waldes übermüdet. Er wusste nicht mehr, wie oft die Perlen des Rosenkranzes während seiner Gebete schon durch seine Finger geglitten waren und wie häufig er schon auf die Uhr geschaut hatte, aber im Wald war alles ruhig geblieben. Er war sich nun sicher, dass sich hier in dieser Nacht nichts mehr ereignen würde. Seine ganze Hoffnung lag jetzt auf Bürgermeister Schnehagen.

Mühsam erhob er sich vom Baumstamm und packte seine Uhr und den Rosenkranz in die Tasche. Der Abend war für den August schon empfindlich kühl, und er brauchte einige Zeit, bis er seine klammen Glieder wieder bewegen konnte. Gott sei Dank war der Himmel sternenklar, so dass er ohne Mühe den Weg über die Felder an den Pflanzgärten vorbei nach Rheinbach finden würde.

Schon bald hatte er die Kirche St. Martin passiert und konnte kurz darauf die Silhouette der Stadtmauer erkennen. Dieses Mal ging er links um den Wasemer Turm herum, um an das Dreeser Tor, den westlichen Eingang Rheinbachs, zu gelangen. Schon von Weitem erkannte er den hohen Hut des Bürgermeisters und den mächtigen Degen, den er sich für seine Mission umgebunden hatte. Als er vor ihm stand, konnte er schon an seiner ausdruckslosen Miene ablesen, dass auch er keine Neuigkeiten hatte.

»Und?«, empfing ihn Rheinbachs Ortsvorsteher mit einem neugierigen Augenaufschlag.

»Nichts!«, antwortete Philipus und schüttelte resigniert den Kopf. Die Männer sahen sich schweigend an.

»Aber es war einen Versuch wert«, sagte Schnehagen und legte dem Pater tröstend die Hand auf die Schulter. »Haben Sie Gottvertrauen!«, versuchte er den niedergeschlagenen Ermittler aufzumuntern. »Sie werden schon einen anderen Weg finden, die Sache aufzuklären.«

Philipus zuckte schweigend mit den Schultern.

»Übrigens«, fuhr Schnehagen fort, »wann wollen Sie morgen die Exhumierung Catharina Hamechers vornehmen?«

Der Pater war noch so in Gedanken, dass er nicht sogleich antwortete. »Ach … ja«, antwortete er stockend, »das hatte ich fast schon vergessen. Ich muss noch einmal nachfragen, wann der Medicus morgen nach Rheinbach kommt. Sobald ich das in Erfahrung gebracht habe, sage ich Ihnen Bescheid.«

»Gut! So machen wir's! Sie wissen ja, wo Sie mich finden können«, entgegnete der Bürgermeister und setzte seinen Hut ab. Dann schwenkte er ihn in Richtung Turmfenster. Bald darauf öffnete der Stadtwächter das Tor. Gut, dass er den Bürgermeister an seiner Seite hatte, dachte Philipus, als er durch das Stadttor schritt. Die Regeln waren für den Eintritt in die Stadt nach Sonnenuntergang äußerst streng. Wenn er alleine gewesen wäre, hätte er die Nacht vermutlich vor den Toren verbringen müssen.

Dienstag, 18. August, Anno Domini 1654

Die Flammen aus dem Holzstoß züngeln unbarmherzig höher. Eine Frau, nur mit einem weißen fußlangen Leinenhemd bekleidet, windet sich mit vor Angst geweiteten Augen und schmerzverzerrtem Gesicht an einem Holzpfahl, an den sie mit groben Stricken gefesselt ist. Vor einer johlenden gesichtslosen Menschenmenge tanzen der Amtmann Schall zu Bell und Walter Fischenich einen feixenden Tanz. Ekstatisch klatschen sie in ihre Hände und feuern die Flammen an, ihr grausames Werk zu vollenden. An der Seite stehen zwei schreiende Kinder, die ihrer brennenden Mutter hilflos ihre Arme entgegenstrecken und von groben Händen zurückgehalten werden.

Lautes Klopfen riss Philipus aus dem Schlaf. Keuchend richtete er sich auf. Nur allmählich wurde ihm klar, dass das eben Erlebte ein fürchterlicher Albtraum gewesen war. Wieder klopfte es heftig an der Tür der Schlafkammer.

»Ja … ja, was ist denn?«, stammelte er.

Dann hörte er Heinrichs Stimme. »Draußen … vor Haustür … steht Bürgermeister Schnehagen!«

»Bürgermeister Schnehagen?« fragte der Mönch schlaftrunken. Dann wurde ihm klar, dass etwas Außergewöhnliches passiert sein musste. »Heinrich! Sage ihm, ich komme sogleich, ich muss mich eben noch ankleiden!«

Philipus hörte, wie sich der Knecht über die knarrenden Dielen entfernte. Er brauchte noch einen kurzen Augenblick, wieder all seine Sinne zu schärfen. Dann riss er das Laken zur Seite und stürzte aus dem Bett.

Beim Ankleiden warf er einen Blick auf die Taschenuhr, die neben ihm auf der Kommode lag. O Gott, es war schon kurz nach neun. Warum hatten ihn heute Morgen die Glocken von St.

Gregorius nicht zur Morgenandacht geweckt? Dann fiel ihm ein, dass es Dienstag war. Der Vicarius hatte ihm erzählt, dass er an diesem Tag keine Andacht abhalten würde. Das musste auch der Grund sein, warum Heinrich und nicht der Pfarrer den Bürgermeister in Empfang genommen hatte. Wahrscheinlich lag Stotzheim noch immer verkatert im Bett und musste seinen Rausch ausschlafen.

Philipus warf seine Soutane über und eilte aus der Kammer. Als er die Treppe hinunterhastete, sah er, dass Heinrich den Bürgermeister schon ins Haus gelassen hatte.

Ungeduldig stand Schnehagen in der Diele und schaute ihm entgegen. »Sie hatten recht, Pater Philipus!«, empfing er ihn mit aufgeregter Stimme. »Der Mörder hat diese Nacht wieder auf die gleiche Art und Weise zugeschlagen!«

Der Mönch blieb auf der untersten Stufe der Treppe konsterniert stehen.

»Aber nicht hier in Rheinbach«, sprach der Ortsvorsteher weiter, als er den fragenden Gesichtsausdruck des Paters sah, »sondern in der Nähe von Meckenheim!«

»Von wem haben Sie es erfahren?« fragte der Mönch und schüttelte Schnehagen die Hand.

In diesem Moment öffnete sich die Tür am Ende der Diele einen Spalt weit. Kurz darauf erschien das zerknitterte Gesicht des Pfarrers. »Was zum Teufel …?«, brüllte er mit puterroter Gesichtsfarbe. »Ach … Sie sind es?«, fuhr der Vicarius kleinlaut fort, als er bemerkte, wer für die Unruhe in der Diele verantwortlich war. »Warten Sie einen Augenblick, meine Herren! Ich bin gleich so weit!«

Philipus und Schnehagen warfen sich einen vielsagenden Blick zu. Dann ging der Bürgermeister auf die Frage des Paters ein.

»Es war Peter Stump, ein Meckenheimer Kaufmann, der auf dem Weg nach Düren unsere Stadt schon in aller Frühe passieren musste. Er bat Torwächter Eick, mir die Nachricht zu überbringen.«

»Sonst wissen Sie nichts Näheres?«

»Nur so viel, dass es sich bei dem Toten um Bartholomäus Winssen, den alten Meckenheimer Schultheißen, handeln soll.«

Der Mönch besann sich einen Augenblick, dann sagte er: »Vielen Dank, dass Sie mir sofort Bescheid gegeben haben. Ich mache mich noch heute Morgen auf den Weg nach Meckenheim. Wollen Sie mich nicht begleiten?«

»Ich täte nichts lieber als das, aber ich habe heute dringende Amtsgeschäfte zu erledigen«, sagte Schnehagen mit Bedauern.

Der Mönch glaubte dem Rheinbacher Ortsvorsteher. Er wusste, dass auch ihm sehr daran gelegen war, dass endlich Bewegung in die Ermittlungen kam.

Als Schnehagen im Hauseingang stand, drehte er sich noch einmal zu Philipus um und sagte: »Halten Sie mich bitte auf dem Laufenden!«

»Selbstverständlich!«, erwiderte der Pater und hielt Schnehagen die Tür auf.

Der Bürgermeister sah ihn sorgenvoll an. »Ich befürchte, dass die neuerliche Gräueltat die öffentliche Meinung noch mehr anheizen wird!«

Beide schwiegen und dachten an Appolonia Simons.

Pater Philipus wartete im Flur. Als Pfarrer Stotzheim nach fünf Minuten noch immer nicht aus seiner Schlafkammer gekommen war, horchte er an der Tür. Das konnte doch nicht wahr sein – der Vicarius war wieder eingeschlafen! Laut vernehmlich hörte der Mönch ihn schnarchen. Er mochte sich gar nicht ausdenken, welche Mengen Wein der Pfarrer gestern mit dem Amtmann getrunken haben musste. Er entschloss sich, den Pfarrer nicht zu wecken; in diesem Zustand war er ihm sowieso keine Hilfe. Einen Moment überlegte er noch, ob er frühstücken sollte. Aber er verspürte keinen Appetit. Der morgendliche Albtraum und die erneute Mordtat waren ihm auf den Magen geschlagen. Als er auf dem Hof Geräusche hörte, ging er nach draußen.

Heinrich bereitete die Kutsche schon zur Abfahrt vor. Wieder verblüffte der Knecht den Mönch. Er hatte mit wachem Verstand nicht nur mitbekommen, warum der Bürgermeister das Pfarrhaus aufgesucht hatte, sondern daraus auch geschlossen, dass er nun den Medicus und ihn mit der Kutsche nach Meckenheim befördern musste.

Als Philipus ihn wegen seines Weitblicks lobte, konnte er förmlich spüren, wie stolz Heinrich auf die anerkennenden Worte war. Bevor Pater Philipus den Stall verließ, fragte er: »Wann wollte Doktor Wiemann abgeholt werden?«

Heinrich zuckte mit den Schultern. »Ganz egal … er sagen … ganzen Tag zu Hause.«

Der Dominikaner holte die Taschenuhr hervor. »Gut«, bemerkte er, »wir haben jetzt kurz vor zehn. Könnten wir gegen elf Uhr fahren?« Heinrich nickte eifrig mit dem Kopf. An seinem strahlenden Gesicht konnte man erkennen, wie gerne er Philipus bei seinen Ermittlungen begleitete.

Der Mönch kniete vor dem Marienaltar. Vor seiner Fahrt nach Meckenheim wollte er seine Morgenandacht halten. Zunächst betete er für das Seelenheil des in der letzten Nacht Ermordeten und der anderen Opfer. Anschließend bat er um den Segen der Muttergottes, ihm bei den heutigen Ermittlungen hilfreich zur Seite zu stehen. Dann überlegte er, welche Erkenntnisse ihm der neuerliche Mordfall in Meckenheim brachte. Dass der Mord von gestern Abend wieder nach sieben Tagen geschah, konnte kein Zufall mehr sein. Die Zahl Sieben musste eine wichtige Bedeutung haben. Andererseits schien der Täter sich bei seinen Verbrechen nicht mehr auf Rheinbach zu beschränken. Des Weiteren waren alle Opfer im hohen Alter und, außer Catharina Hamecher, angesehene und vermögende Bürger. Außerdem bekleideten sie öffentliche Ämter wie Schultheiß, Schöffe oder Gerichtsschreiber. Philipus glaubte auch nicht, dass der Übeltäter seine Opfer zufällig aussuchte, also mussten sie in einer Verbindung zueinander stehen.

Die wichtigste Feststellung war jedoch, dass der Mörder die Opfer kennen musste. Denn nur so konnte es ihm gelingen, die Betroffenen am Abend aus der Sicherheit ihrer Häuser zu locken. Ihm war aber auch klar, dass die neuen Erkenntnisse ihm nicht genügten, wenn er nicht das Motiv des Täters kannte. Darauf wollte er seine Ermittlungen jetzt konzentrieren.

Bevor er ging, kniete er sich noch einmal in den Mittelgang der Kirche und betrachtete das Kreuz des Erlösers. Nachdem er noch ein »Vaterunser« gebetet hatte, verließ er gestärkt und voller Tatendrang St. Gregorius. Er hoffte, dass Pfarrer Stotzheim jetzt endlich wieder unter den Lebenden war. Bevor er wegfuhr, wollte er ihm die Sorge nehmen, dass einer seiner Verstorbenen wieder aus der geweihten Erde geholt werden mußte. Die notwendige Untersuchung eines der Opfer konnte er jetzt zusammen mit Medicus Wiemann an dem getöteten Bartholomäus Winssen in Meckenheim vornehmen.

Der Nachmittag bescherte der Eifel einen angenehmen Sonnentag, der dem Reifen des Obstes in den vielen Obstplantagen rund um Meckenheim sehr zuträglich war. Der Mönch hatte erfahren, dass die Stadt, die nur eine halbe Reitstunde östlich von Rheinbach lag, Zentrum der Landwirtschaft in der Gegend war und damit auch seinen Reichtum begründete.

Meckenheim hatte erst vor kurzem von Kurfürst Ferdinand von Bayern die Stadtrechte erhalten und war, wie Rheinbach, mit starken Mauern und Gräben bewehrt. Die Wegstrecke von Flerzheim nach Meckenheim war außerdem nicht so holprig wie die vom gestrigen Tage, und Heinrich konnte daher die beiden Kutschpferde ohne besondere Lenkhilfen führen.

Trotzdem atmete Pater Philipus auf, als er endlich das nördliche Stadttor von Meckenheim in der Ferne ausmachen konnte, denn der Medicus war ein äußerst geschwätziger Mensch. Zunächst erschien ihm Adalbert Wiemann mit seinem runden Gesicht, der Stupsnase und den kleinen Äuglein gar nicht unsympathisch, aber sein ununterbrochener Redefluss ging ihm mit der Zeit gewaltig auf die Nerven. Selbst Heinrich hatte sich schon mehrmals umgedreht und den Mönch diesbezüglich mit einem vielsagenden Blick bedacht.

Das Schlimmste war, dass der Flerzheimer Doktor ein notorischer Nörgler war, der sich über alles in der Welt aufregte. So beschwerte er sich über den Amtmann, der ihn nicht gut bezahle und pausenlos beschimpfe, weil sich sein Leiden nicht bessere. Dabei könne es das gar nicht, da Schall von Bell nicht gewillt sei, seine Ess- und Trinkgewohnheiten zu ändern. Dann war der Tod der alten Cath an der Reihe. Sie wäre mit ihrem Wissen über die Heilkraft der Natur für ihn unersetzlich gewesen. Wie solle er jetzt ohne ihre Hilfe auskommen? Anschließend lamentierte er über die fehlende Reinlichkeit in den Behausungen der Landbevölkerung, die seines Erachtens die Keimzelle aller Krankheiten und Seuchen war. Daraufhin war das eisige Wetter am Anfang des Jahres und die katastrophale Ernte Anno Domini 1653 Gegenstand seiner Klage. Jetzt, kurz vor den Mauern Meckenheims, lag er dem Pater mit der bevorstehenden Leichenschau in den Ohren, die für ihn wieder eine Überwindung darstelle. Er hatte sich zunächst weigern wollen, die Untersuchung noch einmal vorzunehmen, da ihn der grässliche Anblick der Mordopfer schon im Schlaf verfolge. Nur die Drohungen des Amtmanns hätten ihn dazu bewogen, diese doch noch einmal durchzuführen.

»Aber sind Sie nicht Doktor der Medizin? So etwas dürfte Ihnen doch nichts ausmachen!«, führte der Dominikaner an, als er endlich einmal zu Wort kam.

»Glauben Sie mir, lieber Pater«, entgegnete Wiemann und schaute ihn traurig mit seinen kleinen Augen an, »ich bin schon Einiges gewohnt. Als junger Mann habe ich die armen Landsknechte auf den Schlachtfeldern des Glaubenskrieges zusammengeflickt. Aber so etwas habe ich noch nicht gesehen.«

Jetzt war auch Pater Philipus etwas mulmig zu Mute.

Der Torwächter des Südturms der Stadt Meckenheim begegnete ihnen zunächst abweisend und kühl. Der Mord des angesehenen Meckenheimer Bürgers hatte eine gereizte Stimmung bei den Stadtwächtern hervorgerufen. Erst als er erfuhr, warum der Kölner Ermittler und der Medicus die Stadt aufsuchten, wurde er freundlich und erklärte ihnen, wie sie das Haus des Ermordeten finden konnten.

Als Heinrich die Pferde wenige Minuten später vor dem großzügigen Gehöft des früheren Schultheißen zügelte, sahen sich Philipus und Adalbert Wieman erstaunt an. Eine große Menschenmenge hatte sich vor dem Haus versammelt. Die Kunde, dass auch ein Anwohner Meckenheims Opfer der Mordserie geworden war, musste sich wie ein Lauffeuer herumgesprochen haben. Jeder wollte Neuigkeiten erfahren, und überall wurde aufgeregt diskutiert. Vor dem Eingang des Hauses hatte man zwei Bedienstete der Stadtgarde postiert, die nur Befugten den Eintritt in das Trauerhaus erlaubten.

Nachdem sich Philipus und Wiemann ausgewiesen hatten, wurde ihnen Einlass gewährt. Im Innenhof unterhielten sich mehrere Männer. Ein schneidiger, elegant gekleideter Mann mit einem gepflegt gestutzten Spitzbart kam auf sie zu. Er schien den Medicus zu kennen, denn er begrüßte ihn als ersten. Dann wandte er sich an Philipus.

»Sie müssen der Ermittler des kurkölnischen Gerichtshofs sein«, sagte er mit gedämpfter Stimme. »Der Amtmann hat Sie schon angekündigt. Darf ich mich Ihnen vorstellen? Mein Name ist Hermann Kramer; ich bin der Bürgermeister dieses Ortes.«

Mit einer höflichen Verbeugung ging der Dominikaner auf die Begrüßung des Ortsvorstehers ein und schüttelte ihm die Hand. Dann fragte er erstaunt: »Ist Amtmann Schall von Bell etwa hier?«

»Er war es, aber er hat uns vor gut einer halben Stunde wieder verlassen. Er wollte Margarethe, der Frau des Verstorbenen, seine Aufwartung machen. Sie müssen wissen: Der Amtmann ist ein alter Freund der Familie.«

Der Bürgermeister wollte die beiden Besucher mit einer einladenden Geste zum Haus geleiten, aber Philipus blieb stehen. »Ich würde Ihnen gerne zuvor noch einige Fragen stellen«, sagte er. Dann wandte sich der Mönch an den Medicus. »Sie können ja in der Zwischenzeit schon vorausgehen und die Leiche zur Begutachtung vorbereiten.«

Man konnte Wiemann anmerken, dass ihm das gar nicht behagte. Aber nachdem Philipus seiner Bitte mit einem auffordernden Blick Nachdruck verliehen hatte, drehte er sich um und ging missmutig davon.

»Wie kann ich Ihnen helfen?« nahm Hermann Kramer das Gespräch wieder auf.

»Als erstes interessiert mich, wer das Opfer entdeckt hat«, begann der Pater seine Befragung.

»Jakob Schnitzler, ein Bauer hier aus dem Ort. Er hatte heute Morgen schon auf einem seiner Felder zu tun. Dort hat er ihn gefunden.«

»Wo war das genau?«

»Zwischen der Fuchskaul und dem Swistbach. Das ist ungefähr zwei Meilen von hier in Richtung Lüftelberg.«

»Kann ich mit dem Bauern sprechen?«

»Es tut mir leid, aber ich habe ihn nach Hause geschickt«, antwortete der Ortsvorsteher entschuldigend. »Er war mit seinen Nerven am Ende. Aber wenn Sie möchten, lasse ich ihn wieder holen.«

»Das wäre sehr liebenswürdig von Ihnen!«

Die beiden Männer gingen während ihres Gesprächs im Hof auf und ab.

»Ist bekannt, wann Bartholomäus Winssen das Haus verlassen hat?«, fragte der Pater.

»Es muss wohl gestern Abend gegen sieben gewesen sein. Er sagte seiner Frau, er hätte eine Nachricht vom Amtmann erhalten, und müsse sofort zu ihm.«

»Ist Ihnen bekannt, wer Winssen die Nachricht überbracht hat?«

»Das kann ich Ihnen nicht sagen. Da fragen Sie lieber seine Frau. Aber«, der Bürgermeister warf dem Ermittler einen ernsten Blick zu, »gehen Sie bitte behutsam vor. Margarethe ist so erschüttert, dass sie kaum ansprechbar ist.«

»Selbstverständlich«, erwiderte der Mönch und machte Anstalten, ins Haus zu gehen.

»Pater Philipus!«, hielt ihn der Bürgermeister zurück. »Ich möchte Ihnen noch etwas zeigen.«

Als der Ermittler ihn verwundert ansah, forderte Kramer ihn mit einem Wink auf: »Folgen Sie mir bitte!«

Der Meckenheimer Ortsvorsteher steuerte auf eine Reihe von Stallungen zu, die sich auf der gegenüberliegenden Seite des Hofes befanden. Auf dem Weg dorthin klärte ihn Kramer auf: »Bartolomäus ist gestern Abend in Richtung Lüftelberg geritten. Ich möchte Ihnen sein Pferd zeigen.«

»Stieg der alte Mann etwa noch aufs Pferd?«, fragte Philipus verwundert.

»Und ob. Der frühere Schultheiß war noch ein sehr rüstiger Mann und ein leidenschaftlicher Reiter. Er machte fast jeden Tag einen ausgiebigen Ausritt.«

Die beiden Männer hatten jetzt die andere Seite des Hofes erreicht und betraten einen der Pferdeställe. In einem mit starken Holzbalken abgeteilten Pferch lief ein schwarzes Pferd unruhig hin und her. Zwei Stallknechte sprachen mit beruhigenden Worten auf das verstörte Tier ein. Pater Philipus stellte erstaunt fest, dass es sich bei dem Reittier um einen Neapolitaner handelte, einen sehr kostbaren Hengst, den gewöhnlich nur äußerst Wohlhabende besaßen.

»Schauen Sie sich einmal seine Nüstern und seinen Nacken an!«, sagte der Bürgermeister.

Philipus trat näher an den Hengst heran. Seine Augen mussten sich erst an die Lichtverhältnisse im Stall gewöhnen. Erschrocken fuhr er zurück, als er die noch blutenden Wunden am Körper des Tieres erkannte.

»Ist es nicht furchtbar«, flüsterte Kramer, »dieses Hexenvolk macht noch nicht einmal vor hilflosen Kreaturen halt!«

Philipus wollte die Verletzungen untersuchen. Als er dabei näher an das Tier heranging, wieherte es erschrocken auf und machte Anstalten zu steigen. »Ruhig, ruhig, mein Guter!«, versuchte Philipus das Pferd zu beschwichtigen, was aber keinen Sinn hatte. Der Hengst war noch viel zu angsterfüllt.

Philipus' Blick ging wieder zum Meckenheimer Bürgermeister. »Wo hat man das Pferd gefunden?«

»Die Stadtgarde hat es heute Morgen in aller Frühe entdeckt. Das Tier war völlig außer sich und galoppierte verstört an der Stadtmauer entlang. Sie haben lange Zeit gebraucht, um ihn einzufangen.«

Noch einmal warf der Dominikaner einen Blick auf den Hengst. Dann gab er Hermann Kramer zu verstehen, dass er den Stall verlassen wollte.

Nur noch wenige Schritte vor dem Hauseingang entfernt, konnte der Pater ein lautes Klagen und Wimmern vernehmen. Im Türrahmen blieb er stehen und sah in die Wohnstube hinein. Dort spielte sich ein sonderbares Geschehen ab. Eine Gruppe Frauen in schwarzer Trauerkleidung saß betend und klagend um einen Sessel, in dem eine Greisin zusammengesunken Platz gefunden hatte.

»Das sind die Nachbarinnen, die Margarethe bei der Trauer um ihren Mann begleiten«, erklärte der Ortsvorsteher die eigentümliche Szene. »So ist es bei uns hier in Meckenheim Brauch.«

Behutsam näherten sich die beiden der Witwe. Als sie vor ihr standen, hob sie ihren Kopf. Pater Philipus sah in ihr ausgemergeltes und kalkweißes Gesicht.

Kramer nahm die Hand der alten Frau und deutete auf den Mönch. »Margarethe«, sagte er einfühlsam, »das ist der Dominikanermönch, der die Mordtaten untersucht. Der Amtmann hat dir schon von ihm erzählt. Bist du in der Lage, Pater Philipus einige Fragen zu beantworten?«

Mit tränengefüllten Augen sah die Witwe den Dominikaner an. Sie nickte mit dem Kopf.

»Ich möchte Ihnen zunächst mein Mitgefühl ausdrücken, Frau Winssen. Ich werde für Ihren Mann beten«, sagte der Mönch freundlich. »Der Herr wird seiner Seele gnädig sein.«

Margarethe Winssen hob den Kopf und schaute dem Mönch tief in die Augen. Dann fasste sie ihn am Arm und zog ihn zu sich hinunter. »Pater, ich habe Bartholomäus gewarnt«, flüsterte sie ihm kaum hörbar ins Ohr. »Aber er wollte nicht auf mich hören!«

»Was meinen Sie?«, fragte der Mönch.

»Vor drei Tagen haben die Hexe und ihre Kumpane die ersten Vorboten geschickt.« Die alte Frau begann zu schluchzen. »Zwei Kälber kamen im Stall tot zur Welt. Dann ... vorgestern ... saßen auf unserem Giebel zwei Dutzend schwarzer Krähen, die sich nicht vertreiben ließen. Und gestern ...«, Philipus ging mit seinem Ohr näher an die Frau heran, »... gestern querte drei Mal eine schwarze Katze so nah seinen Weg, dass er fast über sie gestolpert wäre.«

Philipus wollte auf die abergläubischen Äußerungen der Frau nicht näher eingehen. »Ihr Mann hätte auf Sie hören sollen!«, sagte er mit gespielter Überzeugung. »Aber ... können Sie mir vielleicht sagen, wer ihm die Mitteilung überbracht hat, zum Amtmann zu kommen?«

Verständnislos sah die Frau den Mönch an. »Natürlich weiß ich das«, zischte sie. »Es war der Teufel! Es war der Teufel!«

Dann wurde sie von einem weiteren Weinkrampf geschüttelt. Der Mönch wusste jetzt, dass er von der alten Frau nichts zu erwarten hatte, was ihn weiterbrachte. Er strich der Witwe noch einmal tröstend über die Hand und erhob sich. Im Nebenzimmer wartete der Medicus schon auf ihn.

Adalbert Wiemann hatte den Hausbediensteten aufgetragen, dem Toten das Leichenhemd wieder auszuziehen. Der alte Schultheiß lag nackt auf einer Bahre in der Mitte des Zimmers. Seine Hände hatte man zum Gebet gefaltet. Das Fenster zur Straße war mit einem schwarzen Tuch verhangen, so dass der Raum nur von vier großen Kerzen erleuchtet war, von denen jeweils zwei seitlich von der Totenbahre standen.

»Haben Sie so etwas schon einmal gesehen?«, fragte Wiemann, als Philipus sich dem Toten näherte.

Als der Mönch den Geruch geronnenen Blutes und den von unzähligen Wunden verunstalteten Körper sah, spürte er Übelkeit in sich aufsteigen. Er bemühte sich, es sich nicht anmerken zu lassen.

»Als hätte ihn jemand wie ein Wahnsinniger mit einem Messer bearbeitet«, fuhr der Medicus fort. »Dann sehen Sie hier!« Er zeigte auf die blutigen Höhlen, aus denen man die Augen herausgeschnitten hatte.

Der Mönch kramte ein weißes Taschentuch aus seiner Tasche und hielt es sich vor den Mund. »Wiesen die anderen Opfer die gleichen Wunden auf?«, fragte er und versuchte, sich des vermehrten Speichelflusses in seinem Mund zu erwehren.

Der Medicus nickte und forderte Philipus mit einem Wink auf, sich den Kopf des Opfers anzusehen. »Tödlich waren bei allen Opfern diese Wunden hier.« Wiemann deutete auf die Schädeldecke. Dort waren nebeneinander zwei Wunden zu erkennen, die so tief waren, dass man die Gehirnmasse sehen konnte.

Der Pater atmete tief durch und nahm das Taschentuch vom Mund. Dann beugte er sich über die Leiche und roch an ihr.

Verwundert beobachtete ihn der Medicus.

Als der Mönch seinen Kopf wieder hob, schaute er Wiemann an und fragte: »Wissen Sie, wo die Kleider des Toten sind?«

»Nein, der Tote hatte nur das Leichenhemd an, als ich kam. Aber, was wollen Sie denn damit?«

Der Pater antwortete nicht. Er ging zur Tür und rief nach der Stubenmagd. Nach einiger Zeit trat ein junges Mädchen mit Schürze schüchtern in die Totenstube. Philipus sah, dass sie Angst hatte. »Wie heißen Sie?«, fragte er freundlich.

»Ferdinande«, flüsterte sie.

»Ferdinande«, wiederholte der Dominikaner, »welch ein schöner Name! Wärst du so freundlich, uns die Kleider des Toten zu holen?«

Das Mädchen schaute ihn entgeistert an.

»Tu bitte, was ich sage!«, sagte der Mönch freundlich, aber bestimmt.

Die Magd deutete einen höflichen Knicks an und verschwand durch die Tür. Wenig später kehrte sie zurück und übergab Philipus die blutverschmierte und zerrissene Bekleidung des alten Schultheißen. Der Pater untersuchte ein Kleidungsstück nach dem anderen und roch daran. Plötzlich stutzte er und schnupperte mehrmals an der Jacke des Toten.

»Riechen Sie einmal!«, sagte er aufgeregt und reichte Wiemann das Kleidungsstück.

Dieser schnüffelte ebenfalls daran. »Ich rieche nichts«, sagte er schulterzuckend.

»Doch, doch, versuchen Sie es noch einmal!«

Dieses Mal führte der Doktor seine Nase näher an die Jacke heran und zog die Luft kräftig ein.

»Riechen Sie es wirklich nicht?«, ließ der Pater nicht locker.

Jetzt nickte der Medicus bedächtig. »Sie haben recht. Eigenartig.«

»Franz Tondorff hatte es schon bemerkt«, sagte Philipus. »Der Geruch ist zwar nur noch schwach auszumachen. Aber kein Zweifel: Es riecht nach Schwefel!«

Die beiden Männer hatten kein großes Verlangen danach, noch einmal an der Trauergemeinde vorbei durch die Wohnstube zu gehen. Deshalb baten sie das Dienstmädchen, ihnen einen anderen Weg in den Hof zu zeigen.

Draußen wurden sie schon von Bürgermeister Kramer erwartet. »Nun, haben Sie etwas herausgefunden?«, platzte er vor Neugier.

»Ich glaube, es ist besser, wenn wir die Ermittlungsergebnisse für uns behalten«, sagte Philipus und versuchte, dabei so freundlich wie möglich zu wirken. Mit einem energischen Blick gab er dem geschwätzigen Medicus zu verstehen, sich ebenfalls daran zu halten.

In diesem Augenblick führte ein Büttel einen älteren Mann in ärmlicher Kleidung zu ihnen herüber.

»Da kommt ja Jakob!«, empfing ihn Kramer. »Das ist der Bauer, der den armen Bartholomäus gefunden hat!«, erklärte er Philipus.

Als der Pater das Gesicht des ängstlichen Zeugen näher betrachtete, sah er, dass der Mann wesentlich jünger war, als er zunächst wirkte. Die harte Landarbeit hatte ihn, wie fast alle Bauern, frühzeitig altern lassen. »Schön, dass Sie noch einmal gekommen sind«, sagte Philipus höflich und versuchte, den Mann für sich einzunehmen. »Bürgermeister Kramer hat mir erzählt, dass Sie heute in aller Frühe den Toten gefunden haben. Ist Ihnen dort vielleicht irgendetwas aufgefallen?«

»Aufgefallen … aufgefallen?«, stammelte der Mann verstört. »Ich habe Reißaus genommen, als wären tausend Teufel hinter mir her. Ich habe noch nicht einmal bemerkt, dass der Tote der alte Schultheiß war. Ich hatte solche Angst, dass das Hexenpack sich noch in der Nähe aufhielt und auch noch mich massakriert.«

»Beruhigen Sie sich!«, beschwichtigte Philipus. »Könnten Sie mir denn noch einmal die Stelle zeigen, wo Sie die Leiche gefunden haben?«

Zunächst wollte der Bauer ablehnen, als er jedoch die strengen Blicke des Bürgermeisters sah, willigte er ein.

»Es wird Ihnen nichts passieren, Jakob!«, sagte der Mönch, als sie den Hof verließen. Mit reichlich Ironie in der Stimme fügte er hinzu: »Die Hexen kommen nur in der Nacht!«

Bevor sie die Straße erreichten, verabschiedete sich der Medicus von Pater Philipus. Er wollte nicht mit zurückfahren, da er noch einige Krankenbesuche in Meckenheim vorhatte. Philipus bedankte sich für seine Mithilfe und verabschiedete ihn mit einem kräftigen Händedruck. Als er dem Medicus nachschaute, war er froh, dass dieser ihn nicht mehr begleitete. Ohne den geschwätzigen Wiemann würde die Rückfahrt weitaus erträglicher sein.

Vor dem Haus des Ermordeten hatte sich die gaffende Menschenmenge noch immer nicht wieder zerstreut. Als Philipus durch sie hindurchschritt, spürte er, dass sich die Atmosphäre geändert hatte. Es musste sich herumgesprochen haben, wer er war und warum er das Mordopfer aufgesucht hatte. Die Leute sahen ihn gereizt an.

»Bringen Sie die Hexe endlich zur Stecke!«, riefen ihm einige der Umstehenden mit vor Wut verzerrtem Gesichtsausdruck zu.

Bevor er die Kutsche erreichte, musste er sich noch weitaus boshaftere Zwischenrufe anhören. Jakob Schnitzler wollte die allgemeine Verunsicherung nutzen, um sich davonzustehlen, aber Philipus packte ihn am Arm und zog ihn in die Kutsche. Dann gab er Heinrich zu verstehen, dass er losfahren solle. Als der Hausknecht die Zügel in die Hand nahm und zur Peitsche griff, drehte sich der Mönch noch einmal um. Da fiel ihm eine alte, gebeugte Gestalt auf, die sich vor dem Anwesen des alten Schultheißen auffällig verhielt. Sie versuchte, durch das Fenster in die Stube hineinzuschauen, hinter dem der Leichnam des Toten aufgebahrt war. Der Pater sah, wie sie den zahnlosen Mund öffnete und schimpfte. Dann spuckte sie in Richtung des Toten.

»Fahr noch nicht los, Heinrich!«, rief Philipus dem Kutscher zu. Der Knecht schaute ihn verwundert an und lockerte wieder die Zügel. Der Mönch sprang aus dem Gespann und eilte auf die alte Frau zu. Sie erschrak, als sie den Pater so unvermittelt vor sich stehen sah. Misstrauisch schaute sie ihn an.

»Warum haben Sie das getan?«, fragte Philipus eindringlich.

»Lassen Sie mich in Ruhe!«, grummelte die Alte und schob Philipus beiseite.

Der Mönch hielt sie am Arm fest. »Ich schwöre Ihnen bei der heiligen Muttergottes«, beteuerte er, »dass es keiner erfahren wird.«

Die Alte blickte ihn lange an. Sein Mönchshabit schien ihr Vertrauen zu geben. »In der Hölle soll das Schwein schmoren!«, stieß sie verbittert hervor. »Er ist schuld daran, dass mein Mann als Zauberer verbrannt wurde.« Dann riss sie sich los und humpelte mit schleppenden Schritten davon.

»Dort drüben hat er gelegen!«, sagte Jakob Schnitzler und zeigte auf eine abgeerntete Ackerfläche nur wenige Schritte von der Straße entfernt.

Philipus wies Heinrich an, die Kutsche anzuhalten. Der Pater blickte über die weite Ebene nach Südwesten. Seine Miene verfinsterte sich, denn dunkle Wolken über den sanft ansteigenden Eifelhöhen kündigten eine Wetteränderung an. Als er und Jakob ausstiegen, blies ihnen eine kalte Windböe entgegen, die den nahenden Herbst ahnen ließ und die verwelkten Blätter, die schon von den Bäumen der Allee gefallen waren, auf dem Stoppelfeld umherwirbelte. Philipus folgte dem Bauern. Er hatte angesichts des schönen Wetters am Morgen vergessen, einen Umhang mitzunehmen. So knöpfte er seine Soutane bis zum Hals zu, um sich vor dem kalten Wind zu schützen.

»Hier lag er genau!«, meinte Jakob und deutet auf eine kleine Mulde im Feld.

Der Ermittler kniete sich hin und untersuchte den Boden. Die niedergedrückten Getreidestoppeln und Bodenspuren zeugten von einem Kampf zwischen Täter und Opfer. Einige der Stoppelhalme wiesen Blutspuren auf.

Als der Pater keine weiteren Indizien mehr fand, stand er auf und versuchte, den Hergang der Tat zu rekonstruieren. Der Angriff auf Pferd und Reiter musste auf dem Weg stattgefunden haben. Daraufhin scheute der Neapolitaner und war in Panik auf das Feld ausgebrochen. Deutlich konnte er dies an den Hufspuren, die sich tief in den Ackerboden eingegraben hatten, erkennen. Hier in dieser kleinen Vertiefung musste dann der alte Schultheiß vom Pferd gefallen sein. Als er auf dem Boden lag, hatte ihn der Täter mit einem spitzen Gegenstand, wahrscheinlich einem Messer, attackiert.

Eine Frage drängte sich dem Pater auf: Welcher Mensch konnte so schnell laufen, ein in Panik geratenes Pferd einholen und dann seinen Reiter vom Pferd stoßen? Es sei denn, der Schultheiß hatte keinen Halt mehr gefunden und war von selber herabgestürzt. Davon war aber nicht auszugehen. Der Meckenheimer Bürgermeister hatte Bartholomäus Winssen als erfahrenen Reiter beschrieben, der wohl mit einer solchen Situation fertig werden sollte. Die Möglichkeit, dass der Mörder ebenfalls beritten war, konnte Philipus ausschließen. Dann hätten sich Spuren eines weiteren Pferdes auf dem Boden nachweisen lassen müssen.

Der Pater kratzte sich nachdenklich am Kinn und begann, die weitere Umgebung des Tatorts genauestens abzusuchen. Als er nach einiger Zeit ergebnislos zur Kutsche zurückkehrte, kam wieder ein heftiger Windstoß. Der Pater drehte sich zur Seite, um sich vor der heranfegenden Staubwolke zu schützen. Da nahm er aus dem Augenwinkel unter einigen aufgewirbelten vertrockneten Zweigen etwas wahr, was ihn stutzig machte. Philipus wartete, bis die Sturmböe vorüber war und sich alles wieder auf den Boden gesetzt hatte. Dann untersuchte er das Laub. Er hatte sich nicht geirrt: Inmitten des Blattwerks entdeckte er ein kleines weißes Papier. Er hob es auf und faltete es auseinander. Überrascht stellte er fest, dass es beschrieben war. Als er das Schriftstück näher betrachtete, zuckte er zusammen. Mit vor Aufregung zitternden Fingern entzifferte der Mönch den Text.

»Lieber Bartholomäus! Ich muss Sie dringend sprechen. Machen Sie sich bitte noch heute Abend auf den Weg zu mir! Es geht um Catharina Hamecher!«

Philipus war wie vor den Kopf geschlagen, als er las, wer die Nachricht unterschrieben hatte. Es war der Amtmann Heinrich Degenhardt Schall von Bell. Kein Zweifel: Bartholomäus Winssen hatte die Mitteilung bei sich getragen, als er attackiert wurde. Dabei musste sie ihm aus der Kleidung gefallen sein.

Pater Philipus hatte Heinrich beauftragt, Jakob Schnitzler wieder nach Meckenheim zurückzufahren. Er wollte die Wegstrecke vom Tatort bis zur Burg Lüftelberg unbedingt zu Fuß zurücklegen, um einen klaren Kopf zu bekommen. Er musste sich genau zurechtlegen, wie er dem Amtmann mit dieser überraschenden Nachricht gegenübertrat. Vorher wollte er noch am Grabe der heiligen Lüfthildis beten. So ging er an der Burg zunächst vorbei und zur Gedenkstätte hinauf. Als er nach einer eingehenden Andacht die Kirche wieder verließ, fühlte er sich für die kommende Aufgabe gestärkt. Er schaute nach oben und sah, dass er sich beeilen musste, denn die Regenwolken hatten die Ebene vor Lüftelberg schon erreicht. Als er das Burgtor passierte, fielen die ersten Tropfen.

Auf der Treppe zum Herrschaftsgebäude kam ihm Johannes Wartenberg entgegen. »Pater Philipus, das ist aber eine Überraschung!«, begrüßte ihn der Verwalter erstaunt und blickte sich um. »Sind Sie etwa zu Fuß hier?«, sagte er, als er weder das Pferd des Paters noch die Kutsche im Hof entdecken konnte.

»Ich habe die Mordtat der letzten Nacht hier ganz in der Nähe untersucht!«, antwortete der Dominikaner, in der Annahme, dass der Falkner über das neuerliche Verbrechen informiert war. »Ich habe den Weg vom Fundort des Toten hierhin für einem kleinen Spaziergang genutzt. Später holt mich Heinrich wieder ab.«

»Eine grässliche Geschichte!«, schüttelte Johannes traurig den Kopf. »Hört das Morden denn nie auf? Der Tod von Bartholomäus Winssen hat den Amtmann sehr mitgenommen. Ich habe ihn übrigens auch gut gekannt. Er ist häufiger mit auf die Jagd gegangen.«

Als der Regen heftiger wurde, fasste Johannes den Mönch an der Schulter. »Aber kommen Sie doch ins Haus. Wir müssen doch hier nicht nass werden.«

»Ist der Amtmann zu Hause?«, fragte der Pater, als sie die Diele betraten.

»Ja, ich war gerade noch bei ihm.«

»Ich muss ihn dringend sprechen!«, sagte der Mönch und knöpfte sich wieder den obersten Knopf der Soutane auf.

»Das ist aber jetzt sehr ungünstig«, gab Johannes zu Bedenken, »er nimmt gerade das Abendbrot ein. Dabei will er nicht gestört werden.«

Philipus schaute verwundert auf die Uhr, die neben dem Eingang zur Wohnstube stand. »Was? Er isst jetzt schon zu Abend? Wir haben noch nicht einmal fünf Uhr.«

»Das macht er auf Anraten des Medicus«, erklärte der Gutsverwalter. »Wiemann hat ihm empfohlen, weniger zu essen und das Abendbrot nicht mehr so spät einzunehmen!«

Philipus war einen Moment unschlüssig. Dann sagte er: »Darauf kann ich jetzt keine Rücksicht nehmen. Ich muss ganz dringend mit ihm reden!«

»Wie Sie meinen«, erwiderte Johannes lächelnd. »Aber verstehen Sie bitte, dass ich Sie nicht begleite. Holen Sie sich die Prügel alleine ab.« Der Gutsverwalter drehte sich um. Bevor er die Haustür öffnete, sagte er noch: »Wenn Sie mich brauchen, ich bin im Vogelgehege!«

Der Pater nickte. Dann atmete er tief durch und ging die Diele hinunter auf die Wohnzimmertür zu.

Philipus klopfte gegen die Flügeltür. Erst als er das Pochen mit Nachdruck wiederholte, war eine Reaktion aus dem Zimmer zu hören.

»Wer da?«, hörte er die herrische Stimme des Amtmanns.

Der Pater räusperte sich noch einmal. Dann öffnete er selbstbewusst die Tür.

Schall von Bell saß hinter einem üppig gedeckten Tisch und blinzelte lauernd in Richtung des Eingangs. Als er Philipus erkannte, machte er eine säuerliche Miene und knallte den Bierhumpen lautstark auf den Tisch.

Der Mönch ging mit forschen Schritten in die Mitte des Raumes. »Guten Appetit, Herr Schall von Bell!«, sagte er ruhig.

Der Amtmann würgte noch einen Bissen hinunter, bevor er lospolterte. »Hat Ihnen da draußen niemand gesagt, dass ich beim

Abendessen nicht gestört werden möchte, Pater Philipus?«

»Doch«, antwortete der Dominikaner, »aber mein Anliegen ist so dringend, dass ich keine Zeit verschwenden möchte!«

»Zeit verschwenden?«, antwortete Schall von Bell ironisch. »Sie reden von Zeit verschwenden? Würden Sie nicht Ihre Zeit verschwenden, wäre der gute Bartholomäus noch am Leben.« Wütend hob er den Bierkrug und schlug ihn noch einmal auf den Tisch. »Ganz Rheinbach weiß, wer hinter den Morden steckt, und Sie tun nichts. Haben Sie die Hexe denn überhaupt schon einmal verhört?«

Der Pater antwortete gelassen: »Wen meinen Sie denn damit?«

»Die Brut von dem alten Hexenmeister Schweigel meine ich. Der Lump hat uns doch schon vor Jahren angedroht, dass er mit Rheinbach noch nicht fertig ist.«

»Doch nicht etwa Appolonia Simons?«, tat der Pater ahnungslos.

»Genau die meine ich!«

»Ich bin felsenfest davon überzeugt, dass diese Frau mit der Sache nichts zu tun hat«, sagte der Mönch selbstsicher.

»Und wie kommen Sie darauf?«

»Weil mir das meine Vernunft sagt. Sie befand sich in ihrer Wirtsstube, als die Morde begangen wurden. Sie kann es also nicht getan haben.«

»Vernunft, Vernunft!«, brüllte der Amtmann. »Was schert sich diese Hexe um Vernunft. Sie wird schon ihre teuflischen Helfershelfer haben, mit denen sie das auf ihren Hexentreffen ausheckt.« Dann setzte er ein süffisantes Lächeln auf. »Man erzählt sich in Rheinbach, dass diese Person Sie auch schon ganz schön um den Finger gewickelt hat. So machen das die Hexen, wenn man nicht aufpasst.«

Pater Philipus wollte zunächst auf diese Unterstellung eingehen. Dann hielt er es für besser, diese nutzlose Auseinandersetzung zu beenden. »Kennen Sie Catharina Hamecher?«, fragte er unvermittelt.

Schall von Bell schaute ihn irritiert an. »Was soll diese Frage?«

»Bitte antworten Sie!«, entgegnete Philipus mit scharfem Ton.

Der Amtmann fuhr vor Wut hoch. »Wollen Sie mich etwa verhören?«

»Ich bin vom kurkölnischen Gerichtshof hierhin geschickt worden, um diese Verbrechen aufzuklären. Als Ermittler darf ich selbstverständlich auch Ihnen Fragen stellen.«

Fassungslos schwieg der Burgherr für einen Moment und musterte Philipus mit offenem Mund. »Einen Dreck dürfen Sie.« Er überlegte und ging dann doch auf die Frage ein. »Aber … warum soll ich Catharina Hamecher gekannt haben?«

Philipus trat noch einen Schritt näher an den Tisch heran und stemmte seine Arme auf die Tischplatte. »Ich sage es Ihnen unumwunden. Bartholomäus Winssen hat gestern eine Nachricht von Ihnen bekommen, dass er Sie noch am Abend hier auf der Burg aufsuchen sollte. Der Grund war: Sie wollten mit ihm über Catharina Hamecher sprechen.« Der Mönch zog das Blatt Papier aus der Seitentasche der Soutane und legte es auf den Tisch.

Der Amtmann rang nach Luft und wollte etwas erwidern.

Bevor er etwas sagen konnte, fuhr der Pater fort: »Diese Nachricht habe ich am Tatort gefunden. Der alte Schultheiß muss sie dort verloren haben. Sie trägt Ihre Unterschrift!«

Der Amtmann erhob sich drohend. Er begann am ganzen Körper zu zittern. Dann schob er so nahe seinen Kopf an Philipus heran, dass dieser seinen üblen Atem riechen konnte. Schweißperlen rannen ihm von der Stirn. »Sie wollen doch nicht etwa sagen, dass ich etwas mit der Sache zu tun habe?«, zischte er und blinzelte den Ermittler angriffslustig an.

Der Mönch widerstand dem Blick. »Schauen Sie sich bitte die Mitteilung an und sagen Sie mir, ob Sie sie geschrieben haben!«

Schall von Bell bekam einen puterroten Kopf. Dann nahm er das Schreiben und warf es dem Mönch vor die Füße. »Einen Dreck werde ich tun, Sie impertinentes, aufgeblasenes Mönchlein! Wenn Sie nicht augenblicklich diesen Raum verlassen, dann … das schwöre ich bei Gott … sorge ich dafür, dass Sie nie mehr irgendeinen Fall lösen werden und in Ihrer Klosterzelle verrotten!«

Noch einige Augenblicke schauten sich die beiden Männer abschätzig an. Dann drehte sich Philipus wortlos um und hob das Schreiben vom Boden auf. Ohne Hast schritt er zum Ausgang. Als er den Raum verlassen hatte und im Flur stand, krachte etwas mit lautem Getöse hinter ihm gegen die Tür. Philipus nahm an, dass es der Bierkrug war. Dann dröhnte eine Schimpfkanonade durch das ganze Gebäude. Die Bediensteten kamen aus allen Richtungen in die Diele gelaufen und schauten den Dominikanerpater ängstlich an. Dieser nickte ihnen nur freundlich zu. Ohne etwas zu sagen, ging er an ihnen vorbei und verließ das Herrenhaus.

Der Regen war so stark geworden, dass Philipus bis auf die Haut durchnässt war, als er das Vogelgehege erreichte. Er fand Johannes von Wartenberg in einem geräumigen Schuppen hinter den Käfigen, in dem sich die Gerätschaften für die Aufzucht der Raubvögel befanden. Ein Nebenraum war verschlossen. Der Dominikaner nahm an, dass sich darin das Futter für die Tiere befand. Die Remise war gemütlich mit einem Schreibtisch und einer kleinen Sitzgarnitur eingerichtet. Auf einem der Stühle saß Heinrich und hatte sich eine Decke um den nassen Körper geschlungen. Auch er war auf der Rückfahrt von Meckenheim vom Regen überrascht worden. Johannes hatte sich seiner erbarmt und ihn in sein Refugium mitgenommen. Der Falkner war gerade dabei, die lederne Schutzmanschette von seinem Unterarm abzunehmen.

»Ich habe es Ihnen doch gesagt«, empfing er Philipus mit einem breiten Grinsen, denn er hatte den Tobsuchtsanfall des Burgherrn mitbekommen, »mit Schall von Bell ist nicht zu spaßen, wenn man ihn beim Essen stört.«

Der Pater hatte keine Lust, dem Gutsverwalter zu erklären, warum Schall von Bell in Wirklichkeit so aus der Haut gefahren war. Mit ernster Miene legte er die Nachricht auf den Schreibtisch. »Johannes, ich muss Sie um einen Gefallen bitten. Lesen Sie bitte dieses Schriftstück durch und sagen Sie mir, ob der Amtmann es verfasst hat!«

Zögerlich nahm der Verwalter das Schreiben vom Tisch und las es durch. Als er den Inhalt begriffen hatte, weiteten sich seine Augen. Er ließ das Papier sinken und schaute Philipus verunsichert an. »Was ich jetzt mache, kann mir großen Ärger einbringen. Ich hoffe, es bleibt unter uns.« Er öffnete die oberste Schublade seines Schreibtisches, zog ein Dokument heraus und überreichte es Philipus.

»Hat das der Amtmann geschrieben?«, fragte dieser.

Der Verwalter nickte.

Der Dominikaner überflog den Inhalt. Es war eine Belobigung Johannes' bezüglich seiner Verdienste in der Falknerei. Der Geistliche legte die beiden Schreiben nebeneinander und verglich die Schrift. Dabei untersuchte er insbesondere die Unterschriften eingehend. »Kein Zweifel«, sagte er, »die beiden Handschriften sind nicht identisch. Der Amtmann hat die Nachricht an Bartholomäus Winssen jedenfalls nicht geschrieben.«

»Ich kann auch bezeugen, dass er den gestrigen Abend in Flerzheim bei Gertrud Strom war«, versicherte Johannes. »Es ging wohl um das Erbe ihres toten Bruders. Warum sollte er Bartholomäus Winssen nach Lüftelberg beordern, wenn er genau wusste, dass er den ganzen Abend nicht zu Hause war?«

Philipus ließ enttäuscht den Kopf sinken. Eine heiße Spur war im Sande verlaufen. Dann horchte er auf. Der Wolkenbruch, der lautstark auf das Dach des Schuppens getrommelt hatte, war nicht mehr zu hören. Er wollte die Regenpause nutzen, um nach Rheinbach zurückzufahren. Mit einem Wink gab er Heinrich zu verstehen, seine inzwischen getrockneten Kleider wieder anzuziehen. Dann reichte er Johannes von Wartenberg die Hand. »Ich hoffe, der Amtmann wird es überleben, dass ich ihn fälschlicherweise verdächtigt habe. Und ... vielen Dank für alles.«

Bevor sie die Burg verließen, gab der Gutsverwalter den beiden Kutschfahrern noch Regenumhänge für den Rückweg mit.

»Ich glaube, der nächste Schauer lässt nicht lange auf sich warten«, bemerkte er fürsorglich. »Sie können mir die Sachen ja bei Gelegenheit wieder zurückgeben!« Dann fügte er mit einem Augenzwinkern hinzu: »Der Amtmann braucht ja nichts davon zu wissen!«

Als sie die holprige Straße in Richtung Rheinbach hinunterfuhren, fror der Mönch trotz des Umhangs nicht nur am ganzen Leibe, sondern er war auch ziemlich ernüchtert. Zu allem Überfluss hatte er sich in Amtmann Schall von Bell noch einen Todfeind geschaffen. Am Fuße des Burgberges kam ihnen eine Menschengruppe entgegen. Philipus erkannte einige von ihnen. Es waren Rheinbacher. Als die Fußgänger sahen, wer in der Kutsche saß, steckten sie die Köpfe zusammen und redeten aufgeregt miteinander.

Der Dominikanerpater streckte behaglich seine Beine aus, während ihm Heinrich einen Guss heißen Wassers über die Schultern in den Badezuber schüttete.

Als sie in Rheinbach angekommen waren, hatte der Hausknecht bemerkt, dass der Gast des Pfarrhauses völlig unterkühlt war. Nachdem Philipus ihm geholfen hatte, die Kutsche und Pferde zu versorgen, zog der Knecht den Mönch hinter sich her. Vor einem Nebengebäude der Stallungen blieb er stehen. »Das tut Pater Philipus gut«, sagte er und öffnete die Tür.

Als ihm der Mönch in das Innere folgte, stellte er verwundert fest, dass sie sich in einer Badestube befanden. In der Mitte des Raumes stand ein riesiger Holzbottich. Daneben war ein großer Ofen angebracht, auf dem Heinrich sogleich begann, in gusseisernen Kannen Wasser warm zu machen. Dann wies er den Dominikaner an, sich trockene Sachen aus seinem Reisegepäck zu holen. Er würde in der Zwischenzeit das Bad vorbereiten. Als Philipus zurückkehrte, war der Bottich schon halb mit Wasser gefüllt. Er war froh, endlich aus den nassen Kleidern zu kommen. Heinrich hatte den Raum verlassen und sorgte derweil für das Abendbrot.

Der Vicarius musste bald aus der Abendandacht zurückkehren. Da es draußen schon dunkel war, hatte er vorher noch die Dochtleuchten aus Öl angezündet, die sich in Eisenhalterungen an den Wänden befanden.

Philipus nutzte die Zeit in der heimeligen Atmosphäre des flackernden Lichtes, um seine Abendandacht abzuhalten. Er musste jedoch feststellen, dass er bei den Gebeten nicht bei der Sache war. Immer wieder tauchten das Gesicht Appolonias vor ihm auf und die Erinnerung an das innige Gefühl, das er gespürt hatte, als er sie tröstend in den Armen gehalten hatte. Obwohl es ihm schwer fiel, zwang er sich, diese Gedanken aus seinem Kopf zu verbannen. Er musste sich ganz auf die anstehenden Ermittlungsaufgaben konzentrieren. Noch einmal dachte er über die Bedeutung der schriftlichen Mitteilung nach, die er heute am Tatort gefunden hatte. Sie besagte eindeutig, dass der Amtmann und der alte Meckenheimer Schultheiß in irgendeiner Beziehung zu Catharina Hamecher gestanden haben mussten. Diese Beziehung war so bedeutend, dass Bartholomäus Winssen sich noch am Abend auf den Weg nach Lüftelberg begeben hatte. Auch kannte der Täter diese Verbindung, sonst hätte er sie nicht erwähnen können. Zudem war der Mörder gebildet, denn schreiben konnten auf dem Lande nur Angehörige der Oberschicht. Außerdem kannte er sich in der Zahlensymbolik aus. Es war kein Zufall, dass er seine Verbrechen in einem Abstand von jeweils sieben Tagen verübte.

Philipus musste herausfinden, welche Bedeutung diese periodische Wiederkehr für die Mordtaten hatte. Vielleicht konnte ihm das wichtige Aufschlüsse geben. In der Klosterbibliothek in Köln gab es einige Bücher, die sich mit diesem Thema beschäftigten. Aber es würde zuviel Zeit kosten, wenn er dazu eigens nach Köln zurückfahren würde. Aber auch das Pfarrhaus verfügte über eine gut sortierte Bibliothek. Wienand Hartmann, der Vorgänger des Vicarius, war ein belesener Mann gewesen und hatte sie angelegt. Vielleicht hatte er Glück und wurde dort fündig.

Das Gespräch am Abendtisch zwischen Philipus und dem Rheinbacher Pfarrer verlief zunächst ziemlich einsilbig. Man konnte Pater Philipus ansehen, dass ihm das gestrige Saufgelage seines Gastgebers und dessen Folgen äußerst zuwider waren. Außerdem ließ sich der Mönch seinen Unmut darüber anmerken, dass Stotzheim gestern, wohl durch den Alkohol gefügig gemacht, auf der Burg Lüftelberg allzu redselig gewesen war. Für den Mönch stand fest, dass der Amtmann den Rheinbacher Pfarrer nur aus dem Grunde eingeladen hatte, um etwas über den Fortgang der Ermittlungen zu erfahren. Deshalb hatte sich Philipus entschlossen, Pfarrer Stotzheim nur noch über das Nötigste zu informieren.

Der Vicarius versuchte die frostige Atmosphäre zu vertreiben, indem er ein Gespräch über das Wetter anfing. Noch immer peitschten die Regenböen gegen die Fensterläden. »Ein Sauwetter ist das ja geworden«, sagte er und versuchte, Philipus' Blick aufzufangen. »Ich hoffe doch nicht, dass Sie da heute bei Ihren Ermittlungen hineingeraten sind?«

»Doch das bin ich«, antwortete der Pater reserviert. »Wenn Heinrich nicht gewesen wäre, hätte ich mich wohl ernsthaft erkältet.«

»Hat er Ihnen etwa ein Bad bereitet?«, tat Stotzheim so, als ob er darüber nicht Bescheid wüsste. »Ich habe Ihnen doch gesagt, wenn er sich erst einmal mit Ihnen angefreundet hat, ist er sehr aufmerksam.«

»Es kommt vor allen Dingen darauf an, wie man ihn behandelt«, merkte Philipus kritisch an. Das barsche Verhalten, das der Vicarius zuweilen seinem Hausknecht gegenüber an den Tag legte, missfiel ihm. Der Pater ließ den Vicarius noch eine Weile sein unterkühltes Verhältnis zu ihm spüren, bevor er schließlich das Wort an ihn richtete. »Ich würde mich gerne einmal in Ihrer Bibliothek umsehen. Ist das möglich?«

»Natürlich«, antwortete Stotzheim übertrieben freundlich. »Solange Sie wollen!«

»Ich würde es am liebsten gleich tun«, sagte Philipus und stand auf.

»Wie Sie möchten.« Stotzheim erhob sich ebenfalls und wollte den Hausknecht herbeirufen, dass dieser das Abendbrot abräumen solle. Aber Philipus kam ihm zuvor.

»Ich habe Heinrich gesagt, er solle auch einmal ein Bad nehmen. Lassen wir ihm das Vergnügen und tragen den Abendtisch selber ab.«

Zunächst blickte ihn der Pfarrer verständnislos an. Als er sah, wie der Dominikaner das Geschirr zusammenstellte, um es wegzutragen, sagte er: »Ich glaube, lieber Philipus, Sie wollen die Weltordnung ändern!«

»Und unserem Herrn Jesus Christus würde es gefallen, lieber Vicarius!«, kam die prompte Antwort des Mönchs.

Der Pfarrer überdachte die Bemerkung seines Gastes. Resignierend schüttelte er den Kopf. Dann nahm er die Trinkkrüge und folgte dem Mönch in die Küche.

Gut zweieinhalb Stunden verbrachte Pater Philipus damit, alle Bücher der Bibliothek zu untersuchen. Aber ein Werk, in dem er etwas über Zahlensymbolik erfahren konnte, hatte er nicht finden können. Meistens musste er sehr nahe mit der Kerze an die Bücher herangehen, um ihre Titel lesen zu können. Nun hatte er sich auf einen Armsessel gesetzt und rieb sich seine überanstrengten Augen. Auch der Vicarius, der ihm bei der Durchsicht geholfen hatte, war ihm keine große Stütze gewesen. Die meisten Bücher waren in lateinischer Sprache geschrieben, und Stotzheim hatte große Probleme, die jeweiligen Überschriften zu übersetzen. Dazu waren seine Kenntnisse des Lateinischen zu bescheiden, was Philipus schon im Verlauf der Liturgie der heiligen Messe aufgefallen war. »Sonst haben Sie keine Bücher mehr?«, fragte der Dominikaner müde.

»Ich finde die Sammlung meines Vorgängers schon beachtlich!«, sagte der Vicarius und ließ sich ebenfalls erschöpft auf eine

Sitzgelegenheit nieder. »Aber ein so spezielles Thema wie die Zahlensymbolik werden Sie nur in großen Bibliotheken finden.«

Philipus musste dem Pfarrer recht geben. Es wäre schon reiner Zufall gewesen, wenn er hier etwas aufgespürt hätte.

»Heinrich weiß … wo noch Bücher sind.«

Überrascht sahen die Geistlichen auf. Sie hatten nicht bemerkt, dass der Knecht ins Haus gekommen war. Mit strahlendem Lächeln und frisch gebadet stand er in der Wohnzimmertür. Eilig nahm er sich einen Kerzenständer vom Tisch und forderte Philipus und Stotzheim auf, ihm zu folgen.

Als sie im Eingangsbereich des Hauses angekommen waren, öffnete er eine Tür zum Keller. Eine wurmstichige Holztreppe führte nach unten. Als sie hinabstiegen, kam ihnen ein modriger Geruch entgegen. Unten befanden sie sich in einem kalten gewölbeartigen Raum, der seit Jahren hauptsächlich als Kühlkammer diente. An einer Wandseite lagerte eine Reihe Weinfässer, die sich der Vicarius jedes Jahr von der Mosel schicken ließ. Der Mönch und Stotzheim mussten sich an die Dunkelheit gewöhnen.

Heinrich steuerte auf eine große Holztruhe zu und kniete sich vor sie hin.

»Die gehörte Pfarrer Hartmann«, flüsterte der Vicarius dem Mönch zu, während der Hausknecht sich daran machte, den Deckel der Truhe zu öffnen. »Die hatte ich schon ganz vergessen.«

Der Dominikaner näherte sich der Truhe und schaute hinein. Sie war hauptsächlich mit alten Büchern gefüllt. Als er sie in Augenschein nahm, stellte er fest, dass es sich vorwiegend um geistliche Literatur handelte. Unter anderem fand er eine Bibel, die schon dreihundert Jahre alt war und mit herrlichen Buchmalereien illustriert war.

»Es kann doch nicht wahr sein, dass so eine Kostbarkeit hier unten verrottet!«, sagte er vorwurfsvoll in Richtung des Vicarius.

»Ich wusste wirklich nicht, welche Bücher sich in der Kiste befinden«, versuchte sich der Pfarrer herauszureden. Auch er hatte damit begonnen, die Bücher zu untersuchen.

Bald war den beiden Männern klar, dass sie auch hier keine Abhandlung über Zahlensymbolik finden würden. Zum Schluss fiel ihnen eine Schatulle in die Hände, die sich auf dem Boden der Truhe befand.

Vorsichtig öffnete Philipus diese und sah, dass sie eine Anzahl verstaubter Briefe und Dokumente enthielt. Beim Durchblättern erkannte der Pater, dass sie Wienand Hartmann gehört haben mussten. Intuitiv spürte Philipus, dass er vielleicht hier etwas erfahren konnte, was mit seiner Untersuchung zu tun hatte.

»Darf ich die Schriftstücke mit nach oben nehmen und studieren?«, fragte Philipus den Pfarrer.

Der Vicarius überlegte nicht lange. »Ich glaube nicht, dass der gute Pfarrer Hartmann etwas dagegen gehabt hätte. Ich hoffe, Sie finden etwas, was Sie gebrauchen können!« Stotzheim war heilfroh, dass der Mönch wieder umgänglicher war.

Pater Philipus schaute auf seine Taschenuhr. Es war schon kurz vor Mitternacht. Langsam wurde er unkonzentriert. Es war ein anstrengender Tag gewesen. In der letzten Stunde hatte er sich auf das Studium der Briefe konzentriert, die sich in der Schatulle befunden hatten. Die meisten waren von Verwandten, die dem ehemaligen Rheinbacher Pfarrer aus dem Sauerländischen geschrieben hatten. Philipus nahm an, dass Wienand Hartmann von dort stammte. Da sie nur Familienangelegenheiten betrafen, legte der Mönch sie beiseite.

Schließlich öffnete er einen Brief, der ihn sofort stutzig machte. Es war ein Schreiben, den Hartmann nicht erhalten, sondern selber geschrieben hatte. Entweder war es nicht abgeschickt worden, oder es war eine Zweitschrift. Wollte Hartmann, dass der Brief der Nachwelt erhalten bliebe?

Der Adressat war ein gewisser Hermann Löher in Amsterdam, der in Rheinbach als Schöffe und Ratsmitglied gedient hatte. Der Mönch schaute auf das Datum des Briefes. Es war der 17. Februar 1637.

Plötzlich war die Müdigkeit des Mönchs wie weggeblasen. Er faltete das Skriptum auseinander und begann zu lesen. Bald schon hatte er begriffen, dass es sich bei Löher um einen der Männer handelte, die vor den Hexenprozessen im Jahre 1636 geflohen waren und von denen ihm der Vicarius erzählt hatte. Pfarrer Hartmann schilderte dem Geflüchteten nicht nur den Verlauf der Hexenprozesse und die Hinrichtung von Appolonias Vater, sondern erwähnte auch namentlich, welche Rheinbacher Bürger ihm auf den Scheiterhaufen folgten. Außerdem führte er alle Mitglieder des damaligen Rheinbacher Hexengerichts auf.

Als Philipus die Liste der Namen las, wurde ihm heiß. Als er sie ein weiteres Mal studierte, fiel ihm auf, dass alle, außer dem damaligen Hexencomissarius Möden und einem Rheinbacher Schöffen namens Dietrich Halfmann, Opfer der Rheinbacher Mordserie waren.

Für Pater Philipus gab es keine Zweifel mehr. Er wusste jetzt, in welcher Verbindung die Mordopfer gestanden haben mussten. Auch dem Motiv war er vielleicht einen entscheidenden Schritt nähergekommen. Konnte es nicht sein, dass irgendjemand den Ermordeten die Schuld an den damaligen Hexenverbrennungen gab und sich rächen wollte? Als er den Brief zu Ende gelesen hatte, schaute er noch einmal konzentriert in die Flamme der Kerze. Da fiel ihm ein, dass er eine Sache übersehen hatte. Was war mit Catharina Hamecher, dem einzigen weiblichen Opfer der Mordserie? Sie passte wiederum nicht in das Muster, da sie nichts mit dem Hexengericht von 1636 zu tun hatte. Warum wurde auch sie ermordet?

Mittwoch, 19. August, Anno Domini 1654

Philipus wälzte sich unruhig im Bett hin und her. Er war schon lange wach und schaute immer wieder auf die Taschenuhr. Er konnte es kaum erwarten, bis es Zeit war aufzustehen. Endlich hörte er den ersten Hahnenschrei aus dem Hühnerstall des Gehöfts. Dann dauerte es auch nicht mehr lange, bis Heinrich unten im Hof mit seinen ersten Morgenarbeiten anfing. Wieder nahm der Pater die Uhr vom Schemel neben seinem Bett und warf einen Blick darauf. Es war jetzt kurz vor halb sieben. Gleich würde auch der Vicarius aufstehen, um sich für die Morgenandacht mit seiner Gemeinde in St. Gregorius vorzubereiten.

Philipus sprang aus dem Bett. Obwohl er nur wenige Stunden geschlafen hatte, fühlte er sich nicht müde. Er hatte jetzt eine Spur, und die anstehenden Fragen, die er lösen musste, schärften seine Sinne und gaben ihm neuen Mut. Er wusch sich ausgiebiger als sonst und zog eilig seine Sachen an. Da er heute Morgen Pfarrer Stotzheim nicht zur Morgenandacht in die Kirche begleiten würde, kniete er sich vor das Kreuz, das neben seinem Bett hing, und sprach seine Morgengebete. Dabei fiel sein Blick auf die Soutane, die er gestern getragen hatte. Sie hing über einem Stuhl, damit sie trocknete. Sie hatte auch wieder einmal eine Reinigung nötig. Er wusste nicht, wem der Vicarius seine Kleidung zur Reinigung anvertraute. Vielleicht konnte er Appolonia Simons fragen, ob sie ihm das Kleidungsstück waschen könne. Er erwischte sich dabei, dass er einen Grund suchte, um sie und ihre Kinder wiederzutreffen.

Bevor der Mönch das Schlafgemach verließ, öffnete er die Schatulle, holte das Schreiben des früheren Pfarrers an Hermann Löher heraus und steckte es ein. Unten im Haus traf er den Vicarius, der noch völlig verschlafen war und im Nachthemd vom Abort kam. Gähnend und mit zerknautschten Gesicht schaute er ihn an. »Schon so früh auf?«, fragte er verwundert. »Sie können wohl die Morgenandacht kaum erwarten.«

Ob diese Äußerung ironisch gemeint war, weil Stotzheim annahm, dass Philipus hoffte, Appolonia Simons in der Kirche zu treffen, konnte der Mönch nur vermuten. So gab er bloß eine kurze Antwort. »Ich werde heute Morgen nicht zur Andacht kommen.«

»Und warum nicht?«

»Ich statte Bürgermeister Schnehagen einen Besuch ab. Er muss mir dringend einige Fragen beantworten.«

»Und das schon um diese Uhrzeit?«, entgegnete der Pfarrer und versuchte, mit einer Hand die zerzausten Haare zu bändigen, die ihm widerborstig vom Kopf abstanden.

»Ich möchte sicher sein, dass ich ihn auf jeden Fall antreffe«, fuhr Philipus fort, »Schnehagen ist ein vielbeschäftigter Mann. Ich nehme doch an, dass er so früh noch zu Hause ist.«

Stotzheim gähnte und gab Philipus mit einem Kopfnicken recht.

Der Pater verabschiedete sich und machte sich auf den Weg in den Hof.

»Haben Sie übrigens gestern in der Schatulle etwas gefunden, was Sie gebrauchen können?«, rief ihm der Pfarrer hinterher.

»Vielleicht!«, antwortete der Mönch über die Schulter und ließ den Vicarius mit dieser nichtssagenden Äußerung stehen. Er wollte seinem Grundsatz treu bleiben, den Rheinbacher Pfarrer, soweit es ging, aus seiner Arbeit herauszuhalten. Als er über den Hof ging, grüßte er Heinrich, der im Stall damit beschäftigt war, Aphrodite Futter zu geben. Philipus überkam ein schlechtes Gewissen, als er sah, wie hingebungsvoll sich der Hausknecht des Tieres annahm. Er selbst hatte sich in den letzten Tagen nicht einmal um sein Reitpferd gekümmert. Vor allen Dingen wurde es höchste Zeit, dass die Stute wieder einmal bewegt wurde.

Philipus stellte mit Erleichterung fest, dass sich das Wetter über Nacht wieder gebessert hatte. Als er an der Stadtmauer vorbei ging, kam sogar die Sonne hinter den abziehenden Regenwolken zum Vorschein und wärmte seine klammen Glieder. Er musste nicht weit gehen, um das Haus von Engelbert Schnehagen zu finden. Es befand sich ganz in der Nähe der Burg in der Loersgasse. Schon von weitem konnte er durch die offenen Tore die Frachtwagen auf dem geräumigen Hof des Anwesens sehen. Der Rheinbacher Bürgermeister hatte in den letzten beiden Jahrzehnten ein gut florierendes Handelsgeschäft mit allerlei Waren und Gütern aufgebaut. Seine ausgedehnten Geschäftsbeziehungen gingen nicht nur in die nahe gelegenen Städte Bonn, Köln und Koblenz, sondern führten sogar bis in die Normandie und den flandrischen Raum. Als Philipus näher kam, sah er, dass die Wagen gerade bepackt wurden. Am Eingang des Gehöfts blieb er stehen und beobachtete das Treiben. Bald schon hatte er Schnehagen entdeckt. Der Händler stand vor den Fuhrwerken und gab gerade lautstark Instruktionen, wie die Waren auf die Gespanne zu verteilen wären.

Schließlich sah auch der Kaufmann den Pater aus dem Augenwinkel. Er unterbrach seine Tätigkeit und übergab das Kommando an einen jüngeren Mann, der neben ihm stand. Dann eilte er auf den Geistlichen zu.

»Pater Philipus«, begrüßte er den Mönch schon von weitem. »Was machen Sie denn schon so früh hier?«

»Ich muss Sie dringend sprechen, Herr Schnehagen«, antwortete Philipus und schüttelte die dargebotene Hand.

»Da kommen Sie aber sehr ungelegen!«, erwiderte der Kaufmann mit einer sauren Miene. »Sie sehen ja! Wir bereiten uns gerade für eine Reise vor, und ich muss selber mitfahren, da uns in Lechenich neue Geschäftspartner erwarten, die ich dringend persönlich kennenlernen möchte. Wir fahren schon so früh los, damit wir am Abend wieder zurück sein können.«

»Ich habe so etwas befürchtet. Deshalb bin ich schon so zeitig zu Ihnen gekommen«, bemerkte Philipus und fügte mit einem flehenden Blick hinzu: »Haben Sie denn wirklich keine halbe Stunde Zeit für mich? Länger dauert es nicht.«

»Eine halbe Stunde?«, wiederholte Schnehagen und kratzte sich nachdenklich am Kopf. »Nun gut, so lange brauchen wir noch, um die Wagen zu beladen. Das muß gehen. Ich werde meinem Sohn sagen, dass er das Verladen alleine in die Hand nehmen muss. Kommen Sie, ich stelle Ihnen Wilfried vor!«

Der Pater bedankte sich und folgte dem Bürgermeister.

Nachdem Schnehagen den Mönch mit seinem Sohn bekanntgemacht hatte, gab der Kaufmann noch letzte Anweisungen. »So, jetzt muss der Bengel alleine zurecht kommen«, lächelte Schnehagen schließlich und führte den Mönch zu einem Nebengebäude im hinteren Teil des Hofes. Auf dem Weg dorthin setzte Philipus den Bürgermeister noch über die gestrigen Ermittlungen in Meckenheim und Lüftelberg in Kenntnis. Dann betraten sie den Anbau.

»Das ist unser Kontor«, bemerkte Schnehagen stolz.

Philipus bewunderte sogleich die großen Landkarten an den Wänden des Raumes, auf denen die Orte, in denen Schnehagens Geschäftspartner saßen, markiert waren. »Ihre Beziehungen sind ja außerordentlich weitläufig«, sagte der Pater und studierte eine Landkarte, auf der die Routen zu den flandrischen Geschäftshäusern an der Nordsee aufgezeichnet waren. »Sie sind sicherlich schon sehr weit in der Welt herumgekommen«, fügte er anerkennend hinzu.

»Früher habe ich das genossen«, gab der Händler zur Antwort, »aber nach dem Tode meiner Frau übernehmen das immer mehr meine Söhne, weil ich mich mehr um die häuslichen Dinge kümmern muss. Anton ist zurzeit mit einer großen Lieferung in Richtung Brügge unterwegs. Außerdem lässt mir meine Bürde als Bürgermeister keine Zeit mehr dazu.«

»Ihre Frau ist tot?«, fragte der Mönch mitfühlend. »Wann ist sie denn gestorben?«

»Vor anderthalb Jahren. Es war die Schwindsucht!« Am Gesichtsausdruck Schnehagens konnte Philipus ablesen, dass dieser den Tod seiner Frau noch immer nicht überwunden hatte. Darum wollte er nicht weiter darauf eingehen.

Bevor die beiden Männer Platz nehmen konnten, musste der Händler noch einige Schriftstücke wegräumen, die verstreut auf Schreibtisch, Hockern und Stühlen herumlagen. Dann blickte der Bürgermeister Philipus erwartungsvoll an. »Was haben Sie denn auf dem Herzen?«

»Ich bin in alten Unterlagen des früheren Pfarrers Wienand auf diesen Brief gestoßen«, sagte Philipus und legte das Schreiben auf den Tisch. »Er hat ihn Anfang 1637 an den ehemaligen Schöffen Löher in Amsterdam geschrieben.«

»Das ist gut möglich«, sagte Schnehagen. »Ich weiß, dass die beiden sehr gut miteinander befreundet waren.«

»In diesem Brief schildert der Pfarrer die Geschehnisse um die Hexenprozesse hier in Rheinbach im Jahre 1636.«

Der Händler hob interessiert den Kopf.

»Er listet auch die Mitglieder des Hexengerichts auf. Und dabei ist mir aufgefallen, dass alle Mordopfer diesem Tribunal angehörten, außer Catharina Hamecher.«

Schnehagen schaute den Mönch verwundert an und nahm den Brief in die Hand. Aufmerksam las er sich die Namen der Gerichtsmitglieder durch. »Tatsächlich, Sie haben recht. Auf den Gedanken bin ich noch gar nicht gekommen.«

»Zu den Mitgliedern des Gerichts habe ich zwei Fragen: Die Schöffen Augustin und Winssen kamen nicht aus Rheinbach, sondern aus Flerzheim und Meckenheim. Wie kamen sie dazu, Beisitzer eines Rheinbacher Tribunals zu sein?«

»Das kann ich Ihnen leicht erklären«, erwiderte der Bürgermeister. »Durch die Flucht der beiden Rheinbacher Schöffen wurden zwei Plätze im Gericht frei. Commissarius Möden brachte Winssen aus Meckenheim mit. Dort hatten die beiden kurz vor den Rheinbacher Hexenprozessen schon viele Meckenheimer auf den Scheiterhaufen gebracht. Der Flerzheimer Augustin Strom wurde vom Amtmann in das Gericht beordert.«

Philipus schien mit der Erklärung zufrieden, wollte aber noch etwas wissen. »Dem Gericht gehörten noch zwei Personen an, über deren Schicksal ich nichts weiß, einmal der Vorsitzende des Tribunals, der Hexencommissarius Jan Möden, und der Schöffe Dietrich Halfmann.«

»Auch da kann ich Ihnen weiterhelfen«, entgegnete Schnehagen nach kurzer Überlegung. »Jan Möden hat noch vor fünfzehn Jahren in der Nähe von Trier gelebt. Als ich damals in Bernkastel unterwegs war, um eine Lieferung Wein abzuholen, war sein Tod dort in aller Munde. Er muss wohl unter mysteriösen Umständen ums Leben gekommen sein. Viele brachten seinen Tod mit seiner Tätigkeit als Hexencommissarius in Verbindung.«

»Wie meinen Sie das?«

»Man glaubte, dass die verbrannten Hexen sich an ihm gerächt hätten.«

»Wissen Sie, wie er zu Tode gekommen ist?«

Schnehagen schüttelte den Kopf. »Darüber kann ich Ihnen leider nichts sagen.«

»Und wie steht es mit Dietrich Halfmann?«

»Halfmann ist ebenfalls tot ... und zwar schon seit 1644. Damals waren in seinem Haus durchziehende Landsknechte einquartiert. Als es am Abend zum Streit mit ihnen kam, haben sie ihn erschlagen. Damit hatte der ungeliebte Ja-Schöffe Rheinbach einen Bärendienst erwiesen. Die aufgebrachte Soldateska zündelte mit dem Feuer und legte halb Rheinbach in Schutt und Asche.«

»Ja-Schöffe?« unterbrach Philipus den Bürgermeister.

»So wurden in Rheinbach die Beisitzer genannt, die dem Hexencommissarius nach dem Mund redeten und zu allem Ja und Amen sagten«, erklärte Schnehagen.

Der Mönch nickte. »Das heißt also, dass alle Mitglieder der Hexenprozesse des Jahres 1636 jetzt tot sind. Möden und Halfmann waren schon vorher ums Leben gekommen. Die anderen hat der Täter in den letzten Wochen einen nach dem anderen umgebracht.«

»Haben Sie eine Vermutung, wer ein Interesse daran hat?«, fragte Schnehagen und blickte Philipus mit großen Augen an.

»Ich denke, es ist ein Angehöriger der als Hexen und Zauberer Hingerichteten. Er hätte ein nachvollziehbares Motiv«, sagte der Pater und nahm dem Bürgermeister das Schreiben aus der Hand. Er brauchte einen Moment, um die Textpassage im Brief wiederzufinden. Dann begann er vorzulesen: »… denn in den nächsten Tagen wurden die Hexenprozesse in Rheinbach etwas Alltägliches. Außer der Müllerin und ihrer Tochter kam der Vogt Doktor Schweigel ums Leben, wie auch Gotthart Krautwich und seine Frauen, der alte Johann Treingen, Peus Leinen, Appolonia Stroms, Ännchen Jacob, Peter Henckels und seine Frauen und Georg Kramer. Erbarm' es Gott!«

Der Pater legte den Brief beiseite und schaute den Kaufmann an.

Dieser hatte den Kopf gesenkt und Philipus schweigend zugehört. Bei der Aufzählung der Opfer schienen ihn die Erinnerungen an diese Zeit wieder eingeholt zu haben. »Ich wohnte zwar erst seit vier Jahren in Rheinbach, als die Prozesse begannen, aber ich habe sie alle gekannt«, sagte er sichtlich mitgenommen, »und … es waren allesamt gute Christen.«

»Leben heute noch Angehörige?«, fragte Philipus.

Engelbert Schnehagen nahm den Brief vom Tisch und schaute sich noch einmal die Namen der Opfer an. Er wartete lange mit seiner Antwort. »Nein«, sagte er schließlich. »Es gibt keinen mehr, der noch lebt.«

»Überlegen Sie noch einmal gut!«, bedrängte Philipus den Bürgermeister. »Fällt Ihnen wirklich niemand mehr ein?«

Schnehagen überlegte krampfhaft. Dann schüttelte er heftig den Kopf. »Nein, wirklich nicht. Es gibt beim besten Wissen keine Nachkommen mehr. Die Hingerichteten waren entweder alleinstehend, oder es wurde gleich die ganze Familie ausgelöscht. Abgesehen von …«, der Kaufmann sah Philipus mit ernster Miene an, »Appolonia Schweigel.«

Der Pater ließ sich nicht anmerken, wie sehr ihn die Feststellung des Bürgermeisters beunruhigte. »Bliebe nur noch Catharina Hamecher. Sie macht mir Kopfzerbrechen. Was hat sie mit der ganzen Sache zu tun?« Der Mönch war aufgestanden und ging nervös im Kontor auf und ab. »Sie muss aber eine wichtige Rolle spielen, sonst wäre sie in der Nachricht, die Bartholomäus Winssen erhielt, nicht genannt worden.« Philipus war stehen geblieben. Die beiden Männer schauten sich eine Weile ratlos in die Augen.

Plötzlich griff sich Schnehagen an den Kopf. »Jetzt fällt es mir wieder ein. Die alte Cath war die erste, die man vor das Tribunal zerrte. Aber sie wurde wieder freigelassen. Wir haben uns damals alle gewundert. Es war noch nie vorgekommen, dass jemand die Gerichtskammer ohne einen Schuldspruch verließ.«

Interessiert hatte Philipus zugehört. »Irgendetwas Ungewöhnliches muss dort passiert sein«, sagte er mit gedämpfter Stimme, »aber wer weiß etwas darüber? Von den Mitgliedern des Gerichts lebt keiner mehr.« Der Mönch hatte wieder Platz genommen und sah nachdenklich auf den Boden. Plötzlich fuhr er hoch. »In einem Hexenprozess sind doch noch andere Personen zugegen, außer den Richtern und Schöffen …«. Fragend schaute er Schnehagen an.

»Sie meinen … den Folterknecht und die Gerichtsbüttel?«, entgegnete der Bürgermeister.

Der Pater nickte.

Wieder brauchte der Bürgermeister einige Zeit, um sich zu erinnern. »Kuntz Gebour, der damalige Henker und Folterknecht, ist schon lange tot. Die beiden Gerichtsbüttel …«

»Welche Aufgaben hatten sie?«, unterbrach Philipus ungeduldig den Gedanken des Kaufmanns.

»Sie holten die Beschuldigten vor das Tribunal und halfen dem Henker bei den Folterungen. Außerdem waren sie den Gerichtsherren mit allerlei Verrichtungen zu Diensten.«

»Lebt von ihnen noch jemand?«

Dem Kaufmann war anzusehen, wie schwer es ihm fiel, sich die lang zurückliegenden Ereignisse wieder in Erinnerung zu rufen.

»Nur … Martin Koch«, sagte er schließlich. »Der wohnt aber seit einigen Jahren nicht mehr in Rheinbach. Soviel ich weiß, ist er im hohen Alter zu seiner Tochter nach Remagen gezogen. Aber ob er heute noch lebt, kann ich nicht sagen.«

Philipus notierte sich den Namen.

Plötzlich wurden die beiden Männer durch einen Zwischenfall im Hof abgelenkt. Eines der Fuhrpferde war unruhig geworden und stieg im Geschirr hoch. Der Kaufmann wollte nach draußen eilen; als er aber sah, dass sein Sohn und die Fuhrleute das Pferd wieder beruhigten, wandte er sich erneut Philipus zu. »Was haben Sie jetzt vor?«, fragte er.

»Ich werde mich auf den Weg nach Remagen machen. Ich hoffe, dass Martin Koch noch lebt. Ich muss erfahren, was Catharina Hamecher mit dem Fall zu tun hatte.«

Der Bürgermeister setzte eine sorgenvolle Miene auf. »Ich muss Ihnen noch etwas sagen«, druckste er herum. »Gestern war eine Abordnung Rheinbacher Bürger bei mir.«

»Und was wollten sie?«

»Ich sollte zum Amtmann gehen und ihn bedrängen, dass er einen Hexeninquisitor holen solle, damit das Morden endlich aufhöre.«

Der Pater hatte diese Reaktion aus der Bevölkerung schon befürchtet.

»Aber ich habe ihnen gesagt, dass ich dafür nicht zu haben bin«, beeilte sich Schnehagen hinzuzufügen. »Ich habe jedoch gehört, dass anschließend einige von ihnen auf eigene Faust bei Schall von Bell vorstellig geworden sind.«

»Sie wissen, was das für Rheinbach bedeutet, wenn der Amtmann ihrer Bitte nachkommt«, gab der Pater zu verstehen.

»Das weiß ich allzu gut«, pflichtete der Bürgermeister Philipus mit einem tiefen Seufzer bei, »das große Brennen wird wieder beginnen.«

»… und viele unschuldige Rheinbacher das Leben kosten!«, beendete der Mönch den Gedanken des Kaufmanns.

»Also! Beeilen Sie sich, endlich Licht in das Dunkel zu bringen.« Die Stimme des Bürgermeisters klang fast flehentlich.

»Glauben Sie mir! Ich tue, was ich kann. Aber die Tatsache, dass ich gegen Aberglauben und Engstirnigkeit ankämpfen muss und außer Ihnen keinen Unterstützer in dieser Angelegenheit habe, macht die Sache nicht gerade leichter.«

Die beiden Männer blickten gedankenschwer durch das Fenster nach draußen. Die Fuhrleute zogen nun Planen über die Ladung und zurrten sie fest.

»Ich glaube, Sie können jetzt aufbrechen!«, sagte Philipus und reichte Schnehagen die Hand. »Vielen Dank, dass Sie Zeit für mich hatten!«

»Ich hoffe, ich konnte Ihnen weiterhelfen«, antwortete der Bürgermeister und machte sich auf den Weg nach draußen. Vor dem Kontor drehte er sich noch einmal um. »Was mir gerade durch den Kopf geht ...« Schnehagen blinzelte Philipus gegen die tiefstehende Sonne an. »Wenn Ihre Theorie stimmt, dass es sich bei den Mordtaten um einen Racheakt für die Hinrichtungen 1636 handelt, warum schlägt der Täter dann erst jetzt zu, nach so vielen Jahren?«

»Auch das kann ich Ihnen noch nicht beantworten«, sagte der Mönch. »Vielleicht ist er erst jetzt in der Lage dazu, oder seine Rachegelüste sind erst heute so ausgeprägt, dass er sie befriedigen muss.«

Engelbert Schnehagen nickte. Seinem Gesichtsausdruck konnte man jedoch ansehen, dass ihn die Antwort des Dominikanermönchs nicht überzeugt hatte.

Pater Philipus saß am Tisch seiner Kammer und stützte den Kopf mit beiden Händen. Er grübelte darüber nach, wie er weiter vorgehen sollte. Bei seinen Überlegungen auf dem Rückweg zum Pfarrhaus war ihm erst so richtig klar geworden, in welcher Gefahr sich Appolonia Simons befand. Einerseits war er in seinen Ermittlungen gut vorangekommen. Er wusste jetzt, in welchem Zusammenhang die Morde standen und welches Motiv den oder die Täter höchstwahrscheinlich antrieb. Andererseits waren die Erkenntnisse, die er von Schnehagen erhalten hatte, ernüchternd. Es gab keine Nachkommen der Opfer mehr außer Appolonia Simons. Die einzige Unbekannte in diesem Fall war Catharina Hamecher. Brachte ihm die Erkenntnis, welche Rolle sie in diesem Drama spielte, eine ganz andere Sichtweise auf die Morde und führte ihn sogar zur Entdeckung des Täters? Bestand vielleicht doch die Möglichkeit, dass ein Wahnsinniger am Werk war, der, aus welchen Gründen auch immer, nach so vielen Jahren das damalige Hexentribunal auslöschen wollte?

Oder ... er wagte den Gedanken kaum auszusprechen: Gab es doch dunkle Mächte, die jenseits seiner Vorstellungskraft die Hände im Spiel hatten? Er kniete sich wieder vor das Kreuz des Erlösers. Am Ende seiner Gebete fügte er noch einen Satz hinzu: »Oh Herr, du hast mir die Kraft der Gedanken und der Vernunft gegeben. Zeige mir den Weg, wie ich sie in diesem Falle anwenden kann.«

Philipus erhob sich. Seine Entscheidung war gefallen. Er wusste nun, wie er vorgehen musste. Bevor er sich auf den Weg nach Remagen machte, wollte er Appolonia Simons noch einen Besuch abstatten. Dann kam ihm noch ein weiterer Gedanke in den Sinn. Das Kloster der Benediktinerinnen auf der Insel Nonnenwerth im Rhein war berühmt für seine umfangreiche Bibliothek. Es lag ganz in der Nähe von Remagen. Dort würde er mit Sicherheit Literatur zur Zahlensymbolik finden. Auch darin sah Philipus noch eine kleine Möglichkeit, die ein neues Licht auf die Mordtaten werfen könnte. Bevor er die Kammer verließ, nahm er die verschmutzte Soutane vom Stuhl und warf sie sich über den Arm. Als er an der Tür stand, blieb er noch einmal stehen und überlegte. Dann kehrte er um. Er schämte sich über das, was er jetzt tat. Der Mönch öffnete die Schatulle und holte die Nachricht heraus, die Bartholomäus Winssen in den Tod getrieben hatte. Er steckte sie ein und ging zur Tür.

Als Philipus um die Ecke der Stallungen bog und in den Garten kam, bot sich ihm ein eigenartiges Bild. Pfarrer Stotzheim und Heinrich standen auf Leitern und pflückten Pflaumen. Der Vicarius nutzte die Zeit, um seinem Hausknecht Nachhilfestunde in der Bibelkunde zu geben. Er erzählte ihm die Geschichte vom verlorenen Sohn. Heinrich hörte aufmerksam zu und stellte ab und zu eine Frage.

Pater Philipus gab sich zu erkennen. »Ich nehme an, es gibt bald wieder leckeres Pflaumenmus«, sagte er und ging auf den Obstbaum zu.

»Auch dieses Jahr ist die Ernte wieder vorzüglich, lieber Pater«, antwortete der Pfarrer und warf dem Mönch eine Pflaume zu. »Probieren Sie einmal!«

»Lieber nicht«, erwiderte Philipus und fing das Obst behende mit der rechten Hand auf. »Ich weiß nicht, ob mir das auf nüchternen Magen gut tut.«

»Wir haben eigens mit dem Frühstück auf Sie gewartet«, sagte Stotzheim und stieg von der Leiter.

»Nehmen Sie es mir nicht übel, aber ich befürchte, Sie müssen alleine essen«, hob der Mönch bedauernd die Schultern. »Ich bin sehr in Eile. Ich werde gleich nach Remagen aufbrechen.« Während er die Pflaume in einen der Eimer warf, die unter dem Baum standen, fuhr er fort: »Vorher möchte ich Appolonia Simons noch einen Besuch abstatten und wollte Heinrich daher bitten, mir in der Zwischenzeit meine Schimmelstute reisefertig zu machen.«

»Was wollen Sie denn in Remagen?«, wollte der Vicarius wissen.

»Ich besuche die Benediktinerinnen auf Nonnenwerth«, blieb sich der Pater treu, sein Gegenüber nur spärlich mit Informationen zu füttern.

Stotzheim schaute ihn verdutzt an.

Bevor er etwas erwidern konnte, bat ihn Philipus: »Könnten Sie mir etwas Reiseproviant vorbereiten? Vielleicht … Brote mit Pflaumenmus! Ich werde dann im Sattel etwas zu mir nehmen.«

»Johannes! Welch eine Überraschung! Schön, dich zu sehen!« Der Vorsitzende des kurfürstlichen Hofgerichts in Bonn war vom Tisch aufgesprungen und eilte seinem Gast entgegen. »Erzähle! Wie kommst du auf der Burg Lüftelberg zurecht?« Wilhelm von Wartenberg umarmte seinen Sohn.

»Ich bin zufrieden«, entgegnete Johannes lächelnd, »auch wenn es nicht immer leicht mit dem Amtmann ist.«

»Ist Schall von Bell noch immer so ein bärbeißiger Griesgram? Ich hatte gehofft, dass er im Alter etwas umgänglicher würde.«

»Ich befürchte, das Gegenteil ist der Fall!«

»Aber ... du wirst mit ihm schon fertig. Da mache ich mir keine Sorgen. Du hast eine besondere Gabe, auf Menschen einzugehen.«

Mit einer einladenden Geste geleitete der Hofrat seinen Sohn zum Frühstückstisch. »Komm! Setz dich zu mir! Ich nehme an, dass du noch nichts gegessen hast.«

»Ich bin zwar schon in aller Frühe aufgebrochen, aber vorher habe ich noch etwas zu mir genommen«, erwiderte Johannes und setzte sich neben seinen Vater.

»Unsinn! Eine kleine Stärkung tut immer gut«, hielt der Hofrat entgegen. Er klatschte in die Hände. Gleich darauf erschien ein livrierter Diener. Wilhelm von Wartenberg trug ihm auf, noch ein weiteres Besteck zu holen. Dann musterte der Bonner Hofrat seinen Sohn noch einmal ausgiebig. »Gut siehst du aus«, sagte er anerkennend.

»Das macht die viele Arbeit an der frischen Luft!«, erwiderte Johannes und bedankte sich mit einem Lächeln für das Kompliment. »Besonders beim Abrichten der Raubvögel!«

»Ach ja, das hatte ich schon fast vergessen«, fasste sich der Hofrat an die Stirn. »Wie kommst du mit dem Gerfalken zurecht, den dir der Kurfürst zur Ausbildung gegeben hat?«

»Er macht sehr gute Fortschritte. Ich nehme an, dass ich ihn bald zurückgeben kann.«

»Das höre ich gerne, mein Sohn. Kurfürst Maximilian wird es dir danken.« Der Propst rückte näher an Johannes heran. »Glaube mir«, flüsterte er mit einem vielsagenden Blick, »Maximilian kann noch sehr wertvoll für dich sein. Denke daran! Schall von Bell hat keine Erben.«

Der Diener war zurückgekehrt und stellte ein Tablett auf den Tisch. Während der Tisch für Johannes gedeckt wurde, fragte der Hofrat: »Erzähle! Warum bist du nach Bonn gekommen?«

Johannes kramte in einer kleinen Tasche, die er umhängen hatte. »Dieses Schreiben soll ich dir vom Amtmann geben!«

Der Hofrat nahm den Brief an sich. Während er ihn öffnete, fragte er. »Weißt du, worum es geht?«

»Ich kann es mir denken!«, antwortete Johannes.

»Du meinst ... es hat mit den fürchterlichen Dingen zu tun, die sich bei euch in der Nähe ereignen?«

Der Verwalter der Burg Lüftelberg nickte. Der Propst hatte seine Brille aufgesetzt und begann zu lesen. Dann legte er den Brief auf den Tisch und schaute seinen Sohn an. »Kurfürst Maximilian hat zwar eine etwas andere Meinung zu den Hexenprozessen als sein Vorgänger Ferdinand. Wenn die Bevölkerung jedoch so sehr nach einem Hexencommissarius schreit, werde ich sehen, was sich machen lässt. Aber«, der Propst zeigte auf die Köstlichkeiten, die auf dem Frühstückstisch lagen, »jetzt lassen wir es uns zunächst einmal gut gehen.«

Pater Philipus war stehengeblieben. Ein Tumult in einer der kleinen Seitengässchen auf dem Weg zur Gastschänke von Appolonia Simons hatte seine Aufmerksamkeit auf sich gezogen. Als er in die Gasse einbog, sah er, dass die Beteiligten der Rauferei Kinder waren. Darum beschleunigte er seine Schritte und erkannte bald, dass sich zwei Jungs auf dem Boden wälzten. Die übrigen Kinder hatten einen Kreis um die Kampfhähne gebildet und feuerten einen der beiden Kontrahenten lautstark an. »He da! Hört sofort damit auf!«, rief Philipus schon von weitem.

Als die zuschauenden Rangen den Geistlichen herbeistürzen sahen, gaben sie Fersengeld. Nur die beiden Raufbolde hatten den

Mönch nicht bemerkt und prügelten weiter aufeinander ein. Philipus legte die Soutane, die er über dem Arm hängen hatte, zur Seite. Dann packte er die beiden am Kragen und riss sie voneinander los. »Jetzt ist aber Schluss!«, fuhr er die Raufbolde an und schüttelte sie kräftig durch. »Warum prügelt ihr euch? Soll ich euren Eltern davon erzählen?«

Der Mönch sah sich die beiden Streithammel näher an. Beide bluteten aus der Nase. Als er seinen Griff ein wenig lockerte, nutzte das einer der beiden, um sich loszureißen. In Windeseile sauste er die Gasse hinunter und war um die Ecke verschwunden. Auch der andere Junge wollte die Gelegenheit nutzen, um davonzurennen. Doch der Pater ließ ihn nicht los. »Halt, mein Bürschchen!«, sagte er. »Zunächst einmal möchte ich wissen, warum ihr hier so aufeinander eindrescht!« Als er sich das Gesicht des Kindes näher ansah, ließ er ihn erschrocken los. »Severin!« sagte er. »Du bist es?«

Das Kind schaute auf den Boden.

»Was um alles in der Welt war denn hier los?«

Der Sohn von Appolonia, der vor Aufregung am ganzen Leibe zitterte, hielt sich die Hände vors Gesicht und begann zu weinen. Der Pater nahm den Jungen in den Arm und wartete, bis er sich ein wenig beruhigt hatte. Dann kramte er ein Taschentuch aus seinem Umhang und begann, dem Kind das Blut aus dem Gesicht zu wischen.

»Sie … sie haben gesagt, dass … Mama eine Hexe wäre!«, schluchzte Severin auf einmal und schaute den Mönch mit tränenerfüllten Augen an.

»So ein Unsinn!«, sagte Philipus mit gespielter Aufregung. »Das darfst du nicht glauben! Deine Mutter ist keine Hexe. Ich kenne sie gut. Sie ist eine wunderbare Frau.«

»Und warum … behaupten das dann … die anderen Kinder?« schluchzte der Junge erneut und schaute den Mönch hilfesuchend an.

»Weil … weil sie dumm und einfältig sind!« Philipus fiel keine bessere Erklärung ein. »Komm! Ich bringe dich jetzt nach Hause.

Ich wollte euch ohnehin besuchen.« Der Dominikaner hob die gefaltete Soutane vom Boden auf und nahm den Jungen an die Hand. Als Severin die starke Hand des Paters spürte, hörte er auf zu weinen.

Die Tür zur Gaststätte war zu dieser Zeit noch verschlossen. Deshalb mussten Pater Philipus und Severin den Seiteneingang durch den Hof benutzen, um ins Haus zu gelangen. »Du sagst am besten deiner Mutter nicht den wahren Grund, warum du dich geprügelt hast«, ermahnte Philipus den kleinen Jungen, bevor sie in das Gebäude eintraten. »Sie würde sich unnötig Sorgen machen … und das wollen wir doch nicht!«

Severin nickte. »Aber was soll ich denn sagen?«

»Behaupte einfach, ihr hättet Nachlaufen gespielt und dabei wärest du gestürzt.«

Severin sah den Geistlichen mit großen Augen verwundert an. »Aber Mama hat gesagt, ich muss immer die Wahrheit sagen!«

»Da hat sie auch recht«, druckste Philipus herum, »aber manchmal darf man auch lügen, um andere nicht zu beunruhigen. Das nennt man Notlüge.«

Severin ließ nicht locker. »Muss man Notlügen auch beichten?«, wollte er wissen.

Der Pater musste überlegen. Er dachte daran, dass der kleine Junge im nächsten Jahr zur Erstkommunion ging. »Nein, Notlügen muss man nicht beichten!«, entschied er schließlich. »Im Besonderen nicht bei Vicarius Stotzheim«, fügte er hinzu. Aber so leise, dass Severin ihn nicht verstehen konnte.

Appolonia Simons stand in der Küche und schälte Zwiebeln. Der Mönch blieb stehen und schaute ihr einen Moment zu. Dann klopfte es an der Tür. Die Wirtin fuhr herum. »Pater Philipus!«, rief sie überrascht, als sie den Besucher erkannte. Verzweifelt versuchte sie, sich mit dem rechten Handgelenk die Tränen aus den Augen zu wischen.

»Sie müssen die Zwiebeln zunächst einmal längere Zeit in kaltes Wasser legen, bevor Sie sie schälen, Frau Simons!«, sagte der Pater lächelnd.

»Das habe ich auch getan! Aber leider mit mäßigem Erfolg!«, erwiderte die Witwe selbstbewusst. »Aber woher kennt ein Dominikanermönch solche Küchenweisheiten?«

»Ich habe in Heilig Geist auch schon in der Küche ausgeholfen«, bekannte Philipus und zeigte auf seinen leichten Bauchansatz. »Es ist meine schönste Zeit im Kloster gewesen, da immer etwas für die Hilfskräfte abfiel.«

Erst jetzt hatte Appolonia durch ihre tränenden Augen ihren Sohn erkannt, den der Mönch noch immer an der Hand hielt. »O Gott, Severin!«, rief sie erschrocken, als sie das blutende Gesicht ihres Kindes sah. »Was ist denn mit dir passiert?«

»Ich bin beim Spielen hingefallen«, log Severin und suchte dabei Philipus' Blick.

Appolonia hatte sich vor ihr Kind gekniet und untersuchte die Wunden. »Ich habe dir doch gesagt, dass du besser aufpassen sollst!«, sagte sie sorgenvoll. »Sonst geschieht auch noch einmal etwas Schlimmeres.« Sie nahm Severins Hand und zog ihn hinter sich her. »Pater Philipus, ich hoffe, Sie sind gleich noch da.«

»So viel Zeit muss sein«, antwortete der Mönch. »Kümmern Sie sich zuerst um Ihren Jungen!«

Doch bevor Appolonia den Raum verließ, siegte doch die weibliche Neugier. »Im Übrigen … gibt es einen speziellen Grund für Ihren Besuch?«

»Den gibt es!«, erwiderte der Dominikaner. Er nahm die Soutane vom Arm und hob das Kleidungsstück in die Höhe. »Könnten Sie dieses schmutzige Etwas mit in die nächste Wäsche tun?«

Appolonia musste lachen. »Haben Sie denn im Pfarrhaus keine Wäscherin?«

Als Philipus nur ahnungslos mit den Schultern zuckte, fügte sie hinzu: »Natürlich! Das mache ich gerne. Ich bin gleich wieder bei Ihnen.«

Philipus überbrückte die Wartezeit, indem er in der Küche auf und ab ging. Dann sah er das Messer und die Zwiebeln auf der Küchenablage und begann, Appolonias Arbeit fortzusetzen. Bald schon trieben die Zwiebeln auch ihm die Tränen in die Augen. Verzweifelt suchte er etwas, um sich damit über die schmerzenden Augen zu fahren. Schließlich nahm er das Tuch über dem Obstkorb weg, stockte aber. Sein Blick fiel auf ein Schriftstück, auf dem sich jemand Zutaten für eine Speise notiert hatte. Zunächst wischte sich Philipus die tränenden Augen frei. Dann schaute er sich um, ob ihn niemand beobachtete. Zögerlich holte er das Schreiben an Bartholomäus Winssen heraus und legte es neben das Küchenrezept. Als er die beiden Schriftarten verglich, traf es ihn wie ein Schlag in die Magengrube.

In diesem Moment hörte er Appolonias Stimme hinter sich. »So, jetzt habe ich Zeit für Sie. Severins Blessuren waren halb so schlimm. Er spielt schon wieder mit Siglinde im Hof.« Appolonia sah die geröteten Augen des Paters. »Ist ihnen nicht gut?«, fragte sie und starrte den Mönch beunruhigt an.

Philipus hatte sich wieder gefangen. Er räusperte sich. »Appolonia«, sagte er leise und hob das Schriftstück in die Höhe, »haben Sie dieses Küchenrezept geschrieben?«

Irritiert ging sie auf den Mönch zu und betrachtete das Schreiben. »Ja, »versicherte sie, »aber … warum?«

Philipus unterbrach die Witwe. »Schauen Sie sich das einmal an!« Der Dominikaner zeigte auf die Nachricht an Bartholomäus Winssen.

»Was soll das?«, fragte Appolonia unwirsch.

»Dies ist die schriftliche Nachricht, die der Mörder vorgestern dem alten Meckenheimer Schultheißen überbracht hat«, erläuterte Philipus. Dann legte er Appolonias Küchenrezept daneben. »Vergleichen Sie bitte einmal die Schrift!«

Die Wirtin beugte sich über die Schriftstücke. Dann stieß sie einen heiseren Schrei aus. »Das gibt es doch nicht! Das ist nicht möglich!« Mit bleichem Gesicht ließ sie sich auf einen Stuhl fallen.

Sie sah den Mönch mit einem flehenden Blick an. »Glauben Sie mir! Diese Nachricht habe ich nicht geschrieben!«

Der Pater antwortete nicht.

Die Wirtin vergrub ihr Gesicht in den Händen und begann zu schluchzen. Plötzlich fuhr sie hoch. »Ich glaube, ich habe eine Erklärung dafür. So muss es gewesen sein.« Sie fasste die Hand des Paters und riss ihn hinter sich her. »Kommen Sie! Ich muss Ihnen etwas zeigen.«

Philipus stolperte über einen Stuhl und wäre fast hingefallen. Aber Appolonia ließ ihn nicht los. In der Wohnstube blieb sie vor einem Holzschrank stehen. »Sehen Sie hier!« Die Wirtin zeigte auf eine halb geöffnete Schublade, deren Schloss aus der Verankerung gerissen war. »Es war ungefähr vor vier Wochen«, sprudelte sie hervor. »Ich hatte in diesem Schrank alte Schreibunterlagen aufbewahrt. Man hat sie mir gestohlen.«

»Haben Sie das gemeldet?«, fragte Philipus und untersuchte das defekte Schloss.

»Nein«, sagte sie, »es war nicht so schlimm. Ich brauchte die Schreiben nicht mehr. Sie waren wertlos.« Appolonia dachte angestrengt nach. »Damals konnte ich nur eines nicht verstehen … In der Schublade befand sich auch Geld. Das hat der Dieb nicht angerührt.«

»Also hatte er es eindeutig nur auf Ihre Handschrift abgesehen«, folgerte der Ermittler. »Der Täter hat Sie bestohlen, um Ihre Schrift zu fälschen!«

In der Küche verglichen Philipus und Appolonia noch einmal die beiden Schreiben. Bei genauerem Hinsehen fielen ihnen doch einige Ungleichheiten in den Schriftzügen auf, die aber nur nach einem intensiven Studium zu erkennen waren.

»Sie können sich gar nicht vorstellen, wie froh ich bin, dass sich diese Sache so aufgeklärt hat«, sagte Philipus. »Es ist jetzt eindeutig, dass der Mörder die Schuld auf Sie abwälzen will. Ich bin mir sicher, dass auch die anderen Opfer solche Nachrichten erhalten haben. Aber man hat sie nach der Tat nicht bei ihnen gefunden. Vielleicht haben die Empfänger die Schreiben auch vorher vernichtet!«

Appolonia war kreideweiß. Noch immer saß ihr der Schrecken in den Gliedern. Sie sah den Pater mit einem traurigen Blick an. »Was habe ich demjenigen denn nur getan, dass er mich so hasst?«

»Das muss noch nicht einmal sein«, entgegnete Philipus. »Der Mörder hat vielleicht gar nichts gegen Sie persönlich. Er braucht nur jemanden, dem er seine Verbrechen in die Schuhe schieben kann!« Der Dominikaner entschloss sich, den Stand seiner Ermittlungen für sich zu behalten, um die aufgewühlte Witwe nicht noch mehr zu verängstigen. »Eine Frage habe ich noch an Sie, bevor ich gehe«, sagte der Mönch und steckte das Schreiben an Batholomäus Winssen wieder ein. »Wo waren Sie, als Ihr Vater hier in Rheinbach hingerichtet wurde?«

Appolonia starrte mit leeren Augen an Philipus vorbei. An ihrer Reaktion bemerkte der Pater, wie sehr dieses Ereignis sie noch belastete. Dann sagte sie schleppend: »Meine Mutter starb im Kindbett. Da sich mein Vater nicht genügend um mich kümmern konnte, schickte er mich damals zu seiner Schwester nach Münstereifel, wo ich meine Kindheit verbracht habe. Deshalb war ich gottlob nicht zugegen, als er als Zauberer angeklagt und verbrannt worden ist. Als meine Tante starb, hatte ich in Münstereifel keine Angehörigen mehr. So kehrte ich nach Rheinbach zurück und bekam beim Wirt Simons eine Anstellung. Dort lernte ich meinen Mann kennen. Den Rest kennen Sie ja.«

Philipus schüttelte ungläubig den Kopf. »Ihr Vater war doch als Vogt sicher sehr vermögend. Warum konnten Sie denn nicht sein Erbe antreten?«

Appolonia schaute den Pater mitleidig an. »Vermögen?«, betonte sie spöttisch. »Das Vermögen der als Hexen und Zauberer Verbrannten wurde beschlagnahmt. Auch Sie wohnen im Augenblick in einem Haus, das meinem Vater gehörte.«

»Was? Das Pfarrhaus gehörte Ihrem Vater?«, wiederholte der Pater ungläubig.

»Der Schöffe Löher war eigentlich der frühere Besitzer des Anwesens«, erzählte Appolonia. »Bevor er flüchtete, verkaufte er es meinem Vater.«

»Und wie ist die Kirche in den Besitz des Hauses gekommen?«

Die Wirtin zuckte mit den Schultern. »Ich weiß nur, dass es nach dem Tode meines Vaters in die Hände des Rheinbacher Schöffen Dietrich Halfmann kam. Warum es dann später der Kirche überschrieben wurde, weiß ich nicht. Das müssen Sie den Vicarius fragen.«

Als Philipus Appolonia Simons verließ, saß sie noch immer gedankenverloren in der Küche. Daher traute sich der Mönch nicht mehr zu fragen, wann er seine gewaschene Soutane wieder abholen könnte. Es schmerzte ihn sehr, sie in diesem Zustand zurücklassen zu müssen.

Pater Philipus brauchte alle Kraft, um die Schimmelstute zur Raison zu bringen. Nach tagelangem Stallaufenthalt war sie so temperamentvoll, dass sie kaum zu bändigen war. Erst hinter Bölingen wurde sie ruhiger, so dass der Dominikaner auf ihr gemächlich ins Ahrtal hinunterreiten konnte. Am Ufer des kleinen Flusses fand er bald eine geeignete Stelle, um eine Rast einzulegen. Er holte seine Brote aus der Reisetasche, die ihm Pfarrer Stotzheim selbst zubereitet hatte. Außer den gewünschten Stullen mit Pflaumenkompott hatte er ihm auch noch das beste Stück Schinken aus seiner Speisekammer mitgegeben. Während er das Essen in der warmen Sonne zu sich nahm, merkte er, wie gut ihm das angenehme Gurgeln des Wassers hinter ihm und der Blick auf die Rotweinreben an den Hängen der Ahrberge vor ihm tat. Die schleppend vorangehenden Ermittlungen und die Sorge um Appolonia Simons hatten doch mehr an seinen Nerven gezehrt, als er gedacht hatte. So verweilte er trotz seines Zeitdrucks länger an seinem Rastplatz, als er eigentlich wollte. Nachdem er dem Schöpfer mit einem Gebet für die Schönheiten der Natur gedankt hatte, stieg er wieder in den Sattel. Am Ausgang des Ahrtals, als er in der Ferne schon die Berge des gegenüberliegenden Rheinufers erkennen konnte, verdunkelte sich sein Gemüt jedoch wieder. Der Weg führte ihn an einer Hinrichtungsstätte vorbei. Die noch schwelenden Reste zweier Scheiterhaufen bezeugten, dass hier vor kurzer Zeit Hexenverbrennungen stattgefunden hatten. Vor allen Dingen waren sie Beweis dafür, dass die Hexenkommissare noch in einigen Teilen des Kurfürstentums ihr Unwesen trieben. Pater Philipus erneuerte seinen Schwur, diesem Wahnsinn in Rheinbach ein Ende zu bereiten. Er musste sich sein Schnupftuch vor die Nase halten, um den ekelhaften Geruch verbrannten Fleisches, der noch immer die Umgebung verpestete, einigermaßen ertragen zu können. Erst am Rhein konnte er wieder durchatmen. Nun wusste er, dass er sein Ziel bald erreicht hatte. Mit einer energischen Schenkelhilfe setzte er Aphrodite in den Trab und ritt rheinaufwärts.

Der kräftige Mann eilte mit beherzten Schritten die Treppe zum Bonner Cassiusstift hinauf. Oben wurde er von zwei Wachsoldaten aufgehalten. Es war schon später Nachmittag, und die Besuchszeit des Hofgerichts neigte sich dem Ende zu. Als er sich vorstellte und sein Begehr geäußert hatte, wurde er jedoch bereitwillig eingelassen. Er betrat eine Halle mit feinen Fußbodenmosaiken, in der mehrere Personen in Gespräche vertieft waren. Augenscheinlich warteten sie darauf, vorgelassen zu werden. Einen Moment blieb der Mann unschlüssig stehen und wippte ungeduldig mit den Füßen. Dann ging er auf die große Flügeltür zu und klopfte energisch an. Die Unmutsäußerungen, die die Wartenden wegen dieses Verhaltens äußerten, prallten ungerührt an ihm ab. Da ihm niemand öffnete, drückte er energisch die Türklinke nach unten und trat ein.

Wilhelm von Wartenberg, der sich gerade im Gespräch mit seinem Sohn befand, reagierte auf das unerlaubte Eindringen zunächst verärgert. Als er aber den Besucher erkannte, hellte sich seine Miene auf. »Doktor Liblar!«, rief er und breitete seine Arme aus. »Da sind Sie ja! Schön, dass Sie so überaus schnell kommen konnten.«

Er ging dem Hexencommissarius entgegen und schüttelte seine Hand. Gegenüber der imposanten Erscheinung seines Gegenübers wirkte seine Gestalt fast zwergenhaft.

»Sie haben Glück, Herr von Wartenberg«, sagte der vornehm gekleidete Jurist. »Ich weilte gerade in der Nähe von Bonn, als Ihre Nachricht mich erreichte.«

»Darf ich Ihnen meinen Sohn vorstellen?«, sagte der Hofrat und deute mit einer Handbewegung auf Johannes von Wartenberg. Der Angesprochene nickte zur Begrüßung nur reserviert mit dem Kopf. »Er verdient sich im Augenblick seine Sporen als Gutsverwalter bei Amtmann Schall von Bell auf Burg Lüftelberg«, ergänzte sein Vater.

»Ich habe schon von ihm gehört«, begrüßte Doktor Liblar Johannes ebenfalls nur mit einem Kopfnicken. »Sein Ruf als außergewöhnlich talentierter Falkner eilt ihm voraus.«

»Er richtet sogar Greifvögel des Kurfürsten ab«, fügte der Hofrat voller Stolz hinzu. »Aber setzen Sie sich doch!«

Der Hexencommissarius kam der Aufforderung nach. Als er mit seinem massigen Körper auf einem der wertvollen Stühle Platz nahm, ächzte dieser bedenklich. Mit einem freundlichen Blick forderte Wilhelm von Wartenberg seinen Sohn auf, ebenfalls Platz zu nehmen. Dieser gab seinem Vater jedoch zu verstehen, dass er das Gespräch lieber im Stehen verfolgen wolle.

»Ich will gleich zur Sache kommen«, begann der Hofrat das Gespräch. Dabei war ihm seine Verärgerung über das Verhalten seines Sohnes anzumerken. »Amtmann Schall von Bell hat wohl wieder Schwierigkeiten mit Hexen und Zauberern. Die Bevölkerung ist im höchsten Maße beunruhigt und hat ihn aufgefordert, jemanden zu holen, der diesem Gesindel den Garaus macht.«

»Was ist genau geschehen?«, wollte Doktor Liblar wissen.

»Der Amtmann berichtet von Morden, die in der Umgebung von Rheinbach innerhalb weniger Tage verübt worden sind. Sie sollen so grässlich sein, dass nur das Hexengezücht seine Hand im Spiel haben kann.«

»Ich bin zwar erst gestern vom Herzogtum Jülich angefordert worden«, erwiderte der Hexencommissarius wichtigtuerisch, »aber ich denke, dass die Dringlichkeit der Geschehnisse es erfordert, dass ich zunächst in Rheinbach nach dem Rechten schaue.«

»Sie würden mir einen großen Gefallen damit tun, Herr Commissarius«, freute sich der Hofrat über die Zusage des Juristen.

»Allerdings hat die Sache einen Haken«, mischte sich Johannes von Wartenberg in das Gespräch ein. Die beiden Männer schauten den jungen Mann verwundert an.

»Einen Haken?«, wiederholte Doktor Liblar irritiert.

Johannes ging auf die beiden Sitzenden zu. »Auf Drängen des Rheinbacher Bürgermeisters rief der Amtmann zunächst das Hofgericht in Köln an«, berichtete der Lüftelberger Burgverwalter mit verschränkten Armen. »Dieses schickte den Dominikanerpater Philipus von der Velde nach Rheinbach. Der Mönch soll schon viele mysteriöse Fälle in Köln erfolgreich gelöst haben.«

»Ist er noch immer in Rheinbach?«, unterbrach ihn der Hofrat.

»Ja, er ermittelt noch immer.«

»Der kommt mir gerade recht!« Der Hexencommissarius war von seinem Stuhl aufgesprungen. »Das ist einer der Ketzer, die die Existenz von Hexen und Zauberer in Zweifel ziehen und unsere Methoden der Wahrheitsfindung ablehnen!« Wutentbrannt starrte er Johannes an.

»Ich habe ihn kennengelernt«, erwiderte der Sohn des Hofrats aufsässig. »Er macht mir einen sehr fachkundigen Eindruck!«

»Fachkundig, fachkundig«, brüllte der Inquisitor. »Wenn ich ihn in die Finger kriege, werde ich ihm seine Fachkundigkeit schon austreiben!«

»Meine Herren!«, griff der Hofrat ein. »Ich bitte Sie! Beruhigen Sie sich doch.«

»Ich bin die Ruhe selbst«, antwortete Johannes und schob damit die Verantwortung für den Verlauf des Gesprächs auf den Hexenkommissar. Dieser grummelte noch ärgerlich vor sich hin.

»Es kann auf jeden Fall nichts schaden, wenn zwei Ermittler sich der Sache annehmen«, sagte der Hofrat salomonisch zu den Streithähnen. Dann hielt er es für sinnvoll, die Unterredung zu beenden, und stand auf. »Lieber Doktor, ich wünsche Ihnen viel Erfolg in Rheinbach«, sagte er und ging auf den Hexenkommissar zu. »Ich erwarte Ihren Bericht!«

Zögerlich nahm der Hexencommissarius die dargebotene Hand. Er blickte Johannes noch einmal zornig an und ging zur Tür.

»Vergessen Sie nicht, rechtzeitig Ihre Ausgaben und Prozesskosten bei der Kasse des Hofgerichts einzureichen!«, rief der Propst dem Hexenkommissar hinterher. Aber auch der Hinweis auf den guten Verdienst bei einem erfolgreichen Hexenprozess konnte den verärgerten Rechtsgelehrten nicht besänftigen. Wortlos und ohne sich noch einmal umzublicken verließ er den Raum.

Remagen hatte sehr unter den Zerstörungen des Dreißigjährigen Krieges gelitten. Seine strategisch bedeutende Lage am Rhein weckte Begehrlichkeiten verschiedener Kriegsparteien. So zerstörten die Schweden unter dem Feldmarschall Baudissin im Jahre 1633 große Teile der Stadt wie auch die Apollinariskirche, die sich auf dem rheinnahen Martinsberg befand.

Als sich Pater Philipus der Stadt näherte, konnte er noch die Schäden dieser Katastrophe erkennen. Der Mönch hatte vor, in der der Kirche nahegelegenen Benediktinerprobstei Station zu machen. Da er wusste, dass die Ordensbrüder in hohem Maße seelsorgerisch in der Stadt tätig waren, hoffte er, dass man ihm vielleicht dort Auskünfte über den ehemaligen Rheinbacher Gerichtsboten Martin Koch geben konnte. Der Weg zur Propstei auf der Bergkuppe war so steil, dass er abstieg und Aphrodite lieber am Zügel führte. Glücklicherweise wurde er sehr schnell vom Vorsteher des Konvents empfangen.

Abt Willibert Weinsberg war ein beleibter, aber gutmütiger Gottesmann, der sich über jede Abwechslung in seinem Kloster freute. Als er hörte, dass Philipus aus Köln kam, war ihm seine besondere Freude anzumerken. Da er selber in Köln geboren und aufgewachsen war, musste ihm Bruder Philipus zunächst alle Neuigkeiten aus seiner Heimatstadt erzählen. Als der Abt erfuhr, dass Philipus Gesandter des kurkölnischen Gerichtshofs war, begegnete er ihm mit großem Respekt und bot ihm sogleich an, ihn in jeder Hinsicht zu unterstützen. Er ließ auf der Stelle alle Mitbrüder in sein Zimmer rufen, die in der Alten- und Krankenpflege in der Stadt tätig waren.

Philipus hatte Glück. Die Patres kannten den alten Mann. Sie berichteten, dass der ehemalige Rheinbacher Gerichtsbüttel bis vor kurzem noch bei seiner Tochter in einem kleinen Gebäude in der Nähe des Rheins gewohnt hatte. Da seine Tochter fünf Kinder hatte und seit kurzem verwitwet war, konnte sie den von vielen Krankheiten gezeichneten Vater nicht mehr pflegen. So lag Martin Koch seit Mitte Juli im zum Kloster gehörenden Hospital am Fuße des Michaelsberges.

Philipus bedankte sich für die Auskünfte. Bevor er ging, fragte er noch Abt Willibert, ob er die Nacht in der Propstei verbringen könne. Der Vorsteher fühlte sich geehrt, einen kurkölnischen Bevollmächtigten in seinem Konvent beherbergen zu dürfen, und versprach Pater Philipus das komfortabelste Gästezimmer. In den Stallungen des Klosters prüfte der Dominikaner noch, ob seine Schimmelstute gut versorgt war, dann eilte er zu Fuß den Michaelsberg hinunter. Er war froh, dass Martin Koch noch lebte. Aber war der alte, kranke Mann noch in der Lage, seine Fragen zu beantworten?

Philipus bewunderte die Ordensbrüder, die selbstlos in der Alten- und Krankenpflege tätig waren. Sie folgten seiner Ansicht nach der Botschaft und dem Beispiel Jesu Christi am wortgetreuesten. Als der Hospitalvorsteher mit dem treffenden Namen Pater

Misericordius ihn durch die dunklen Räume der Krankenanstalt führte, konnte der Dominikaner viele Beispiele hingebungsvoller Barmherzigkeit beobachten. Einige Ordensbrüder saßen an der Liegestatt der Kranken und spendeten Trost durch Zuspruch und Gebet. Andere wuschen die armen Geschöpfe. Dabei setzten sie sich zusätzlich der Gefahr aus, sich mit ihren Krankheiten anzustecken. Dieses Risiko war auch Pater Philipus bewusst, als er das Krankenhaus betreten hatte.

Der Hospitalvorsteher blieb schließlich vor einer Bettstatt stehen, in der ein Greis auf der Seite lag. Mit geöffneten Augen döste er vor sich hin und schien Selbstgespräche zu führen.

»Herr Koch«, sagte Bruder Misericordius mit leiser Stimme, »Sie haben Besuch bekommen.«

Der Alte drehte seinen Kopf herum und rief: »Josepha, schön, dass du endlich da bist.«

Als Philipus das Gesicht des Greises sah, erschrak er. Es glich einer Totenmaske. Er war sich sicher, dass Martin Koch nicht mehr lange leben würde.

Verstört starrte der ehemalige Gerichtsbote Philipus an.

»Nein, es ist nicht Ihre Tochter«, erklärte der Hospitalvorsteher. »Es ist Bruder Philipus vom Dominikanerkloster Heilig Kreuz in Köln. Er möchte gerne mit Ihnen reden!«

Philipus gab dem Ordensbruder einen Wink, dass er sie jetzt alleine lassen könne. Der alte Mann hatte sich aufgerichtet und beäugte den Mönch misstrauisch. An den wachen Augen des Mannes konnte Philipus erkennen, dass er glücklicherweise seine geistigen Gaben nicht verloren hatte.

»Ein Dominikanermönch aus Köln?«, wiederholte Martin Koch.

Der Ermittler suchte eine passende Anrede, um den argwöhnischen Mann für sich einzunehmen. »Martin«, sagte er schließlich, »ich hoffe, ich darf Sie so nennen? Ich komme geradewegs aus Rheinbach!«

»Aus Rheinbach?«, unterbrach ihn der Greis und wurde hellhörig.

»Ja, aus Ihrer alten Heimatstadt«, fuhr der Pater fort. »Ich weiß, dass Sie dort viele Jahre gelebt haben.«

»Von wem wissen Sie das?«

»Von Bürgermeister Schnehagen.« Philipus spürte, dass der Name des Rheinbacher Bürgermeisters das Eis zwischen ihnen brach.

»Schnehagen ist ein anständiger Kerl«, sagte Koch.

»Das ist er. Ich soll Sie von ihm grüßen!«, flunkerte der Mönch.

Der alte Mann schwieg einen Moment, als müsse er sich seine Vergangenheit erst wieder in Erinnerung rufen. »Und warum kommen Sie hierher?«

»In Rheinbach sind schreckliche Dinge passiert, und ich bin beauftragt, sie zu untersuchen. Ich glaube, dass Sie mir dabei helfen können.«

»Was ist geschehen? Wie soll ich alter Mann Ihnen dabei behilflich sein?«

»In den letzten Tagen sind eine Reihe von Mordtaten in der Rheinbacher Umgebung verübt worden. Die Opfer stehen alle in einem Zusammenhang. Sie waren Mitglieder des Hexengerichts im Jahre 1636.« Philipus machte eine Pause. Er sah, wie sich die Miene des Alten verfinsterte. Dann zählte er die Getöteten auf. Bei der Nennung jedes einzelnen Namens nickte Koch leicht mit dem Kopf. »Nur ein Ermordeter war kein Mitglied des Tribunals«, fuhr der Mönch fort. »Catharina Hamecher!«

»Die alte Cath?«, erinnerte sich Koch.

»Ich versuche herauszubekommen, warum auch sie sterben musste.« Philipus setzte sich auf einem Schemel, der neben dem Krankenbett stand. »Von Bürgermeister Schnehagen habe ich erfahren, dass Catharina die erste war, die vor das Gericht geholt wurde. Zur Verwunderung aller wurde sie kurze Zeit später freigelassen. Sie waren damals als Gerichtsbote zugegen. Haben Sie mitbekommen, was sich bei dem Verhör abspielte?«

Der kranke Mann nahm plötzlich eine abwehrende Haltung ein und senkte den Kopf. »Ich habe zu dieser Zeit als Gerichtsdiener schreckliche Dinge miterlebt und … mitmachen müssen«, sagte er mit brüchiger Stimme. »Jahrelang haben mich die Schreie der Gefolterten verfolgt. Jetzt, kurz bevor ich vor unseren Herrgott treten muss, habe ich mit Hilfe der Seelsorger hier im Hospital meinen Frieden damit gemacht.« Mit bittenden Blicken schaute Koch Philipus an. »Ich möchte das Geschehene nicht noch einmal hervorkramen!«

Der Pater ließ sich mit seiner Antwort Zeit. »Das kann ich verstehen«, sagte er geduldig. »Aber … es soll jemand für die Taten zur Verantwortung gezogen werden, der sie nicht begangen hat. Ihre Aussage könnte dazu beitragen, ihre Unschuld zu beweisen.«

»Kenne ich sie?«

Der Pater nickte. »Es ist Appolonia, die Tochter des Vogts Schweigel.«

Martin Koch zuckte zusammen, als er den Namen des Hingerichteten hörte. »Appolonia? Hat sie nicht den Wirtssohn geheiratet?«, vergewisserte sich der Greis.

Philipus nickte wieder. Bei den nächsten Worten blickte er Koch tief in die Augen: »Martin, ich sehe Ihnen an, dass Sie wissen, dass nicht nur Vogt Schweigel, sondern auch die anderen als Hexen und Zauberer Verbrannten unschuldig waren. Auch das ist es, was Sie jahrelang den Schlaf gekostet hat.«

Der Kranke wand sich auf dem Bett, als wolle er das Gehörte nicht akzeptieren.

»Ich glaube, Sie können Ihren Seelenfrieden erst dann finden, wenn Sie über das Geschehene sprechen.«

Dem Alten traten Schweißperlen auf die Stirn. »Nein!«, kreischte er laut auf. »Lassen Sie mich damit in Ruhe!« Er vergrub sein Gesicht im Bettlaken und begann zu wimmern.

Die Benediktiner, die sich im Krankensaal befanden, hatten den Aufschrei des Mannes mitbekommen und eilten herbei. Vorwurfsvoll blickten sie Philipus an.

»Es ist alles in Ordnung!«, beschwichtigte er die Krankenpfleger. Dann nahm er die Hand des alten Mannes. »Martin, denken

Sie noch einmal darüber nach! Vielleicht ändern Sie ja noch Ihre Meinung. Dann lassen Sie nach mir rufen. Ich bin noch bis zum Morgen in Remagen.« Philipus nahm seine Hand. »Gott sei mit Ihnen!«, sagte er, bevor er sich erhob. Dann verließ er den Krankensaal.

Das gemeinsame Gebet der Benediktiner war der Mittelpunkt des Klosterlebens. Davon konnte sich Pater Philipus an diesem Abend überzeugen. Die Ordensregel schreibt acht Gebetszeiten vor, in der innerhalb einer Woche einhundertfünfzig Psalmen aus dem Alten Testament gebetet oder gesungen werden. Nur die Ordensbrüder, die für ihre Arbeit unentbehrlich sind, dürfen den Gebetsstunden fernbleiben.

Pater Philipus wohnte der Vesper, der vorletzten Gebetsrunde des Tages, bei und lauschte andächtig dem eindrucksvollen Gesang der Ordensbrüder, als er eine Berührung an seiner Schulter spürte. Er drehte sich um und sah in das ernste Gesicht des Abtes. Er machte ein Zeichen, dass Philipus ihm folgen sollte. Draußen auf dem Flur entschuldigte sich der Abt.

»Es tut mir leid, Pater Philipus, dass ich Sie in Ihrer Kontemplation stören muss, aber die Nachricht, die ich erhalten habe, duldet keinen Aufschub.«

Mit einer billigenden Geste gab Philipus zu verstehen, dass er für das Verhalten des Klostervorstehers Verständnis zeigte.

»Das Hospital hat mich soeben darüber in Kenntnis gesetzt, dass der alte Mann, den Sie heute Nachmittag besucht haben, Sie dringend sprechen möchte.«

Der Dominikaner ließ sich die Freude über diese Nachricht nicht anmerken. »Ich danke Ihnen, Pater Willibert«, sagte er mit gedämpfter Stimme. »Ich werde mich sofort auf den Weg machen!«

Als Philipus den alten Gerichtsboten auf der Bettstatt liegen sah, machte er sich insgeheim Vorwürfe. Seine Verfassung hatte sich im Vergleich zur ersten Begegnung vor wenigen Stunden erheblich verschlechtert. Der Mönch musste sich eingestehen, dass er höchstwahrscheinlich mit seiner Unterredung dazu beigetragen hatte. Martin Koch lag auf dem Rücken und hatte die Augen geschlossen. Sein hechelnder Atem verriet, dass er Luftnot hatte. Zudem schien er Fieber zu haben. Ein Ordensbruder tauchte soeben ein Tuch in eine Wasserschüssel und legte es auf die Stirn des Todkranken.

Philipus trat an das Bett und gab dem Benediktiner zu verstehen, dass er jetzt die Pflege übernehmen würde. »Martin, Sie haben nach mir rufen lassen«, sagte er unvermittelt. Koch hatte die Wachablösung nicht bemerkt und erschrak, als er die Stimme des Dominikaners hörte. »Ich freue mich, dass Sie es sich noch einmal überlegt haben. Sie werden sehen, es wird Ihnen gut tun, wenn Sie Ihr Gewissen erleichtern.«

Der alte Mann drehte den Kopf und schaute den Pater aus glasigen Augen an. »Ich bin Ihnen dankbar, dass Sie gekommen sind!«, flüsterte er. »Ich spüre es. Mir bleibt nicht mehr viel Zeit. Also … was möchten Sie wissen?«

Martin sprach so leise, dass der Pater mit seinem Kopf näher an ihn herangehen musste. »Warum konnte Catharina Hamecher den Gerichtssaal unbeschadet verlassen?«, wiederholte er die Frage, die er schon wenige Stunden zuvor gestellt hatte.

Koch schluckte schwer. Dann begann er seinen Bericht mit stockender Stimme: »Es war eine Verschwörung … zwischen dem Hexencommissarius Möden, seinem Meckenheimer Adlatus Bartholomäus Winssen und dem Rheinbacher Schöffen Dietrich Halfmann.« Der Kranke ging sich mit seiner Zunge über die trockenen Lippen. Dann fuhr er fort: »Einige Stunden vor der ersten Gerichtssitzung musste ich Catharina in die Gerichtskammer holen. Man eröffnete ihr, dass sie als Hexe angeklagt sei und sich nur damit retten könne, wenn sie dem Gericht Auskunft darüber geben würde, wer in Rheinbach als Hexe und Zauberer sein Unwesen trieb. Dann wurden ihr die Namen der Rheinbacher genannt, die sie anklagen sollte.«

Martin Koch machte eine Pause und blickte den Mönch an. Philipus nickte ihm aufmunternd zu.

»Die Opfer waren Bürger aus der Oberschicht Rheinbachs«, fuhr er fort, »die viel Grund und Boden besaßen und den Hexenprozessen kritisch gegenüberstanden.«

»Wie der Vogt Schweigel!«, unterbrach ihn der Mönch.

Koch nickte. »Sie hatten es vor allen Dingen auf das Vermögen der Angeklagten abgesehen, denn es war üblich, dass der Besitz der Hingerichteten an die Mitglieder des Gerichts verteilt wurde. Besonders Hexencommissarius Möden steckte in großen Geldnöten und wollte sich auf diese Art wieder welches beschaffen. Catharina Hamecher weigerte sich zunächst, gegen ihre Mitbürger auszusagen. Da musste ich ihr die Folterwerkzeuge zeigen, mit denen sie traktiert würde, wenn sie nicht mitmachte. Das reichte, um sie zur Zusammenarbeit zu zwingen.« Der Todkranke schloss die Augen und sammelte neue Kräfte.

Pater Philipus tupfte mit dem Tuch die schweißnasse Stirn des Kranken ab. Als er sah, dass Martin sich erholt hatte, fragte er: »Und was geschah weiter?«

»Als Catharina Hamecher vor dem Tribunal ausgesagt hatte, wollten Möden, Winssen und Halfmanns sie trotzdem als Hexe anklagen, um eine Mitwisserin zu beseitigen. Aber dabei spielten die übrigen Gerichtsmitglieder nicht mit. Sie waren der Meinung, dass Catharina wegen ihrer Heilkunst für Rheinbach unentbehrlich war. Besonders der Amtmann, dem sie schon oft geholfen hatte, setzte sich für sie ein.«

»War Schall von Bell auch Mitglied des Gerichts?«, wollte Philipus wissen.

Koch schüttelte schwerfällig den Kopf. »Der zog seine Fäden, wie man so sagt, von der Burg Lüftelberg aus.« Der alte Mann atmete noch einmal schwer. Dann nahm er die Hand des Mönchs und richtete sich ein wenig auf. »Pater Philipus! Ich muss Ihnen noch etwas gestehen. Auch ich habe mich mit Schuld beladen … denn ich erhielt Geld für mein Schweigen!« Der alte Mann ließ seinen Kopf wieder sinken. Dann füllten sich seine Augen mit Tränen.

»Es ist gut, dass Sie ihr Gewissen jetzt erleichtert haben«, sagte Philipus sanft. »Ich bin sicher, der Herr wird Ihnen vergeben.«

Martin Koch hob abermals den Kopf. »Pater Philipus, können Sie mir die Absolution erteilen?«, flüsterte er.

»Das tue ich gerne!«, erwiderte der Mönch und legte seine Hand auf die heiße Stirn des Sterbenden. Der Dominikaner schloss die Augen und sprach die Lossprechungsformel. Dann fasste er Martin Kochs Hand und sagte. »Jetzt sollten wir gemeinsam beten!« Dieser blickte ihn dankbar an und schloss die Augen.

Donnerstag, 20. August, Anno Domini 1654

Pater Philipus stand am Ufer des Rheins und hielt die Schimmelstute am Zügel. Die Fähre hatte von der Insel Nonnenwerth abgelegt; es konnte nicht mehr lange dauern, bis sie das Rheinufer erreichen würden. Schon in aller Frühe hatte er dem Stundengebet der Benediktiner beigewohnt und im Gebet dem Herrn gedankt, dass er noch rechtzeitig den alten Rheinbacher Gerichtsbüttel sprechen konnte, um das Geheimnis der Rheinbacher Hexenprozesse des Jahres 1636 zu erfahren. Dann hatte er gefrühstückt und sich herzlich bei Abt Willibert für die Gastfreundschaft bedankt. Auf dem Weg zum Rheinufer hatte er noch einen Abstecher zum Hospital gemacht und dort die traurige Nachricht erhalten, dass Martin Koch in der Frühe in den Armen seiner Tochter friedlich entschlafen sei. Philipus machte dem Verstorbenen, den man in dem eigens dafür hergerichteten Totenraum aufgebahrt hatte, seine Aufwartung. Als er den friedlichen Gesichtsausdruck des Toten sah und die Fürbitten für den Verstorbenen betete, war er froh darüber, dass er dem mit schwerer Schuld beladenen alten Mann in seinen letzten Stunden zu einem friedlichen Tod verholfen hatte.

Die alten Holzplanken der Fähre ächzten, als sie am Rheinufer anlegte. Aphrodite scheute, und Philipus musste der Stute gut zureden, bis sie ihm schließlich auf das schwankende Schiff folgte. Trotzdem genoss er die Überfahrt in der frischen Brise, die ihm auf dem Rhein entgegenblies. Auf der Insel war eine große Anzahl Arbeiter damit beschäftigt, die Ufer mit schweren Steinblöcken zu befestigen. Vor drei Jahren war die kleine Insel durch ein Hochwasser überflutet worden. Auch das Kloster war dadurch in Mitleidenschaft gezogen worden. Die Schäden waren noch immer zu erkennen. Philipus hatte in Köln gehört, dass die Franziskanerinnen auf der Insel in eine finanzielle Notlage geraten waren, da die Befestigungsarbeiten die finanziellen Möglichkeiten des Klosters überstiegen. Daher richteten die Ordensfrauen wiederholt Geldbitten an das Kölner Domkapitel und den Kurfürsten, die aber zumeist abschlägig behandelt wurden.

Die Äbtissin empfing ihn selbst und war sogleich bereit, Philipus persönlich zur Bibliothek zu geleiten. Dort hatte der Ermittler alle Mühe, die Oberin davon abzuhalten, ihm eine zeitaufwendige Führung durch die reich ausgestattete Bücherei zu geben. Er wollte heute auf jeden Fall nach Rheinbach zurückkehren. Eine innere Stimme sagte ihm, dass er keine Zeit verlieren durfte. Schließlich übergab die Äbtissin Philipus an eine Mitschwester in der Bibliothek, die dem Mönch half, zügig die gewünschten Werke zu finden. Bald schon hatte er mehrere Bücher ausgesucht, die das Thema Zahlensymbolik behandelten. Er stapelte sie aufeinander und trug sie zu einem der Lesetische. Dann begann er mit dem Studium.

Der Pater schlug das letzte Werk zu. Er überflog noch einmal die Notizen, die er sich gemacht hatte, und ordnete sie. Am Ende hatte er zwei Deutungsmöglichkeiten für die Symbolik der Zahl sieben, den Abstand zwischen den Mordtaten, gefunden. Sie entstammten beide der Bibel. Neben der wichtigen Sonderstellung dieser Zahl im Neuen Testament und der christlichen Tradition, wie man an den sieben Todsünden, sieben Sakramenten und sieben Tugenden erkennen konnte, wurde sie ebenso als Zahl der Vollendung und der Perfektion angesehen. Sieben Tage brauchte der Herr in der Genesis, um die Erde zu schaffen und der Welt ihre Ordnung zu geben. Im Alten Testament beim Propheten Sacharja wurde außerdem von sieben Augen auf einem Stein gesprochen – als Symbol für Gott und ganz besonders für seine Allgegenwärtigkeit und Allwissenheit. Dies ließe die Interpretation zu, dass kein Verbrechen der Allwissenheit Gottes entgehen kann, dachte Philipus, der sich sicher war, nun neue Erkenntnisse über das Wesen des Täters zu haben. Dieser war nicht nur hochgebildet in theologischen Fragen und kenntnisreich in der Zahlenmystik, sondern sah sich auch als Werkzeug Gottes, das die Aufgabe hatte, mit seinen Taten im Sieben-Tage-Rhythmus die gottgewollte Ordnung wieder herzustellen und den Weg in eine neue Ära vorzubereiten. Bestimmt wollte der Täter einen lang gehegten Racheplan nun zur Vollendung bringen.

Pater Philipus stellte sich in die Steigbügel und warf einen Blick auf die imposante Apollinariskirche auf dem Michaelsberg. Dann wanderten seine Augen auf den mächtigen Strom, der sich in Jahrmillionen seinen Weg kraftvoll durch das enge Rheintal gegraben hatte. Er erinnerte sich noch einmal mit Schrecken an den Vorfall, der sich vor gut einer Stunde im unruhigen Fluss des Stromes ereignet hatte. Nur um Haaresbreite hatte der Führer der Fähre, der ihn und sein Pferd wieder von der Insel Nonnenwerth an das Rheinufer bringen sollte, einen Zusammenstoß mit einem außer Kontrolle geratenen Frachtkahn verhindern können. Ihm war in dieser lebensbedrohlichen Situation noch einmal klar geworden, wie schnell und unerwartet der Mensch nach Gottes Willen aus dem Dasein scheiden konnte. Andererseits hatte er den glücklichen Ausgang dieses Beinaheunglücks als Zeichen gedeutet, dass der Herrgott ihm Zeit schenkte, seine Mission in Rheinbach zu einem guten Ende zu bringen.

Als er Aphrodite wendete und antraben wollte, trafen ihn die ersten Regentropfen. Das Wetter in der zweiten Augusthälfte des Jahres 1654 gestaltete sich so wechselhaft, wie er es noch nie erlebt hatte. Schönen Tagen, wie dem gestrigen, folgten sofort wieder regnerische und nasskalte. Der Pater stieg noch einmal ab und holte seinen Regenumhang aus der Reisetasche. Nachdem er ihn übergeworfen hatte, zog er die Kapuze tief in die Stirn. Dann machte er sich auf den Rückweg nach Rheinbach.

An der Ahr verschlechterte sich das Wetter derart, dass Philipus sich fragte, ob es nicht sinnvoller wäre, in einem der kleinen Winzerdörfer einzukehren, um Schutz zu suchen. Immer wieder peitschte ihm der böige Wind den kalten Regen ins Gesicht. Außerdem war der Regenüberwurf für solch heftige Schauer ungeeignet. So war er schon nach wenigen Minuten bis auf die Haut durchnässt. Er öffnete einen Knopf des Umhangs und kramte mühsam seine Uhr hervor. Es war bereits kurz nach zwölf. Wenn er Rheinbach heute noch erreichen wollte, durfte er keine Zeit verlieren. So entschied sich der Dominikaner, den Unbilden der Natur zu trotzen und weiterzureiten. Kurz darauf passierte er die behagliche Raststätte, an der er gestern in der Sonne eine längere Pause eingelegt hatte. Mit Wehmut dachte er daran, wie wohl ihm die Ruhe an diesem Ort getan hatte. Dann entschloss er sich, seine Gedanken von der beschwerlichen Reise abzulenken, indem er die Ermittlungsergebnisse in Remagen und Nonnenwerth noch einmal auf den Prüfstand legte.

Einerseits waren seine Nachforschungen durchaus erfolgreich gewesen, da sie ihm eine Antwort darauf gegeben hatten, welche Rolle Catharina Hamecher in dem Fall spielte. Außerdem hatte er Erkenntnisse über die üblen Machenschaften des Hexengerichts wie auch über die Bedeutung des Sieben-Tage-Intervalls zwischen den Mordtaten gewonnen. Andererseits musste er sich eingestehen, dass sie ihn in der Identifizierung des Mörders keineswegs weitergebracht hatten. Die Feststellung, dass die Mitglieder des Gerichts die unschuldigen Opfer hauptsächlich aus Habgier auf den Scheiterhaufen gebracht und sich dabei der alten Cath bedient hatten, erklärte nur den grenzenlosen Hass, den der Täter auf die Mordopfer hatte, und warum er in der Ausführung seiner Taten mit solcher Brutalität vorging.

Das einzig unaufgeklärte Detail war somit nur noch, warum die Mordopfer ein Schwefelgeruch umgab. Philipus konnte sich vorstellen, dass der Täter die Opfer nach der Tat mit schwefelhaltiger Flüssigkeit übergossen hatte, um die Morde als Hexenwerk erscheinen zu lassen. Dass er dabei insbesondere den Verdacht auf Appolonia Simons, die einzige Nachfahrin der versengten Art, lenken wollte, bewiesen die Nachrichten an die Opfer, die der Mörder in ihrer Handschrift gefälscht hatte. Philipus konnte sich schlechte Ermittlungsarbeit nicht vorwerfen. Alle Fragen des Falles hatte er aufgeklärt. Trotzdem war er verzweifelt, denn der Mörder war noch nicht bloßgestellt worden. Immer wieder zermarterte er sein Gehirn, welche Einzelheiten und Umstände er übersehen hatte. Als er aus dem Ahrtal über die Kuppe des Berges ritt und die Lantershofener Burg sah, war er so niedergeschlagen, dass er sogar mit dem Gedanken spielte, aufzugeben und nach Köln zurückzukehren. Doch dann machte er sich Vorwürfe, überhaupt solche Ansichten zu hegen. Er hatte Appolonia und ihren Kindern ein Versprechen gegeben. Er durfte sie jetzt nicht im Stich lassen. Bald hatte er Gelsdorf erreicht, die ersten Höhen der Eifel vor sich. Dort entschied er sich, seinen Rosenkranz hervorzuholen und den Rest des Weges mit Gebeten zu verbringen.

Auch der herrliche Regenbogen am Horizont konnte Pater Philipus' düstere Gedanken nicht vertreiben. Die Wetterlage hatte sich in der letzten Stunde zu einem regelrechten Aprilwetter verändert. Sonnige Abschnitte wurden immer wieder von starken Regengüssen unterbrochen. Als der Dominikaner die Zinnen der Rheinbacher Stadtmauer schon erkennen konnte, überkam ihm plötzlich eine dunkle Vorahnung dessen, was ihn in Rheinbach in den nächsten Tagen erwartete. Diese Befürchtung sollte sich noch durch eine Begegnung verstärken, die er kurz vor dem Eintritt in die Stadt hatte.

In Sichtweite zum Stadttor sah Philipus einen Reiter, der die Stadt verließ und Anstalten machte, nach Osten an der Befestigungsmauer davonzureiten. Doch plötzlich zügelte er sein Pferd, änderte die Richtung und preschte im Galopp auf ihn zu. Schon bald konnte der Dominikaner den Reiter erkennen. Es war Johannes von Wartenberg.

»Oh Gott, wie sehen Sie denn aus, Pater Philipus?«, begrüßte ihn der Gutsverwalter, als er sein Pferd parierte.

»Ich bin durch ein grässliches Regengebiet geritten«, erklärte Philipus seine durchnässte Kleidung.

»Dann will ich Sie auch gar nicht lange aufhalten, damit Sie etwas Trockenes anlegen können«, fuhr Johannes fort. »Aber es ist gut, dass ich Sie persönlich antreffe. Ich war eben im Pfarrhaus und habe nach Ihnen gefragt. Der Vicarius sagte mir, Sie seien nach Remagen geritten und würden heute noch zurückerwartet. Da ich keine Zeit hatte, habe ich Ihnen eine Nachricht geschrieben.«

»Was gibt es denn so Dringendes?«, fragte Philipus besorgt, denn das Gesicht des Falkners verhieß nichts Gutes.

»Der Amtmann hat mich gestern mit einer Depesche zu meinem Vater geschickt.«

»Ihrem Vater?«, unterbrach ihn der Pater erstaunt. »Wer ist das?«

»Hofrat Wilhelm von Wartenberg.«

»Wie bitte? Der Vorsitzende des Bonner Kurgerichtshofes? Das ist Ihr Vater?«

»Ich habe gedacht, das hätten Sie gewusst«, antwortete Johannes erstaunt.

Der Pater schüttelte den Kopf. »Mir ist sein Name bekannt, doch ich habe ihn nicht mit Ihnen in Verbindung bringen können. Aber … was wollte der Amtmann von ihm?«

»Können Sie es sich nicht denken?«, fragte Johannes und blickte Philipus eindringlich an.

»Er bat Ihren Vater, einen Hexencommissarius nach Rheinbach zu entsenden«, mutmaßte der Mönch mit fester Stimme.

Der Gutsverwalter nickte langsam. »Es war nicht nur Ihre Auseinandersetzung vor zwei Tagen, die Schall von Bell dazu veranlasst hat. Noch am gleichen Abend empfing er eine Abordnung der Rheinbacher Bürgerschaft, die ihn aufforderte, endlich etwas gegen die Hexenplage in Rheinbach zu unternehmen. Glauben Sie mir … ich habe versucht, meinen Vater davon abzubringen. Aber es war zwecklos. Er und Schall von Bell sind seit Jahren enge

Freunde. Ich weiß auch nicht, was sie verbindet. Aber sie helfen sich, wo sie können.«

»Ich musste damit rechnen«, gestand der Dominikaner. »Wissen Sie, wer es ist?«

»Doktor Kaspar Liblar.«

Pater Philipus nickte. Er kannte den Kommissar. Liblar war ein Studienkollege von Franz Buirmann, der in der ersten Hexenprozesswelle 1631 in Rheinbach gewirkt hatte. Seine Tätigkeitsgebiete waren in den letzten beiden Jahrzehnten hauptsächlich die Herzogtümer Jülich und Berg gewesen. Doch in den letzten zwei Jahren wurde er auch wiederholt im kurkölnischen Raum angefordert.

»Das ist aber noch nicht alles«, unterbrach Johannes von Wartenberg die Gedanken des Dominikaners. »Ich habe gestern zufällig an einem Gespräch zwischen ihm und meinem Vater teilgenommen. Ich habe ihm erzählt, dass Sie in Rheinbach ermitteln, um ihn vielleicht davon abzuhalten, hier aufzukreuzen. Doch das hat ihn erst so richtig angespornt. Kaspar Liblar kennt und hasst Sie. Er sucht die Konfrontation mit Ihnen, denn Sie seien in seinen Augen ein Vertreter einer neuen ketzerischen Lehrmeinung, die er vernichten will.«

»Das soll er einmal versuchen!«, entgegnete Philipus kämpferisch.

»Seien Sie vorsichtig!«, sagte Johannes sorgenvoll. »Kaspar Liblar ist gerissen und gefährlich. Außerdem hat er einflussreiche Freunde. Wenn er die Möglichkeit dazu sieht, hat er keine Skrupel, Sie auf den Scheiterhaufen zu schicken.«

»Einflussreiche Freunde habe ich auch«, erwiderte Philipus selbstbewusst.

»Ob aber deren Arm bis nach Rheinbach reicht, ist fraglich!«, gab der Gutsverwalter zu bedenken.

»Wann kommt er?«, änderte der Pater das Thema.

»Er will wohl heute noch von Bonn aus aufbrechen. Ich nehme an, dass er am Abend in Rheinbach eintreffen wird.«

Pater Philipus wusste, dass er jetzt keine Zeit mehr verlieren durfte. »Ich danke Ihnen von ganzen Herzen«; sagte er und reichte dem Gutsverwalter die Hand. »Das werde ich Ihnen nicht vergessen!«

»Ich wünsche Ihnen viel Glück!«, entgegnete Johannes. »Gott beschütze Sie!« Als er sein Pferd wendete, schaute er besorgt auf die nächste Regenfront. »Jetzt muss ich aber los«, sagte er eilig, »sonst geht es mir wie Ihnen! Und … wenn Sie meine Hilfe brauchen, Sie wissen, wo Sie mich finden.« Dann galoppierte er los.

Pater Philipus schaute Johannes von Wartenberg so lange nach, bis Pferd und Reiter hinter der Biegung der nördlichen Stadtmauer Rheinbachs verschwunden waren. Nur gut, dachte er, dass ich neben Bürgermeister Schnehagen noch einen Verbündeten habe. Der nächste kalte Windstoß erinnerte ihn daran, dass er noch immer bis auf die Haut durchnässt war. Er fror am ganzen Körper. Deshalb stieg er ab und führte Aphrodite am Zügel dem Stadttor entgegen. Dort erwartete ihn ein mürrischer Walter Eick. Philipus würdigte ihn keines Blickes. Kurze Zeit später atmete er auf, als er von weitem die kunstvolle Fachwerkfront des Pfarrhauses sah.

Heinrich stürmte Philipus aufgeregt entgegen, als der Mönch, seine erschöpfte Schimmelstute hinter sich herziehend, den Hof betrat. Es war nicht zu erkennen, ob die Rückreise von Remagen dem Reiter oder dem Pferd mehr zugesetzt hatte. Das freudige Gesicht des Knechtes verwandelte sich in Sorge, als er den Zustand der beiden erkannte. »Heinrich machen Pater Philipus ein Bad!«, sagte er und übernahm die Zügel des Pferdes.

»Danke«, erwiderte der Mönch, »aber kümmere dich bitte zuerst um Aphrodite!«

Dann wankte er ins Haus und versuchte, sich den vor Nässe triefenden Regenumhang auszuziehen.

»Kommen Sie! Ich helfe Ihnen«, hörte er die Stimme des herbeieilenden Vicarius. »Wie kann man aber auch in so einem Wetter reisen?«, fuhr er vorwurfsvoll fort. »Da holt man sich ja den Tod.«

Er half dem Mönch aus dem Mantel und hing ihn an einen Haken an der Wand auf. »Setzen Sie sich an den Küchentisch, bis Heinrich das Bad gerichtet hat. Ich werde Ihnen derweil eine heiße Milch machen.«

Während sich Philipus mit klammen Gliedern an den Tisch setzte, füllte Pfarrer Stotzheim aus einer Kanne Milch in einen Krug.

»Übrigens, Sie hatten eben Besuch«, erzählte er, während er das Gefäß auf den Herd stellte.

»Ich weiß, es war Johannes von Wartenberg«, antwortete der Mönch.

Verwundert drehte sich der Pfarrer um. »Woher wissen Sie das?«

»Ich habe ihn vor dem Voigtstor getroffen.«

»Dann haben Sie ihn ja noch sprechen können! Er gab mir nämlich ein Schreiben für Sie. Wollen Sie es trotzdem lesen?«

Philipus nickte.

Stotzheim eilte aus der Küche und kam kurz darauf mit dem Schriftstück zurück. Er reichte dem Dominikaner den Brief, stieß aber gleichzeitig einen Schreckensschrei aus und eilte zur Kochstelle, denn die Milch drohte überzukochen. Vorsichtig nahm er den steinernen Krug vom Herd und stellte ihn vor den Mönch, der ihn mit einem dankbaren Lächeln annahm. Zufrieden beobachtete Stotzheim, wie der Dominikaner einen großen Schluck nahm. »Das weckt doch wieder die Lebensgeister. Nicht wahr, lieber Philipus?«, sagte er und setzte sich ebenfalls an den Tisch.

Der Mönch wischte sich den Rahm vom Mund, öffnete den Brief und begann zu lesen. Wartenbergs Nachricht enthielt im Wesentlichen das, was er von ihm schon erfahren hatte. So legte er das Schriftstück beiseite und griff wieder zum Krug. Als er den nächsten Schluck des heißen Getränks durch die Kehle laufen ließ, entschied er sich, den vor Neugierde platzenden Pfarrer nicht länger auf die Folter zu spannen. Ihn rührte die Fürsorge, die der Vicarius ihm gegenüber an den Tag legte, um seinen Fehltritt beim Amtmann wieder gut zu machen. Wenn er es sich richtig überlegte, hatte er in Heinrich und Pfarrer Stotzheim zwei weitere Personen, die auf seiner Seite standen. Er umfasste mit beiden Händen den warmen Steinkrug, um seine kalten Finger zu wärmen. Dann sagte er: »Johannes erzählte mir, dass der Amtmann das kurfürstliche Hofgericht in Bonn gebeten hat, einen Hexencommissarius nach Rheinbach zu entsenden.«

Stotzheim war nicht überrascht. »Und … wie hat das kurfürstliche Gericht entschieden?«, fragte er.

»Doktor Kaspar Liblar wird schon heute Abend in Rheinbach erwartet.«

Der Vicarius nahm erschrocken die Hand vor den Mund. »Und was machen Sie jetzt?«

Der Dominikaner leerte den Rest des Kruges mit einem Zug, bevor er antwortete. »Ich bleibe hier und werde mich wohl mit ihm anlegen müssen.« Nach einer kurzen Schweigepause fragte er: »Wussten Sie eigentlich, dass der Vorsitzende des kurfürstlichen Gerichts der Vater von Johannes ist?«

Stotzheim reagierte erstaunt. »Nein, das habe ich nicht gewusst. Aber hat er nicht versucht, Einfluss auf seinen Vater zu nehmen?«

»Das hat er«, entgegnete der Mönch, »aber der Hofrat ließ sich nicht umstimmen.«

In diesem Moment erschien Heinrich in der Küche und verkündete, dass der Badezuber wieder gefüllt sei.

Schwerfällig stand Philipus auf. Noch immer klebten ihm die nassen Kleider am Leib. »Ach, was ich Sie noch fragen wollte«, sagte der Mönch, bevor er die Küche verließ, »wussten Sie auch, dass dieses Haus früher Antonias Vater gehörte und der Schöffe Halfmann es sich nach der Hinrichtung des Vogts unter den Nagel gerissen hat?«

Dem Vicarius war anzusehen, dass es ihm unangenehm war, wieder auf dieses Thema angesprochen zu werden. »Dietrich Halfmann starb beim großen Rheinbacher Brand im Jahre 1644«, erläuterte er kleinlaut. »Anschließend fiel das Haus an seinen einzigen Sohn. Als auch dieser zwei Jahre später ohne Erben ums

Leben kam, entschieden die Stadtväter, es der Kirche zu vermachen.«

Philipus schaute den Vicarius mit einem durchbohrenden Blick an.

»Aber so eine Schenkung muss man doch annehmen«, merkte Stotzheim trotzig an.

»Oder der rechtmäßigen Erbin zurückgeben«, sagte Philipus und ließ einen nachdenklichen Vicarius in der Küche zurück.

Die beiden Flügel des Voigtstors waren weit geöffnet. Unter dem Turm hatten sich der stellvertretende Bürgermeister, Reinhold Billig, die Schöffen und die Mitglieder des Stadtrats eingefunden, um den angekündigten hohen Gast zu begrüßen. Die Ankunft des Hexenkommissars hatte sich in Windeseile in der Stadt herumgesprochen, so dass sich auch viele Schaulustige auf der Straße und in den Ecken und Winkeln der Häuser eingefunden hatten, um dem Spektakel beizuwohnen. Selbst Walter Eick war nicht untätig gewesen und hatte den Turm zur Feier des Tages mit bunten Fahnen geschmückt.

Die Abordnung und die Menschenmenge mussten nicht lange warten. Schon bald preschte ein militärisch gekleideter Reiter durch das Tor, gefolgt von einer pompösen Kutsche, in der sich der Hexenkommissar befand. Komplettiert wurde der Zug durch einen weiteren Kavalleristen, der das Gefährt von hinten absicherte. Doktor Liblar hatte kurz vor seiner Abreise noch eine Eingabe an das kurfürstliche Hofgericht gemacht und um eine bewaffnete Begleitung gebeten. Nach der unschönen Auseinandersetzung vom Vortag wollte ihm Hofrat Wartenberg diese Bitte nicht abschlagen.

Die Kutsche hielt an. Nachdem der Insasse ausgestiegen war, wurde er vom stellvertretenden Bürgermeister begrüßt. Zunächst entschuldigte Reinhold Billig das Fernbleiben Engelbert Schnehagens mit einer Unpässlichkeit nach einer langen Handelsreise. Dann sprach er von einer großen Ehre, dass ein so ehrenhafter und berühmter Gelehrter die Stadt Rheinbach aufsuchte, verbunden mit der Hoffnung, dass es dem Hexenkommissar gelingen möge, die Hexen und Zauberer, die sich nach einer Zeit der Ruhe wieder in Rheinbach eingenistet hatten, endgültig auszurotten. Dieser Wunsch wurde von lauten Hochrufen der Anwesenden unterstützt. Anschließend lud Reinhold Billig den Gast zu einem Umtrunk im Rathaus ein. Dorthin setzte sich der Zug in Bewegung.

Der Dominikaner ließ seinen Körper tief in den Badezuber gleiten, so dass auch seine Schultern mit heißem Wasser bedeckt waren. Dann schaute er konzentriert in das flackernde Öllicht an der Wand. Er wollte die Erholung im heißen Wasser nutzen, um in Ruhe seine weitere Vorgehensweise zu überdenken. Nach Johannes' Aussage würde der Hexenkommissar noch heute in Rheinbach eintreffen. Das bedeutete, dass er frühestens am morgigen Mittag mit der Prozessführung beginnen würde. Er hatte also noch genügend Zeit, vorher Appolonia und die Kinder aus der Stadt zu schaffen. Philipus war sich auch im Klaren darüber, dass der Hexenkommissar anschließend erst recht seine Wut an anderen unschuldigen Opfern in Rheinbach auslassen würde. Dann musste er ihm entgegentreten. Dabei hoffte er auf die Hilfe von Bürgermeister Schnehagen. Vielleicht waren auch noch andere Schöffen in Rheinbach der aberwitzigen Praxis der Hexenverfolgung überdrüssig und empfänglich für Argumente der Vernunft. Besonders, wenn liebgewonnene Verwandte oder Mitbürger der Gerichtsmitglieder Gefahr liefen, ihr zum Opfer zu fallen.

Pater Philipus genoss das wohlige Gefühl, als Heinrich erneut eine Kanne heißen Wassers in den Badebottich schüttete. Er spürte, wie die Strapazen des Tages langsam von ihm abfielen und er neue Kräfte sammelte. Gleich würde er die Abendandacht besuchen. Er freute sich darauf, vielleicht Appolonia Simons zu sehen. Sollte er sie dort nicht antreffen, würde er sie anschließend in der Gaststätte aufsuchen. Es musste ihm gelingen, sie zur Flucht zu überreden.

Die Administration der Stadt hatte im Rathaussaal mit ihrem Gast an einem großen, mit Ornamenten verzierten Eichentisch Platz genommen. Nachdem der Begrüßungstrunk in kostbaren Silberpokalen kredenzt worden war, erhob sich der Hexenkommissar.

»Meine Herren«, begann er seine Rede, »zunächst möchte ich mich für den herzlichen Empfang bedanken. Diese liebenswürdige Aufnahme sehe ich als sicheres Zeichen an, dass Sie mich in den nächsten Tagen in meinem schweren Amt unterstützen werden. Als kurfürstlicher Kommissar und Inquisitor bin ich beauftragt worden, den traurigen Verirrungen nachzugehen, denen viele Menschen zu Gottes Unwillen verfallen sind. Dies ist nur durch ein Bündnis mit dem Teufel möglich. Ich hoffe, dass Sie mir bei der gefährlichen und aufreibenden Arbeit, den Hexen und Zauberern das Handwerk zu legen, zur Hand gehen. Unser göttlicher Lehrmeister hat einmal gesagt: Was du tun willst, das tue bald. So sollten wir uns rasch daran machen, das giftige Unkraut der Hexen- und Zauberkünste, welches unter dem reinen Weizen des christlichen Glaubens aufgegangen ist, mit Stumpf und Stiel auszurotten. Deshalb lade ich die Gerichtsschöffen Kraft meines Amtes als kurfürstlicher Kommissar ein, morgen um zwei Uhr am Nachmittag in der Gerichtskammer zu erscheinen.«

Nun erhob sich der stellvertretende Bürgermeister. »Im Namen der Schöffen, deren Kollegium ich auch angehöre, erkläre ich hiermit, dass unsererseits alles geschehen wird, um dem schändlichen Laster der Hexerei, das auch in unserer Stadt auf fruchtbaren Boden gefallen ist, ein Ende zu bereiten.«

Die beschworene Zusammenarbeit von Stadtrat und Hexenkommissar wurde durch einen erneuten Umtrunk besiegelt. Anschließend begleitete die Versammlung den Hexenkommissar zur Burg, in deren großzügigen Wohnräumen der kurfürstliche Inquisitor und seine Begleitung in der nächsten Zeit wohnen sollten.

Philipus' Hoffnung, Appolonia Simons in der Abendandacht zu treffen, erfüllte sich nicht. Immer wieder schaute der Pater auf ihren angestammten Platz in der Kirche. Aber er blieb leer. Die Andacht in St. Gregorius war an diesem Abend so gut besucht wie noch nie, seit Philipus in Rheinbach weilte. Das lag daran, dass viele Rheinbacher Bürger, die den Empfang des Hexenkommissars verfolgt hatten, den Heimweg zu einem Kirchgang nutzten. Insgeheim hofften sie, dass die Ankunft des kurfürstlichen Gesandten in der Predigt angeführt und für eine erfolgreiche Arbeit des Kommissars gebetet würde. Aber der Vicarius erwähnte Doktor Liblar mit keinem Wort. Außerdem ließ Pfarrer Stotzheim seine Gemeinde am Ende der Andacht zwar für die Opfer der jüngsten Mordserie beten, aber auch für die Opfer der beiden letzten Rheinbacher Hexenprozesswellen, was viele der Anwesenden als einen Affront gegen den Hexenkommissar ansahen.

Als die Messe zu Ende war, gingen die meisten Besucher nicht gleich nach Hause, sondern standen zusammen, um über die Ankunft des Hexenkommissars und das Verhalten des Vicarius in der Andacht zu diskutieren. Pater Philipus bahnte sich einen Weg durch die Menschenmenge in Richtung Wirtshaus, wobei er manchem misstrauischen, aber auch hämischen Blick ausgeliefert war.

Im Gastraum der Schänke tranken nur zwei ältere Männer an einem Tisch schweigend ihr Bier. Philipus wunderte sich nicht darüber, dass das Wirtshaus fast leer war. Jetzt, wo der Inquisitor in der Stadt war, wurde die Wirtin erst recht gemieden. Eigentlich war es ihm ganz recht, wenn keiner mitbekam, dass er sich mit der Witwe traf. Allerdings stand nicht Appolonia, sondern Franziska hinter dem Tresen. Mit sorgenvollem Gesicht spülte sie Bierkrüge. Bevor der Dominikaner nach der Wirtin fragen konnte, kam sie ihm zuvor.

»Wenn Sie zur Hausherrin möchten, lieber Pater, müssen Sie ins Wohnhaus gehen.«

Philipus bedankte sich und wollte den Schankraum wieder verlassen, um über den Hof in das Wohngebäude zu gelangen. Aber Franziska wies ihn an, die Tür hinter dem Tresen zu benutzen. Wenig später befand sich der Mönch im Wohnraum des Nebengebäudes. Er wollte gerade nach der Wirtin rufen, als er leisen Gesang hörte. Der Pater folgte ihm bis zu einer kleinen Kammer im Flur. Durch die halb geöffnete Tür konnte er sehen, dass Appolonia am Bett ihrer Kinder saß und sie in den Schlaf sang. Dieses Bild rührte ihn so sehr, dass ihm Tränen in die Augen traten. Außerdem ging ihm zu Herzen, mit welchem Gottvertrauen sich diese Frau der großen Gefahr stellte, in der sie schwebte. Der Mönch verharrte so lange regungslos, bis er sich sicher war, dass die Kinder eingeschlafen waren. Dann gab er sich zu erkennen.

Appolonia erschrak nicht, als sie ihn so unverhofft hinter sich stehen sah. Es schien, als hätte sie ihn erwartet. Sie gab ihm ein Zeichen, sich ruhig zu verhalten, um die Kinder nicht aufzuwecken. Aber es drängte den Mönch, das Kinderzimmer zu betreten. Vorsichtig zwängte er sich an Appolonia vorbei und gab Siglinde und Severin einen Kuss auf die Stirn. Mit geschlossenen Augen sprach er ein Gebet und segnete sie. Dann folgte er Appolonia in die Wohnstube.

»Sie wissen, dass sich der Hexenkommissar in der Stadt befindet!«, sagte der Dominikaner.

»Ich habe keine Angst«, antwortete die Frau trotzig, »ich habe nichts verbrochen. Der liebe Gott wird nicht zulassen, dass mir etwas passiert.«

»Mit dieser Einstellung sind seit Beginn der Hexenverfolgung Tausende vor das Tribunal gegangen und in einem Albtraum erwacht, der auf dem Scheiterhaufen endete.« Pater Philipus musste die Tatsachen Appolonia jetzt in aller Deutlichkeit vor Augen führen. »Auch ich kann Ihnen nicht versprechen, dass ich im Gerichtssaal gegen diesen Hexenwahnsinn ankomme. Ich bitte Sie eindringlich, die Stadt zu verlassen. Auf jeden Fall so lange, bis Gras über die Sache gewachsen ist. Ich bin mir sicher: Spätestens Morgen Mittag lässt Sie Doktor Liblar vor das Gericht holen.«

Die Wirtin schaute Philipus entsetzt an. »Rheinbach verlassen? Meinen Sie das im Ernst? Wo soll ich denn hin?«

»Das habe ich mir schon überlegt. Ich schicke Sie und Ihre Kindern zu meinen Eltern an den Niederrhein. Sie besitzen dort einen Gutshof. Im Herzogtum Kleve. Dort sind Sie in Sicherheit. So weit reicht der Arm der kurfürstlichen Hexenkommissare nicht.«

Die Wirtin schüttelte den Kopf. »Und wie soll ich dorthin kommen?«

»Auch daran habe ich gedacht. Besitzen Sie ein Fuhrwerk?«

Die Wirtin nickte. »Aber es ist seit dem Tode meines Mannes nicht mehr benutzt worden. Außerdem haben wir kein Zugpferd mehr.«

»Keine Sorge! Heinrich wird sich darum kümmern. Wir nehmen die Pferde des Pfarrers. Heinrich wird Sie auch aus der Stadt bringen. Von dort übernimmt Johannes von Wartenberg das Gespann. Er bringt Sie dann zu meinen Eltern.«

Appolonia starrte verzweifelt auf den Fußboden.

»Glauben Sie mir! Sie müssen fliehen!«, beteuerte der Pater flehentlich. »Denken Sie auch an Ihre Kinder!«

Appolonia kämpfte noch einen Moment mit sich. Dann schaute sie Philipus entschlossen in die Augen. »Gut«, sagte sie, »ich habe Vertrauen zu Ihnen! Wann soll es losgehen?«

Dem Dominikaner fiel ein Stein vom Herzen. »Morgen in aller Frühe. Um sechs Uhr öffnen die Turmwächter wieder die Stadttore! Aber … Sie dürfen nicht aus dem Voigtstor fliehen! Dort sitzt der alte Eick. Er kennt die Situation in der Stadt genau – er würde Sie nicht passieren lassen. Sind Sie mit dem Turmwächter am Dreeser Tor bekannt?«

Appolonia überlegte einen Augenblick. »Ja, es ist Clemens Rübenach. Er ist häufig in der Gaststätte.«

»Glauben Sie, dass er Ihnen Schwierigkeiten macht?«

Appolonia schüttelte nach einem kurzen Zögern den Kopf. »Das kann ich mir nicht vorstellen. Er ist ein netter Kerl und mir wohlgesonnen.«

»Bestens«, sagte Philipus. »Mit Gottes Hilfe wird alles gut gehen. Packen Sie jetzt Ihre Sachen! Heinrich wird Ihnen nachher helfen, das Fuhrwerk zu beladen. Ich muss noch zu Johannes von Wartenberg nach Lüftelberg.«

Die beiden machten sich noch einmal Mut und schauten sich tief in die Augen. Dann umarmten sie sich. »Ich danke Ihnen von ganzen Herzen, Pater Philipus!«, flüsterte Appolonia.

»Gott beschütze Sie!«, sagte der Mönch. »Ich werde Sie, so schnell ich kann, bei meinen Eltern besuchen!« Noch einmal drückte er die Wirtin fest an sich. Dann riss er sich los und eilte aus der Tür.

Als Philipus auf der Straße stand, war es schon fast dunkel. Wie aus dem Nichts überfiel ihn plötzlich ein Schwindel, der so stark war, dass er sich an einer Hausmauer festhalten musste. Er wartete einen Moment, bis es ihm besser ging. Es wird so schlimm nicht werden, sagte er sich, als er seinen Weg fortsetzte.

Als er das Pfarrhaus erreichte, war er so weit wieder hergestellt, dass er nur noch eine leichte Übelkeit verspürte. Heinrich wartete schon auf ihn. Man konnte ihm den Stolz ansehen, dass ihn der Mönch mit so einer verantwortungsvollen Aufgabe betraut hatte. Philipus gab ihm noch einmal genaue Instruktionen über den Ablauf des Fluchtplans. Sobald er sicher war, dass der Knecht alle Einzelheiten richtig verstanden hatte, ging er ins Pfarrhaus. Er hatte sich entschlossen, auch den Vicarius in sein Vorhaben einzuweihen. Seine Reaktion auf das Erscheinen des Hexenkommissars in der Abendandacht hatte bei Philipus letzten Zweifel an der Loyalität des Rheinbacher Pfarrers ausgeräumt.

Den Pfarrer traf er in der Küche bei einem Humpen Wein an und unterrichtete ihn über sein Vorhaben.

Aber Stotzheim überraschte ihn mit der Feststellung, dass er Philipus seinerseits schon den dringenden Vorschlag machen wollte, die Wirtin aus der Stadt zu schaffen, bevor sie in die Klauen des kurkölnischen Inquisitors geriet. Er erklärte sich sogar bereit, an den Fluchtvorbereitungen mitzuwirken. Das jedoch lehnte Philipus ab. Er war der Meinung, dass man im Nachhinein so wenig

Mithelfer wie möglich mit Appolonias Flucht in Verbindung bringen sollte. Daher hatte er auch vor, die Nacht auf Burg Lüftelberg zu verbringen. Der Vicarius akzeptierte die Sichtweise des Paters und versprach, für das Gelingen des Vorhabens zu beten. Philipus bedankte sich mit dem Hinweis, dass ihm das sicherlich mit dem Genuss einiger Humpen Wein umso besser gelingen würde.

Draußen bat der Pater den Knecht, Aphrodite noch einmal zu satteln. Er hoffte, dass sich die Stute nach dem Ritt nach Remagen wieder so weit erholt hatte, dass sie ihn nach Lüftelberg bringen konnte. Dann ging er auf seine Kammer, um das Empfehlungsschreiben für Appolonia an seine Eltern zu verfassen. Als er eine halbe Stunde später auf den Hof zurückkehrte, war die Schimmelstute fertig. Aphrodite machte gottlob einen munteren Eindruck. Philipus schaute auf seine Taschenuhr. Es war halb zehn. Er hatte vor, durch das Voigtstor zu reiten, damit Walter Eick sah, dass er kurz vor Schließung der Stadttore Rheinbach verließ. Als er wenige Minuten später am Turm ankam, wunderte er sich, dass nicht Eick, sondern ein junger Bursche, den er nicht kannte, das Fallgitter für ihn hochzog. Er machte sich keine großen Gedanken darüber, sondern setzte seinen Weg nach Lüftelberg fort.

Kurz hinter der Stadtmauer wurde es so finster, dass Philipus die Stute nur im Schritt führen konnte. Er zündete eine Fackel an, die ihm Heinrich mitgegeben hatte. Aber auch diese erhellte die Dunkelheit nur wenige Meter. Glücklicherweise kannte er die Straße nach Lüftelberg inzwischen so gut, dass er nicht vom Weg abkam. Dabei halfen ihm die Sterne, die endlich hinter einer schwarzen Wolkenwand hervorkamen. Als er den Hügel zur Burg hinaufritt, machte er sich Gedanken darüber, wie er in die Burganlage gelangen konnte, ohne vom Amtmann gesehen zu werden. Er musste damit rechnen, dass dieser ihn nach der letzten Auseinandersetzung sofort vor die Tür setzen würde. Er konnte nur hoffen, dass Schall von Bell das Burghaus um diese Uhrzeit nicht mehr verließ. Als er den Eingang erreichte, fand er das Tor verschlossen vor. Er entdeckte einen großen Eisenring, der in Kopfhöhe an der Tür befestigt war. Mit diesem schlug er einige Male kräftig gegen das Holz. Schon nach wenigen Augenblicken sah er durch einen Spalt im Tor, dass sich jemand mit einer Laterne näherte.

»Wer da?«, hörte er eine Stimme.

Gottlob, er kannte sie. Es war nicht der Amtmann, sondern Mathias Reimberg, der Pferdeknecht.

»Ich bin es«, rief der Mönch mit gedämpfter Stimme, »Pater Philipus!«

»Pater Philipus? Was machen Sie denn hier zu dieser nächtlichen Stunde?«

»Ich muss dringend Johannes von Wartenberg sprechen.«

»Gott sei Dank«, entgegnete der Knecht und entriegelte das Tor, »denn immer, wenn Sie eine Unterredung mit dem Amtmann hatten, war er lange Zeit nicht genießbar.«

»Das kann heute nicht passieren«, sagte Philipus und führte Aphrodite in den Hof. »Ich will ihm sogar unter allen Umständen aus dem Weg gehen. Wissen Sie, wo ich Johannes finden kann?«

»Ich weiß es nicht. Ich habe ihn längere Zeit nicht gesehen. Aber versuchen Sie es einmal in seiner Kammer hinter dem Vogelhaus. Dort verbringt er gewöhnlich seine Abende.«

Der Dominikaner reichte Mathias die Zügel. »Kannst du Aphrodite versorgen? Ich bleibe über Nacht.«

»Über Nacht?«, wiederholte der Knecht erstaunt.

Philipus legte seinen Finger über die Lippen. »Aber … pst! Sag es keinem weiter. Wir wollen doch nicht, dass ich wieder eine Unterhaltung mit dem Amtmann führen muss.«

Mathias hatte verstanden. »Gute Nacht«, sagte er und zog Aphrodite hinter sich her. Kurz darauf war er im Pferdestall verschwunden.

Der Mönch schlich über den Hof und ließ das dunkle Hauptgebäude links liegen. Als er am Vogelgehege vorbeikam und dort das Rascheln der Ketten und das Krächzen der Greifvögel hörte, wurde ihm etwas mulmig zu Mute. So war er froh, als er endlich die Remise erreicht hatte. Durch das Fenster konnte er sehen, dass Licht brannte. Johannes schien also da zu sein. Bevor er anklopfte, erwischte ihn eine weitere Schwindelattacke. Er hielt sich an der Türklinke fest, denn er sah alles nur noch verschwommen. Dieses Mal dauerte sie etwas länger. Als sein Blick wieder klarer wurde, holte er tief Luft und öffnete die Tür, ohne anzuklopfen. Johannes fuhr herum. Er saß am Tisch und las ein Buch.

»Johannes, … entschuldigen Sie, dass … ich so hereinplatze!«, stotterte der Pater und ließ sich sofort auf einen Stuhl fallen.

»Pater Philipus!«, rief der Burgverwalter entgeistert und sprang auf. »Was ist denn passiert? Ist Ihnen nicht gut? Sie sind ja ganz blass um die Nase.«

»Es … es geht schon wieder. Ich habe mir wahrscheinlich nur eine Erkältung geholt«, spielte der Mönch den Vorfall herunter.

Johannes sah Philipus einige Augenblicke argwöhnisch an. Als der Dominikaner ihn aber anlächelte, schien er beruhigt. »Aber was machen Sie denn in der Dunkelheit hier?«

Philipus richtete sich im Stuhl auf. Ihm ging es jetzt deutlich besser. Auch die Übelkeit hatte gottlob nachgelassen. »Sie haben mir doch heute Nachmittag gesagt, dass Sie mir helfen würden, wenn ich Sie brauche?«

Johannes nickte. »Dazu stehe ich auch!«

»Können Sie Appolonia Simons und ihre Kinder morgen früh zu meinen Eltern nach Kleve bringen?«, fiel der Pater gleich mit der Tür ins Haus.

Der Gutsverwalter wurde von der Direktheit der Bitte völlig überrascht. »Mor … morgen früh?«, stammelte er.

»Ja, morgen in aller Früh«, wiederholte der Mönch. »Wir müssen Appolonia so schnell wie möglich aus Rheinbach wegschaffen. Wenn sie dem Hexenkommissar in die Hände fällt, kann ich nicht garantieren, dass ich sie retten kann. Das wissen Sie doch auch!«

Johannes überlegte einen Moment. Dann stimmte er zu. »Ich muss natürlich vorher den Burgherrn noch um Erlaubnis fragen. Um wieviel Uhr soll es losgehen?«

»Um sechs!«

»Was? Schon so früh? Dann schläft der Amtmann ja noch!«

»Können Sie nicht heute noch mit ihm sprechen?«

»Er wird nicht erfreut sein, wenn ich ihn jetzt noch störe«, gab Johannes zu bedenken. »Außerdem kann ich ihm unmöglich den wahren Grund meiner Reise mitteilen.«

»Sagen Sie ihm einfach, dass Sie von mir erfahren hätten, dass der Bischof von Kleve eine außergewöhnliche Greifvogelzucht unterhält, die Sie sich gerne einmal ansehen möchten.«

Der junge Burgverwalter wiegte nachdenklich den Kopf. »Das könnte gehen«, sagte er schließlich. »Bei allem, was mit mir und den Raubvögeln zu tun hat, ist Schall von Bell sehr zugänglich. Außerdem kann ich im Augenblick ein paar freie Tage gut gebrauchen. Die Ernte ist eingefahren, und das Wenige, was noch zu tun ist, könnte Mathias übernehmen.« Johannes sprang auf und schaute auf die Uhr. »Beten Sie zu Gott, dass er noch nicht schläft.« Dann ging er zur Tür. Dort verharrte er noch einen Moment und drehte sich zögernd um. Er schien sich noch unschlüssig zu sein. »Wenn er den wahren Grund erfährt, warum ich wegfahre, bin ich meine Stellung los«, sagte er leise.

Philipus überkam ein schlechtes Gewissen. Das hatte er noch nicht bedacht. Konnte er diesen Freundschaftsdienst überhaupt von Johannes verlangen? Bevor er etwas entgegnen konnte, war der Falkner schon verschwunden.

Der Dominikanerpater klopfte nervös mit den Fingern auf die Tischplatte. Warum dauerte es nur so lange? Zunächst hatte er die Wartezeit mit Beten verbracht. Doch dann konnte er sich nicht mehr konzentrieren. Er war zu abgelenkt. War er bei dem Hilfegesuch möglicherweise zu weit gegangen? Sein Gewissen plagte ihn nun. Um sich abzulenken, nahm er sich das Buch vor, in dem Johannes gelesen hatte. Er war überrascht, denn er kannte es nur vom Hörensagen. Es war das berühmte Werk des Stauferkaisers Friedrich des Zweiten: »De arte venandi cum avibus«, ins

Deutsche übersetzt: »Die Kunst mit Vögeln zu jagen«. Das Buch galt als einmalig unter allen Schriften über Vögel und Falknerei. Es gab nur ganz wenige Exemplare davon. Philipus musste Johannes unbedingt fragen, wie er daran geraten war. Behutsam schlug er das Lehrbuch auf und bestaunte die zahlreichen Illustrationen, als plötzlich die Tür zur Remise aufflog.

Johannes von Wartenberg kam herein und schaute Philipus mit finsterem Gesichtsausdruck an. Dann veränderte sich sein Gesichtsausdruck zu einem breiten Lachen. »Er hat die Kröte geschluckt«, platzte es aus ihm heraus.

Philipus atmete erleichtert auf. Die letzte Hürde zur Rettung von Appolonia schien genommen. »Warum hat es so lange gedauert?«, fragte der Mönch.

»Der Amtmann saß im Bad. Er kommt manchmal auf so abwegige Ideen, wie spät am Abend noch in den Badezuber zu steigen. Anschließend war er für seine Verhältnisse recht umgänglich. Die Ankunft des Hexenkommissars in Rheinbach scheint seine Laune verbessert zu haben. Nach dem Disput von vorgestern wäre es ihm eine Genugtuung, wenn Sie klein beigeben würden und gedemütigt nach Köln zurückreisten.«

»Da hat er sich aber getäuscht!« antwortete Philipus schadenfroh. »Übrigens ...«, fuhr der Mönch fort, »ich habe noch eine Bitte.«

Johannes sah ihn überrascht an.

»Kann ich diese Nacht hier in der Remise schlafen?«

»Natürlich«, erwiderte der junge von Wartenberg erleichtert. »Aber ist es nicht langsam an der Zeit, dass Sie mir mehr über den Fluchtplan erzählen?«

Der Pater fasste sich an den Kopf. Johannes hatte recht. Außer der Tatsache, dass der Burgverwalter Appolonia morgen in aller Früh zu seinen Eltern bringen sollte, hatte er ihm noch nichts berichtet.

Freitag, 21. August, Anno Domini 1654

Es sollte eine unruhige Nacht für Pater Philipus werden. Nachdem er seinen Gastgeber über den gesamten Verlauf des Fluchtvorhabens in Kenntnis gesetzt hatte, fragte er Johannes noch, wie er an das beeindruckende Falkenbuch Friedrichs des Zweiten geraten war.

Nun war der Falkner in seinem Element. Stolz erzählte dieser, dass es eine persönliche Leihgabe des Kurfürsten war, als er sich bereit erklärt hatte, den Gerfalken des Landesherrn auszubilden. Er schwärmte regelrecht vom Verfasser des Lehrbuchs, der sein großes Vorbild sei und der von seinen damaligen Zeitgenossen schon »stupor mundi«, das »Staunen der Welt«, genannt worden war. Schon vor vierhundert Jahren habe das Genie die Beizjagd und die Falknerei erforscht und in seinem Werk systematisch zusammengefasst. Dann betonte der Falkner, dass er es sich zu seiner Aufgabe gemacht hätte, die Erkenntnisse zur Pflege, Aufzucht und Dressur von Greifvögeln weiter zu erforschen und zu vervollkommnen.

Die beiden Fluchthelfer waren sich nach dem anregenden Gespräch einig, dass es höchste Zeit war, die wenigen Stunden, die ihnen noch bis zum Morgen blieben, zu schlafen.

Johannes bereitete seinem Gast in der Remise eine provisorische Schlafstätte. Nachdem man noch ein gemeinsames Gebet gesprochen hatte, ließ der Burgverwalter Philipus alleine, um den Rest der Nacht in seiner Schlafkammer im Burggebäude zu verbringen. Doch wenn der Dominikaner glaubte, dass er nach dem ereignisreichen und strapaziösen Tag unverzüglich in einen erholsamen Schlaf fallen würde, so sah er sich getäuscht. Nervös wälzte er sich auf der Schlafstätte hin und her. Die Sorge um Appolonia und die Ungewissheit über den morgigen Tag ließen ihn nicht zur Ruhe kommen. Immer wieder stellte er sich die Frage, ob er bei der Planung des Fluchtvorhabens an alles gedacht hatte. Dazu gesellten sich mit der Zeit bohrende Kopfschmerzen, die er zu lindern versuchte, indem er die Schläfen massierte. Gegen vier Uhr fiel er in einen kurzen, unruhigen Schlaf, der jedoch schon nach einer halben Stunde vorbei war, als Johannes wieder in der Kammer erschien.

Der Burgverwalter war schon etwas eher aufgestanden, da er seine Reisetasche packen musste. Dazu benötigte er noch einige Utensilien aus der Remise. Anschließend vereinbarte man, sich in einer halben Stunde im Pferdestall zu treffen.

Als sich Philipus von der Liegestatt erhob, fühlte er sich wie gerädert. Er verspürte heftige Gliederschmerzen, die er auf die unbequeme Schlafstätte zurückführte. Johannes hatte ihm gestern Abend noch eine Wasserkanne und eine Waschschüssel für den Morgen gebracht. Das kalte Nass erfrischte ihn und verscheuchte ein wenig sein Unwohlsein. Als er vor der Tür der Remise stand, war es noch stockdunkel. In geduckter Haltung schlich er an den Raubvögeln vorbei. Dann sah er Licht in den Stallungen.

Mathias und der Verwalter waren damit beschäftigt, die Pferde reisefertig zu machen. Dabei gab Johannes seinem Vertreter noch Anweisungen für seine Aufgaben in den Tagen seiner Abwesenheit. Insbesondere legte er ihm die Pflege der Greifvögel ans Herz.

Aphrodite empfing den Pater mit einem freundlichen Wiehern. Philipus legte schnell seine Hand auf die die Nüstern der Stute und warf einen sorgenvollen Blick auf das Hauptgebäude.

»Werden Sie nicht nervös!«, beruhigte ihn Johannes. »Der Amtmann steht nie vor sieben auf.«

Als die beiden Männer im Sattel saßen, kramte der Burgverwalter Brot aus der Reisetasche und reichte es Philipus. »Wir sollten wenigstens unterwegs ein wenig zu uns nehmen!«, sagte er.

Philipus wusste, dass er recht hatte. Er hatte in den letzten beiden Tagen kaum etwas gegessen, aber er verspürte auch keinen Hunger. Dann blickte er noch einmal auf die Uhr: Es war kurz nach fünf. Er war zufrieden. Sie würden den Treffpunkt rechtzeitig erreichen. Der Mönch stieg in die Steigbügel und reckte sich noch einmal im Sattel, um seine anhaltenden Schmerzen in den Gliedern zu lindern. Dann ritten sie los.

Sorgenvoll schaute der Dominikaner auf die Uhr. Dabei strich er sich mit seiner Hand über den Magen und musste aufstoßen. Er hätte doch nichts essen und auf seinen rebellierenden Magen hören sollen. Die Übelkeit des gestrigen Tages war wieder zurückgekehrt.

Der Standort der Männer war ein kleines Buschwerk, das sich auf halber Strecke zwischen dem Weiler Drees und Rheinbach befand. Es war sieben Uhr und inzwischen so hell, dass man die Stadtmauer und das Stadttor gut erkennen konnte. Nach dem geplanten Ablauf hätte das Fuhrwerk kurz nach sechs das Dreeser Tor passieren sollen. Bei jedem Gefährt, das die Stadt verließ, stellten sich die beiden Wartenden in die Steigbügel und reckten ihre Hälse. Aber sie wurden jedes Mal enttäuscht. Was konnte die Verspätung verursacht haben? Vielleicht war etwas mit dem alten Fuhrwerk nicht in Ordnung, und es musste noch repariert oder durch das Gespann des Vicarius ersetzt werden? Es war auch möglich, dass eines der Zugpferde lahmte oder das Packen des Wagens länger als vorgesehen gedauert hatte. Johannes fragte Philipus sogar, ob Heinrich von seinem Verstand her mit so einer verantwortungsvollen Aufgabe nicht überfordert wäre. Dem konnte der Mönch nicht zustimmen. Er war sich sicher, dass der Geisteszustand und die Fähigkeiten des Hausknechts von allen unterschätzt wurden.

Kurz vor halb acht, als sich Philipus schon entschieden hatte, nach Rheinbach zu reiten, um nach dem Rechten zu schauen, passierte endlich ein Fuhrwerk das Dreeser Tor. Es wurde von den Kaltblütern des Vicarius gezogen. Kurze Zeit später nahm es Kurs auf ihr Versteck. Doch ihre Freude verwandelte sich in Sorge, als sie erkannten, dass das Gefährt nicht von Heinrich, sondern von Pfarrer Stotzheim gelenkt wurde und sich sonst niemand im Wagen befand. Philipus war so beunruhigt, dass er unvorsichtig wurde und dem Gespann entgegengaloppierte, obwohl er von der Stadt aus gesehen werden konnte. Johannes folgte ihm.

»Was ist passiert?«, brüllte er dem Vicarius schon von weitem entgegen.

Der Pfarrer war kein geübter Kutscher und hatte alle Mühe, das Gefährt zum Stillstand zu bringen. »Alles ist schief gelaufen«, rief er völlig außer Atem.

Die beiden Reiter parierten ihre Pferde. Mit einem gequälten Gesichtsausdruck fuhr Stotzheim fort: »Das Fuhrwerk wurde am Tor von Walter Eick angehalten. Als er sah, dass sich Appolonia darin befand, ließ er es nicht passieren.«

»Wieso Eick?«, schrie der Mönch außer sich. »Was hatte der am Dreeser Tor zu suchen?«

»Was wir nicht wussten: die beiden Turmwächter wechseln alle zwanzig Tage ihren Standort. Seit heute Morgen tut Eick am Dreeser Tor Dienst.«

Der Pater sank in sich zusammen. »Machen Sie sich keinen Vorwurf!«, tröstete ihn Johannes. »Das konnten Sie nicht wissen. Auch mir ist diese Regelung neu.«

»Das ist aber nicht alles!«, sagte Stotzheim, der leichenblass vom Kutschbock stieg. »Der Hexenkommissar hat seit gestern Abend an jedem Stadttor einen seiner Gardisten postiert. Dieser hat Appolonia und Heinrich sofort in Gewahrsam genommen. Beide befinden sich jetzt im Burgverlies.«

Pater Philipus war so bestürzt, dass er kein Wort herausbekam.

»Ich habe Ihnen doch gesagt, dass Doktor Liblar ein gerissener Hund ist«, knirschte Johannes.

»Was ist mit den Kindern?«, fand Philipus endlich Worte.

»Das weiß ich nicht, »antwortete der Pfarrer. »Appolonia durfte sie nach der Festnahme nicht bei sich behalten. Soviel ich weiß, sind sie heulend davongelaufen.« Der Pfarrer sah die beiden Reiter ängstlich an. »Was sollen wir jetzt machen?«

Philipus fühlte sich von den Ereignissen so überrollt, dass er etwas brauchte, um einen klaren Gedanken fassen zu können. Er schloss die Augen und atmete einige Male tief durch. »Gut«, sagte er schließlich, »ich werde mich zunächst um die beiden Kinder kümmern. Sie, lieber Vicarius, machen sich zum Burggefängnis auf und versuchen, Heinrich loszueisen.«

»Ich befürchte, dass mich der Hexenkommissar mit dem Fluchtversuch in Verbindung bringen könnte, wenn er erfährt, dass Heinrich mein Knecht ist«, gab der Pfarrer zu bedenken.

»Behaupten Sie, dass Heinrich ohne Ihr Wissen gehandelt hätte und die unvernünftige Tat nur seiner geistigen Beschränktheit zuzurechnen sei.«

»Und wie kann ich helfen?«, fragte Johannes.

»Sie fahren, wie abgemacht, nach Kleve und besichtigen die Falknerei!«, entgegnete der Pater. »Ich mache mir sowieso große Vorwürfe, Sie in diese Sache mit hereingezogen zu haben. Je weiter Sie weg sind, umso weniger bringt man Sie mit dem Fluchtversuch in Verbindung.«

»Ich lasse Sie doch jetzt hier nicht im Stich!«, protestierte der Falkner.

»Glauben Sie mir! Es ist die beste Lösung. Sie können mir nicht helfen. Den Kampf mit dem Hexenkommissar muss ich jetzt alleine ausfechten.«

Johannes von Wartenberg wollte noch dagegenhalten; als er aber die entschlossene Miene des Dominikaners sah, respektierte er die Entscheidung. Langsam ritt er auf Philipus zu und reichte ihm die Hand. »Viel Glück«, sagte er. »Gott möge Sie beschützen. Ich hoffe, dass sich alles zum Guten gewandelt hat, wenn ich wieder zurück bin.« Der Burgverwalter wendete sein Pferd und ritt davon.

Philipus und der Rheinbacher Pfarrer sahen ihm nach, bis er hinter dem Buschwerk verschwunden war. Dann machten sie sich auf den Weg.

Kurz vor dem Dreeser Tor ereilte den Mönch die nächste Schwindelattacke, die so stark war, dass er sich kaum im Sattel halten konnte. Er brachte Aphrodite zum Stehen und hielt sich mit beiden Händen am Sattelknauf fest. Als der Anfall nachließ, war er zwar erleichtert, musste sich aber doch eingestehen, dass mit ihm irgendetwas nicht stimmte. Auch seine Gliederschmerzen wurden zusehends heftiger. Diese Symptome waren nicht mehr mit einer Überreizung der Nerven oder einer Erkältung zu erklären. Er versuchte, seine Angst zu verbannen. Der Herrgott würde nicht zulassen, dass er in dieser Situation, in der er alle seine Kraft brauchte, ernstlich krank wurde.

Der Vicarius, der mit dem Fuhrwerk voranfuhr, hatte den Schwächeanfall des Mönchs nicht mitbekommen. »Was sagen wir jetzt Eick?«, fragte er Philipus, als sie sich kurz vor dem Eingang des Stadttores befanden.

»Lassen Sie mich das nur machen!«, antwortete der Dominikaner und knetete mit der Hand seine Nackenmuskulatur, um die Kopfschmerzen zu lindern. Dann ritt er voran.

Als sie das Tor passierten, stellten sie fest, dass nicht Eick, sondern ein Gardist des Hexenkommissars den Eingang bewachte. »Wo ist denn der Torwächter?«, fragte Philipus freundlich.

»Ich wüsste nicht, was Sie das angeht«, gab der Soldat schroff zurück.

»Ich kenne Walter Eick gut und hätte gerne mit ihm gesprochen.«

»Er ist beim Hexenkommissar«, ließ sich der Ordnungshüter zu einer Antwort herab. »Er musste zum Rapport wegen eines Zwischenfalls, der sich hier in der Frühe ereignet hat.«

»So? Was ist denn passiert?«, stellte sich Philipus unwissend.

Der Gardist überlegte, ob er diese Auskunft erteilen durfte. Aber in der Hoffnung, den lästigen Frager loszuwerden, sagte er mit einem grimmigen Lächeln: »Eine als Hexe verdächtigte Person hat versucht, sich mit ihrer Brut noch schnell aus dem Staub zu machen, bevor der Hexenkommissar sie sich zur Brust nehmen konnte. Aber wir haben ihr ganz schön die Suppe versalzen!«

Philipus nickte anerkennend. »Grüßen Sie bitte Walter Eick von mir!«

»Von wem denn?«, wurde der Torwächter neugierig.

»Von Pater Philipus, dem Gesandten des kurkölnischen Hofgerichts«, antwortete der Mönch und ritt weiter.

»Aha …!«, entfuhr es dem Wächter. Er brauchte einen Moment, um sich über die Bedeutung der Antwort klar zu werden. Als der Vicarius an ihm vorbeirollte hatte er sich wieder gefangen. »He, Sie da, Hochwürden!«, rief er. »Wieso fahren Sie das Gespann, mit dem heute Morgen die Hexe flüchten wollte?«

»Es gehört mir«, klärte Stotzheim den Gardisten selbstbewusst auf. »Mein beschränkter Stallknecht hat es ohne mein Wissen entwendet. Er hat sich wohl in seiner Einfältigkeit von Appolonia Simons überreden lassen, sie aus der Stadt zu bringen.«

Der Soldat schien mit der Antwort zufrieden und ließ den Vicarius weiterfahren. Einen Vorteil hatte es, dass Eick in der letzten Stunde nicht am Stadttor Dienst getan hatte, dachte Philipus, als er und Stotzheim den Weg zum Pfarrhaus einschlugen; er konnte dann auch nicht die Zusammenkunft der Fluchthelfer vor dem Dreeser Tor beobachtet haben.

Die Turmuhr von St. Gregorius schlug achtmal, als sich Pater Philipus und Pfarrer Stotzheim voneinander verabschiedeten und sich für ihr Vorhaben Glück wünschten. Dann eilten sie in entgegengesetzte Richtungen davon.

Der Mönch hoffte, dass Appolonias Kinder nach Hause gelaufen waren, und machte sich auf den Weg zur Gaststätte. Sie war verschlossen. Die Tür zum Hof ließ sich gottlob öffnen. Er stieß sie auf und eilte zum Wohnhaus. Als er die Diele betrat, hörte er jemanden in der Küche weinen. Dort fand er Franziska, die völlig aufgelöst am Küchentisch saß und den Kopf in ihre Hände vergraben hatte. Als sie den Mönch sah, erhob sie sich und heulte laut auf. Sie versuchte etwas zu sagen, aber dabei schluchzte sie so heftig, dass Philipus keine Silbe verstand.

»Beruhigen Sie sich, Franziska!«, sagte der Mönch und drückte die Magd behutsam auf den Stuhl zurück. »Wo sind die Kinder?«

»Dort drüben ... in ihrer Kammer«, jammerte die Magd.

Der Pater atmete erleichtert auf. Als er sich umdrehte, um die Kinder aufzusuchen, hielt ihn Franziska am Arm fest.

»Sie schlafen«, sagte sie leise. »Lassen Sie sie einen Moment alleine! Ich bin froh, dass sie ein wenig Ruhe haben. Die Ereignisse heute Morgen haben sie so sehr mitgenommen, dass sie auf meinem Schoß erschöpft eingeschlummert sind.«

»Was soll denn jetzt nur werden, Pater Philipus?« Die Magd fing wieder an zu weinen.

»Haben Sie Gottvertrauen, Franziska! Er wird schon alles zum Guten wenden!«, tröstete der Geistliche die Magd. »Ich werde beweisen, dass Appolonia nichts mit den Morden zu tun hat, und bringe sie wieder nach Hause!« Der Mönch versuchte so überzeugend wie möglich zu wirken. »Halten Sie die Gaststätte geschlossen und kümmern Sie sich um die Kinder! Sie brauchen Sie jetzt.«

Die Worte des Mönchs schienen zu wirken. Die Magd hörte auf zu weinen. Dann holte sie ihr Taschentuch aus der Schürze und schnäuzte tief hinein.

»Wenn Sie etwas benötigen oder Hilfe brauchen, wenden Sie sich an mich oder Pfarrer Stotzheim. Ich werde, so oft es mir möglich ist, vorbeischauen«, beteuerte Philipus.

Als er die Küche verlassen wollte, hielt Franziska ihn noch einmal zurück. Sie war aufgestanden und hatte die Soutane in der Hand, die er Appolonia zum Waschen dagelassen hatte. »Die soll ich Ihnen von Appolonia geben«, schniefte die Magd.

Philipus nahm sie dankend an sich und roch daran. Er glaubte, den Geruch Appolonias an der Kleidung wahrzunehmen, und drückte das Kleidungsstück fest an seinen Körper. Dann drehte er sich um und ging hinaus. Als er an der Schlafkammer der Kinder vorbeikam, musste er noch einmal hineinsehen. Die Kinder schliefen fest. Severin hatte seinen Arm schützend um seine kleine Schwester gelegt. Der Pater kniete sich vor das Bett und empfahl die Kinder und ihre Mutter in einem innigen Gebet dem Schutz des Schöpfers. Als er die Haustür zuschlug, hörte er Franziska wieder weinen.

Der Zufall wollte es, dass Philipus und der Rheinbacher Vicarius gleichzeitig zum Pfarrhaus zurückkehrten. Der Dominikaner war sehr erleichtert, als er sah, dass der Pfarrer Heinrich im Schlepptau hatte. Es war Stotzheim also gelungen, den Knecht aus dem Gewahrsam des Hexenkommissars zu befreien. Als er den völlig verstörten Heinrich sah, machte er sich Vorwürfe, auch ihn in solch eine Lage gebracht zu haben. Er konnte sich vorstellen, wie sein argloses Gemüt unter der groben Behandlung der sogenannten Ordnungshüter und der Finsternis des Verlieses gelitten haben musste. Stotzheim entband Heinrich für den Augenblick von allen Aufgaben und schickte ihn in seine Kammer, damit er zur Ruhe kam.

Philipus nahm sich vor, sich später um ihn zu kümmern. Er folgte dem Pfarrer ins Haus. Als sie sich am Küchentisch niederließen, fragte der Mönch sogleich, welchen Eindruck der Pfarrer vom Hexenkommissar habe. Da er Liblar noch nicht persönlich kennengelernt hatte, wollte er so viel wie möglich über ihn in Erfahrung bringen, bevor er ihm gegenübertrat.

»Der Hexenkommissar ist schon alleine von seinem Äußeren her eine beeindruckende Erscheinung«, berichtete der Vicarius. »Sein Auftreten zeugt von Durchsetzungsvermögen und Autorität. Ich glaube, wenn Engelbert Schnehagen mir nicht beigestanden hätte, wäre Heinrich nicht frei gekommen.«

»War Schnehagen auf der Burg?«, zeigte sich der Mönch überrascht.

»Ja, er ist wohl erst gestern am späten Abend von einer Reise zurückgekehrt. Deshalb musste er dem Hexenkommissar heute Morgen seine Aufwartung machen.«

»Ich nehme an, Doktor Liblar war felsenfest davon überzeugt, dass Appolonia Heinrich verhext hätte und der arme Kerl somit zur Hexenbrut gehöre. Habe ich nicht recht?«, mutmaßte Philipus.

Der Pfarrer bestätigte die Annahme des Paters mit einem Kopfnicken. Dann sagte er: »Auch Schnehagens Hinweis auf seine geistige Beschränktheit ließ er nicht gelten. Er meinte, das würde ihn nicht vor einer Bestrafung schützen. Erst als ich ihm sagte, dass er momentan als Arbeitskraft in meinem Haushalt und als Küster für die Kirche unentbehrlich sei, lenkte er ein. Nachdem der Bürgermeister und ich ihm versprachen, ein waches Auge auf Heinrich zu haben, ließ er ihn schließlich aus dem Verlies holen. Bevor wir gingen, drohte er dem verängstigten Jungen noch, dass er an die Reihe käme, wenn er mit der Hexe fertig wäre.«

»Haben Sie Appolonia sehen oder sprechen können?«, fragte Philipus.

Der Pfarrer schüttelte den Kopf. »Das war aussichtslos. An sie lässt Liblar niemanden heran.«

»Wissen Sie, wann die erste Gerichtssitzung stattfinden soll?«

Stotzheim nickte. »Ich habe mitbekommen, dass Liblar den Bürgermeister für zwei Uhr am Nachmittag einlud.«

»Das ist gut. Dann bleibt mir noch etwas Zeit.«

»Wollen Sie etwa hingehen?«, fragte Stotzheim.

»Doktor Liblar lässt Sie achtkantig hinauswerfen!«

»Das kann er nicht«, entgegnete Philipus. »Solange der kurfürstliche Gerichtshof in Köln mich nicht meines Amtes enthoben hat, habe ich auch weiterhin das Recht, an der Wahrheitsfindung teilzunehmen.« Dann stützte der Dominikaner seine Ellenbogen auf den Tisch und fuhr sich mit beiden Händen durch die Haare.

»Sie sehen nicht gut aus, Pater Philipus«, sagte Stotzheim besorgt.

»Ich fühle mich auch nicht wohl«, stöhnte der Mönch. »Irgendetwas stimmt seit gestern Abend nicht mit mir. Ich hoffe nur, es ist nichts Ernstes.«

»Wollen Sie nicht wenigstens etwas zu sich nehmen?«

»Danke, aber ich bekomme keinen Bissen herunter!« Mühsam

erhob sich Philipus vom Tisch. »Ich werde versuchen, ein paar Stunden zu schlafen. Ich habe diese Nacht kaum ein Auge zugetan.«

Als sich der Mönch die Treppe zu seiner Kammer hinaufschleppte, hatte er das Gefühl, jeden einzelnen Knochen zu spüren. Ohne sich auszukleiden, warf er sich auf sein Bett. Kurz darauf fiel er in einen totenähnlichen Schlaf.

Der Dominikaner spürte im Halbschlaf, dass er hin und her geschüttelt wurde. Er riss die Augen auf und sah in das Gesicht des Rheinbacher Pfarrers.

»Pater Philipus!«, sagte Stotzheim. »Was ist mit Ihnen los? Ich habe schon mehrere Male heftig geklopft. Haben Sie das etwa nicht gehört?«

Der Pater schüttelte müde den Kopf.

»Es ist Zeit! Sie müssen aufstehen, wenn Sie rechtzeitig zur Gerichtsverhandlung kommen wollen!« Erst als sich der Pfarrer sicher war, dass Philipus wirklich wach war, verließ er den Raum.

Der Mönch quälte sich hoch. Ein heftiges Klopfen wummerte in seinem Kopf, und seine Glieder fühlten sich an wie Blei. Er hätte alles dafür gegeben, wieder schlafen zu können. Aber er wusste, dass er aufbleiben musste, wenn er Appolonia retten wollte.

Er wankte zum Waschtisch und schüttete Wasser in die Schüssel. Dann tauchte er seinen Kopf tief in das kalte Nass. Die Erfrischung weckte ein wenig seine Lebensgeister. Als er den Kopf hochnahm und sich im Spiegel sah, erschrak er. Seine Wangen waren eingefallen, und die glasigen Augen lagen tief in ihren Höhlen. Jetzt war er sich sicher, dass er ernstlich erkrankt war. Philipus schüttelte verzweifelt den Kopf. Wegen seiner guten Konstitution hatte ihn sein Leben lang noch nie eine schlimme Krankheit befallen.

Als er darüber nachdachte, wurde ihm klar, dass er sich wahrscheinlich gestern im Hospital in Remagen angesteckt hatte. Aber jetzt musste er sich zusammenreißen und seine letzten Kräfte mobilisieren. Koste es, was es wolle! Mühsam und unter Schmerzen reckte er sich. Dann ging er zu seiner Reisetasche und holte das Beglaubigungsschreiben des Kölner Gerichtshofs heraus. Als er langsam die Treppe hinunterstieg, erwartete ihn Pfarrer Stotzheim bereits in der Diele.

»Geht es?«, fragte er besorgt.

»Es muss!«, entgegnete Philipus. Da hörte er, dass die Kirchenuhr dreimal schlug und er sich beeilen musste. Trotzdem hielt er noch einmal an der Haustür an. »Wie geht es Heinrich?«, fragte er.

»Er ist noch immer in seiner Kammer«, erwiderte Stotzheim. »Ich nehme an, dass er schläft. Die Aufregung und die kurze Nacht haben auch ihn mitgenommen.«

»Sagen Sie ihm, dass ich ihn sprechen möchte, wenn ich zurückgekehrt bin.«

Der Rheinbacher Pfarrer begleitete seinen Gast auf die Straße. »Viel Glück!«, sagte er. »Und der Herr sei mit Ihnen!« Als er Philipus mit unsicheren Schritten die Straße zur Burg hinaufgehen sah, wurde ihm angst und bange. Er entschloss sich, den Marienaltar in St. Gregorius aufzusuchen und zu beten.

Das Gericht tagte wie üblich in der Peinkammer des Burgturmes, die sich über dem Verlies befand. Die Gerichtsdiener hatten den Raum mit Stühlen hergerichtet, in der die Mitglieder in einer festgelegten Sitzordnung, die sich nach Rang und Stellung ergab, zusammensaßen. Vor den Schöffen, etwas erhöht auf einem Podest, saß der vorsitzende Richter, der Hexenkommissar Doktor Kaspar Liblar. Als er sah, dass sich alle Gerichtsmitglieder eingefunden hatten, ergriff er das Wort.

»Meine lieben Schöffen der Stadt Rheinbach. Ich freue mich, dass Sie alle meiner Anordnung gefolgt und pünktlich zur ersten Gerichtsverhandlung erschienen sind. Sie haben den kurfürstlichen Gerichtshof zu Bonn um Hilfe gerufen, weil in Ihrer Stadt nach einigen Jahren trügerischer Ruhe wieder Hexen und Zauberer mit entsetzlichen Mordtaten ihr Unwesen treiben. Besagt als Urheberin des schändlichen Tuns ist die Wirtswitwe Appolonia Simons. Sie ist ein Abkomme der versengten Art und Tochter des schon vor Jahren als Zauberer verurteilten Stadtvogts Schweigel, der vor seiner Verbrennung angekündigt hat, dass seine Hexenbrut auf grässliche Art und Weise zurückkehren würde. Der Verdacht ihrer Untaten ist nun zur unumstößlichen Gewissheit geworden, da sie sich heute Morgen durch feige Flucht ihrer Bestrafung entziehen wollte.«

Plötzlich und unerwartet erschallte eine Stimme aus einer Nische neben dem Eingang. »Nicht *deshalb*, sondern *weil* sie wusste, dass ihr kein gerechter und anständiger Prozess widerfahren würde, wenn sie erst einmal in Ihre Fänge gerät, Herr Hexenkommissar!«

Der Vorsitzende fuhr überrascht von seinem Sitz hoch und versuchte, die Person im Halbdunkel der Kammer auszumachen. Auch die anwesenden Schöffen drehten sich entrüstet um.

»Wer sind Sie, dass Sie sich erdreisten, die Ausführungen eines kurfürstlichen Kommissars in so einer impertinenten Art zu unterbrechen?« sagte Liblar mit bissiger Stimme. »Und wie konnten Sie überhaupt Einlass in diese Gerichtskammer finden?«

»Mein Name ist Pater Philipus von der Velde«, gab sich der Dominikaner zu erkennen und trat nach vorne. »Ich bin Ermittler des Kurgerichtshofes zu Köln. Der Vorsitzende, Hofrat Johann Gelenius, hat mich nach Rheinbach gesandt, um die Vorfälle hier zu untersuchen.« Der Mönch hob ein Papierstück in die Höhe. »Hier ist das Beglaubigungsschreiben des Hofgerichts. Die Wachen vor der Tür konnten nicht umhin, mir Eintritt zu gewähren.«

»Ach, sieh an!«, entgegnete der Hexenkommissar verächtlich, »das Mönchlein aus Köln! Schön, dass ich Sie einmal in die Finger bekomme. Ich weiß wirklich nicht, was in die Herren in Köln gefahren ist, solch delikate Fälle neuerdings Laien wie Ihnen zu übertragen. So etwas sollte man doch lieber studierten Rechtsgelehrten überlassen!«

Philips wollte etwas entgegnen, aber Doktor Liblar schnitt ihm barsch das Wort ab. »Soviel ich weiß, ist es Ihnen in den letzten Tagen nicht gelungen, mit diesem Hexenpack fertig zu werden. Daher haben Sie in diesem Gericht auch nichts verloren. Ich fordere Sie hiermit auf, den Raum unverzüglich zu verlassen, damit wir unserer gerechten Arbeit nachgehen können, bevor ich Sie hinauswerfen lasse!«

»Gerechte Arbeit nennen Sie das?«, ereiferte sich Philipus. »Seit Jahrzehnten zerren Sie und Ihre Kollegen unschuldige Menschen vor die Hexengerichte. Wenn sie ihre Taten leugnen, werden sie so lange gepeinigt, bis sie gestehen und sogar ihre Mitmenschen beschuldigen. Ich behaupte, dass jeder hier im Gerichtssaal, wenn er solche entsetzlichen Qualen erleiden müsste, alles zugeben würde, was man ihm in den Mund legte. Er würde sogar seine eigene Mutter verraten!«

Ein Raunen der Gerichtsmitglieder begleitete die Ausführung des Paters.

»Meine Herren Schöffen!«, schrie Liblar mit schriller Stimme und ging auf die Richterbank zu. »Wie lange wollen wir diese lästerlichen Reden noch erdulden? Es ist unerträglich, wie dieser Verleumder die Prozessvorschriften, die durch die Obrigkeit und unsere Mutter Kirche legitimiert sind, in den Schmutz zieht.« Der Inquisitor deutete auf Philipus. »Am Ende behauptet dieser Ketzer, es gebe gar keine Hexen, und sagt sogar, dass alle bisher als Hexen und Zauberer Verurteilten unschuldig gewesen seien.«

»So ist es!«, antwortete der Mönch mit fester Stimme.

Wieder reagierten die Schöffen bestürzt. Auch der Hexenkommissar war von der Offenheit des Mönchs überrascht. »Wie kommen Sie darauf?«, fragte er angriffslustig.

»Durch meinen Verstand«, antwortete der Dominikaner und ging auf die Schöffen zu. Plötzlich merkte er, wie ihm die Beine versagten und alles vor seinen Augen verschwamm. Eine erneute Schwindelattacke hatte ihn ergriffen. Er schloss die Augen. »Bitte, lieber Gott«, flehte er seinen Herrn in Gedanken an, »lass mich jetzt nicht im Stich!« Schwankend hielt er sich an einer der Gerichtsstühle fest.

Die Anwesenden hatten seinen Zustand bemerkt und schauten den Dominikaner irritiert an.

Als der Mönch seine Augen wieder öffnete und seine Umgebung wieder erkennen konnte, nahm er seinen ganzen Mut zusammen. »Unser Herrgott … hat uns den Verstand gegeben, dass wir ihn benutzen und die Dinge um uns herum mit Vernunft sehen«, begann er leise und schleppend. »Auch ich habe mich seit vielen Jahren mit dem Hexenglauben beschäftigt und die Meinungen vieler geschätzten Kollegen gehört, die die Hexenprozesse persönlich miterlebt oder als Beichtväter die armen Opfer begleitet haben.«

Der Pater hatte sich wieder so weit gefangen, dass er lauter reden konnte.

»Ich bin zu dem Schluss gekommen, dass der Hexenglaube ein Wahn ist, der durch Aberglaube, Unbildung und Engstirnigkeit entstehen konnte. Der Mensch hat Angst vor dem Unausweichlichen. Wenn schlimme Dinge, wie Missernten, plötzlicher Kindstod, Morde und ähnliche Unabwendbarkeiten geschehen, sucht man einen Schuldigen. Da unser Herrgott in seiner Güte dafür nicht verantwortlich sein kann, können es nur vom Teufel verführte Menschen sein. Glauben Sie mir und benutzen Sie Ihren Verstand! Die Mordtaten hier in Rheinbach sind nicht von Hexen und Zauberern begangen worden, sondern von einem Menschen aus Fleisch und Blut und … er läuft noch immer frei herum! Es ist kein Zufall, dass alle Mordopfer Mitglieder des Hexentribunals vor achtzehn Jahren waren. Ich bin mir sicher, dass der Täter die unschuldig Verbrannten von damals rächen wollte, zumal sie nicht hauptsächlich wegen Hexerei auf den Scheiterhaufen geschickt wurden, sondern aus Habgier. Der damalige Hexenkommissar Möden und seine Kumpane wollten an das Vermögen der Opfer kommen. Viele Rheinbacher haben das damals erkannt. Aber niemand wagte dagegen vorzugehen, aus Angst, ebenfalls auf dem

Scheiterhaufen zu landen. Abgesehen von Vogt Schweigel, und der hat seinen Mut mit dem Leben bezahlt.«

»Ich weiß nicht, was Sie sich da zusammenreimen«, giftete der Hexenkommissar Philipus an, »aber genau genommen reden Sie mir das Wort. Wenn die Taten aus Rache für die Hinrichtung der damaligen Opfer verübt wurden, dann hat doch wohl Appolonia Simons das größte Motiv. Sie will ihren Vater rächen. Oder können Sie mir jemanden nennen, der ansonsten dafür in Frage käme?«

Der Pater musste sich einen Moment fassen. Dann schüttelte er den Kopf. »Das kann ich noch nicht. Aber dafür sollten wir hier zusammensitzen, um mit der Schärfe unseres Verstandes herauszufinden, wer das sein könnte. Die Beschuldigte, die unter uns im Verlies sitzt, ist keine Hexe und für die Taten, die ihr vorgeworfen werden, nicht verantwortlich. Sie kann sie gar nicht begangen haben, denn als die Morde geschahen, stand sie hinter dem Tresen ihrer Gaststube.«

»Pah«, empörte sich der Kommissar, »als wäre das ein Beweis, wo doch jedermann weiß, dass Hexen andere Leichtgläubige schnell verführen und zu ihren Helfershelfern machen, die dann in ihrem Auftrag solche Scheußlichkeiten ausführen. Und ... Sie, mein liebes Mönchlein, sind der beste Beweis dafür.« Mit einem grimmigen Lächeln ging er zu seinem Richterstuhl und nahm ein Schreiben vom Tisch.

Philipus wusste, dass er jetzt eine Gegenattacke fahren musste. »Sie wagen doch nicht zu behaupten, dass ich als Geistlicher und Gesandter des kurfürstlichen Gerichtshofes eine Hexenbuhlschaft eingegangen bin?«, rief er empört.

»Genau das will ich«, antwortete der Inquisitor hasserfüllt. »Die ganze Stadt konnte in der letzten Zeit verfolgen, wie Sie des Öfteren in trauter Zweisamkeit mit der Angeklagten zusammenkamen. Alle Gerichtsmitglieder können sich anhand Ihres Auftretens davon überzeugen, was sie aus Ihnen gemacht hat. Sie können ja kaum noch auf den Beinen stehen, so hat die Hexe Sie mit ihrem Gift infiziert.«

Mit dem Papierstück in der Hand schritt der Kommissar auf die Schöffen zu und hielt es ihnen vor die Nase.

»Hier in meinen Händen habe ich den Beweis für die Konspiration dieses Pfaffen mit der Hexe. Sie hat ihn dazu gebracht, ihre Flucht zu arrangieren. Heute Morgen wurde beim Kutscher des Fluchtfuhrwerks, der auch der Teufelsbrut angehört, dieses Schreiben gefunden. In diesem bittet der hier Anwesende, dass seine Eltern in Kleve die Flüchtende aufnehmen sollen, bis in Rheinbach Gras über die Sache gewachsen sei.«

Der Hexenkommissar überreichte das Schreiben einem der Schöffen, der es sich durchlas und die Worte des Kommissars bestätigte.

Philipus ging es so schlecht, dass er sich kaum noch auf den Beinen halten konnte. Als er sah, dass Doktor Liblar ihn triumphierend ansah, nahm er seine letzte Kraft zusammen. Er hatte nichts mehr zu verlieren. »Sie Dreckskerl«, sagte er verächtlich. »Hoffentlich kommt bald die Zeit, da man Ihresgleichen das Handwerk legt, diesen sogenannten Richtern, die nicht der Gerechtigkeit dienen, sondern ihre Hexenprozesse dazu benutzen, sich auf schändliche Weise an ihren unschuldigen Opfern zu bereichern und sich bei Wein und Köstlichkeiten daran weiden, wenn die Gemarterten unter der Folter gequält werden.« Dabei zeigte Philipus auf einen Tisch hinter der Richterbank, auf dem Speisen und Getränke für das Tribunal bereitgestellt waren.

Einige Schöffen sprangen voller Empörung auf. Der Inquisitor lächelte überlegen und wartete, bis wieder Ruhe eingekehrt war. »Sehen Sie sich vor!«, sagte er grimmig und ging drohend auf den Mönch zu. »Wenn Sie weiterhin solch infame Behauptungen aufstellen, wird Sie auch das Sendschreiben des kurkölnischen Gerichtshofs nicht schützen. Ich verspreche Ihnen, dass ich Sie als Zauberer anklagen und auf den Scheiterhaufen bringen werde.«

Philipus ging ebenfalls einen Schritt nach vorne. Er war so aufgebracht, dass er kurz davor stand, handgreiflich zu werden. »Das werden Sie sich nicht trauen! Sie …«

Weiter kam er nicht. Er wurde von zwei starken Armen gepackt und fortgerissen. Der Mönch versuchte sich zu befreien, aber ihm fehlte die Kraft dazu. Ohnmächtig sah er, dass es Engelbert Schnehagen war, der ihn in seiner Gewalt hatte.

»Sehen Sie denn nicht, meine Herren, dass der kurkölnische Gesandte krank ist?«, bat der Bürgermeister den Kommissar und seine Kollegen um Nachsicht. »Er ist nicht mehr Herr seiner Sinne und fantasiert im Fieberwahn. Ich sorge dafür, dass man ihn in ärztliche Obhut bringt.«

Dann zog der Bürgermeister Philipus durch den Ausgang nach draußen. Noch einmal bäumte sich der Dominikaner auf und versuchte, sich loszureißen. Aber er war zu schwach. Erst als Schnehagen den Mönch die Burgtreppe hinuntergezerrt hatte und sie nicht mehr in Sichtweite des Wachpersonals waren, ließ er ihn los. »Seien Sie doch vernünftig!«, raunte er Philipus zu. »Wenn Sie im Verlies sitzen, können Sie Appolonia gar nicht mehr helfen.«

Der Mönch senkte den Kopf. »Sie ist verloren«, sagte er resigniert und gestand seine Niederlage vor dem Tribunal ein.

»Unsinn«, erwiderte der Bürgermeister zornig. »Lassen Sie den Kopf nicht hängen. Noch haben Sie Zeit, den wahren Schuldigen zu finden!«

»Sehen Sie mich doch an!« Der Pater starrte Schnehagen mit glasigen Augen an. »Woher soll ich denn die Kraft dazu nehmen? Was habe ich nur getan, dass mich Gott ausgerechnet jetzt mit einer Krankheit straft?«

Der Bürgermeister sah den Mönch mitleidig an. Dann fasste er ihn unter die Arme. »Ich bringe Sie zunächst einmal ins Pfarrhaus. Ruhen Sie sich dort aus! Vielleicht geht es Ihnen dann etwas besser.« Als der Rheinbacher Ortsvorsteher mit dem mutlosen und entkräfteten Mönch Richtung Kirche ging, glaubte er selber nicht an seine Worte.

Die nächsten Stunden verbrachte Pater Philipus in einem Dämmerzustand. Schnehagen und der Vicarius hatten ihn in seine

Kammer getragen und ins Bett gelegt. In den kurzen Wachphasen zogen die Ereignisse in der Gerichtskammer wie ein Albtraum an ihm vorbei. Er bäumte sich auf und wollte aufstehen, um das Geschehene rückgängig zu machen. Doch dann erkannte er seine Ohnmacht und ließ sich wieder mut- und kraftlos auf das Bett sinken. Gegen fünf Uhr am Nachmittag fiel er endlich in einen unruhigen Schlaf.

Als er aufwachte, hörte er ein Klopfen an der Tür. Mühsam erhob er sich und setzte sich auf die Bettkante. Er ließ den Kopf auf die Brust sinken, um den Schwindel und die Kopfschmerzen besser ertragen zu können. Danach sagte er leise: »Herein!«

Die Tür öffnete sich langsam, und wenige Augenblicke später stand Heinrich im Zimmer. Der Knecht schaute ihn ängstlich an und knetete verlegen den Rand seiner Kappe.

Philipus hob den Kopf. »Heinrich, du bist es!«, sagte er matt. »Komm, setz dich zu mir.«

Der Hausdiener nahm neben dem Mönch Platz und blickte ihn sorgenvoll an. »Pater Philipus geht nicht gut?«, fragte er.

Der Mönch nickte. »Nein, wie du siehst. Ich glaube, mich hat eine Krankheit erwischt. Aber …«, der Pater versuchte Heinrich anzulächeln, »wenn ich mich einmal richtig ausschlafe, geht es mir bestimmt morgen besser.«

»Der Vicarius hat gesagt, Sie mich sprechen wollen!«

Wieder nickte der Pater. »Ich wollte dir sagen, wie leid es mir tut, dich in so eine Situation wie heute Morgen gebracht zu haben.«

»Muss nicht leid tun«, erwiderte der Knecht. »Heinrich hat Appolonia und den Kindern gerne geholfen.«

»Du bist ein guter Junge«, antwortete der Pater und strich ihm über den Kopf. Nach einer Pause fragte er: »War es sehr schlimm im Verlies?«

»Ganz dunkel, kalt und feucht. Heinrich hat große Angst, dass Hexenkommissar ihn wieder da reinsteckt.«

»Das musst du nicht«, beruhigte ihn Philipus. »Ich werde dafür sorgen, dass das nicht mehr passiert.«

»Du auch Appolonia helfen?«, fragte der Knecht mit treuen Augen.

»Sie ist eine gute Frau!« Philipus war gerührt, welches Vertrauen der schlichte Junge in ihn setzte. »Ich versuche es, so gut ich kann!«, antwortete er ausweichend.

In diesem Moment waren Schritte auf der Treppe zu hören. Kurz darauf traten Engelbert Schnehagen und der Vicarius ein.

Als Heinrich die beiden Männer sah, sprang er vom Bett auf und sagte: »Heinrich jetzt muss in Stall arbeiten.« Mit scheuem Blick ging er am Bürgermeister vorbei und verschwand durch die Tür.

»Wie geht es Ihnen?«, erkundigte sich Schnehagen.

»Ich habe etwas schlafen können«, antwortete der Mönch. »Aber meine Verfassung hat sich nicht gebessert.«

»Meinen Sie nicht, wir sollten Doktor Wiemann holen?«, schlug der Pfarrer vor.

Der Pater tat so, als hätte er den Ratschlag nicht gehört und fragte stattdessen: »Erzählen Sie mir, was im Gerichtsraum passiert ist! Hat der Inquisitor Appolonia schon holen lassen?«

Schnehagen nickte.

»Welchen Eindruck macht sie?«

»Stolz und gefasst!«

Philipus war beruhigt. Er hatte auch nichts anderes erwartet.

Schnehagen ging zum Fenster und schaute hinaus. Dann drehte er sich abrupt um und sagte: »Er hat sie der Nadelprobe unterworfen.«

Philipus senkte den Kopf. Er kannte diese Praxis. Sie war die erste Beweisaufnahme in einem Hexenprozess und wurde angewandt, um herauszufinden, ob der Angeklagte mit dem Teufel im Bunde war. Bei dieser Prozedur, die noch nicht zu den eigentlichen Folterpraktiken gehörte, wurde dem Delinquenten eine Nadel in bestimmte Stellen des Körpers gestoßen. Falls sich kein Blut an der Nadel befand, galt das als untrüglicher Beweis, dass der Angeklagte mit dem Teufel verbündet war. Befand sich jedoch

Blut an der Nadelspitze, dann wurde dies nicht als Beweis für die Unschuld angesehen, sondern der Ungeschicklichkeit des Henkers zugeschrieben, die richtigen Körperstellen nicht gefunden zu haben. Darum fragte Philipus auch nicht, wie die Probe ausgegangen war.

»Anschließend hat er Appolonia wieder ins Verlies werfen lassen«, berichtete der Bürgermeister weiter. »Er sagte, er hätte keine Eile und wolle morgen mit der Befragung der Hexe fortfahren. Stattdessen lud er die Gerichtsmitglieder ein, den Abend mit ihm bei Speis und Trank zu verbringen. Ich habe mich mit der Ausrede entschuldigt, dass ich zu Hause noch Geschäftliches regeln müsste. Auch zwei weitere Schöffen sind nicht geblieben. Nur mein Stellvertreter und die anderen Gerichtsmitglieder haben sein Angebot angenommen. Der Inquisitor war darüber sehr verärgert. Ich glaube schon, dass er gemerkt hat, dass er nicht bei allen seine volle Unterstützung findet.«

»Haben Sie mit Appolonia reden können?«, fragte Philipus ungeduldig.

Der Bürgermeister sah den Mönch betreten an. »Sie sagte, dass sie Sie unbedingt sprechen möchte!«

Philipus fuhr hoch. Mit einiger Anstrengung gelang es ihm aufzustehen. »Dann gehe ich jetzt zu ihr!«, sagte er entschlossen.

»Ich bezweifle, dass Liblar es zulässt, dass Sie Appolonia aufsuchen.«

»Es ist gute Sitte bei Hexenprozessen, dass der Beschuldigte zwischen den Gerichtsverhandlungen geistlichen Beistand erhält.«

»Ein Versuch ist es auf jeden Fall wert«, meinte Stotzheim.

Pater Philipus drehte sich zu ihm. »Würden Sie mich begleiten?«

»Natürlich! Es ist ja noch genügend Zeit bis zur Abendandacht«, erwiderte der Pfarrer.

Beim Hinuntersteigen der Treppe bot der Vicarius dem Dominikaner seine Hilfe an, die Philipus dankend ablehnte. Er musste es alleine schaffen.

Die frische, würzige Luft des Spätsommerabends weckte die Lebensgeister des Paters so weit, dass er zuversichtlich war, die nächste Konfrontation mit dem Hexencommissarius durchstehen zu können.

Die beiden Geistlichen hörten schon aus der Ferne die ausgelassene Stimmung im Gerichtsraum des Burgturms. Der Hexenkommissar und die verbliebenen Rheinbacher Schöffen ließen es sich bei feinen Speisen und Getränken gutgehen. Philipus quälte der Gedanke, dass die bedauernswerte Appolonia dies im dunklen Verlies des Turmes mit anhören musste.

Der Eingang wurde von den beiden Gardisten des Inquisitors bewacht. Als Philipus und Stotzheim eintreten wollten, wurde ihnen von den Wachmännern der Einlass verweigert, indem sie ihre Hellebarden vor der Turmtür kreuzten.

Stotzheim ergriff das Wort für den Pater. »Was fällt Ihnen ein, den Gesandten des Kölner Hofgerichts nicht eintreten zu lassen«, sagte er barsch.

»Wir haben die Anordnung des Commissarius, niemanden ohne seine ausdrückliche Erlaubnis vorzulassen.«

»Dann sagen Sie Doktor Liblar, dass die Angeklagte mich in meiner Funktion als Seelsorger um geistlichen Beistand gebeten hat«, protestierte Philipus. »Wenn der Kommissar noch einen Funken christlicher Barmherzigkeit in sich trägt, kann er das nicht verwehren.«

Die beiden Soldaten schauten sich unschlüssig an. Schließlich machte sich einer von ihnen auf den Weg ins Innere des Turms. Schon bald war sogar draußen die grobe Stimme des Hexenkommissars zu hören. Philipus und Stotzheim konnten zwar nicht verstehen, was gesagt wurde, aber es war klar vernehmlich, dass der Inquisitor sich ereiferte.

Kurz darauf stand der Gardist wieder vor ihnen. »Der Kommissar lässt Ihnen ausrichten, dass ihm nicht im Traum einfiele, einen der Konspiration mit einer Hexe Verdächtigten ins Verlies zu lassen … und sei es der Papst persönlich«, sagte er im militärischen Ton. »Er wäre aber kein Unmensch. Darum hätte er nichts dagegen, wenn der Rheinbacher Pfarrer den geistlichen Beistand übernehmen würde.«

Philipus antwortete nicht. Einen Moment schloss er seine Augen. Die Lippen des Paters bebten vor Zorn. Dann nahm er all seine Kraft zusammen und versuchte, sich mit Gewalt einen Weg an den beiden Ordnungshütern vorbei in das Innere des Turmes zu bahnen. Eine der Wachen hatte jedoch seine Absicht vorhergesehen und ließ seine Hellebarde nach vorne schnellen. Der harte Schaft der Waffe traf den Mönch mit voller Wucht im Gesicht. Er torkelte rückwärts und fiel die steile Burgtreppe hinunter. Am Fuß der Stiege blieb er bewegungslos liegen. Seine Glieder fühlten sich an, als wären sie zwischen Mahlsteine geraten. Nachdem er sich wieder aufgerappelt hatte, spürte er, wie warmes Blut über seine Lippen lief. Als er es schmeckte, wurde ihm so übel, dass er sich übergeben musste. Dabei hörte er wie in einem Tunnel die Stimme des Vicarius.

»Um Gottes Willen, Pater Philipus! Warten Sie! Ich helfe Ihnen!«

Der Mönch wollte etwas entgegnen, aber eine weitere Würgeattacke hinderte ihn daran. Als er die letzten Reste des Blutes ausspuckte, erschall lautes Gelächter vom Eingang des Turms. Die Zechkumpane im Turm hatten das Schauspiel mitbekommen und waren nach draußen geeilt.

»Sie kennen doch das Sprichwort, lieber Kollege«, höhnte die Stimme des Hexenkommissars, »wer hoch hinaus will, fällt tief hinab.«

Wieder krümmte sich die Gesellschaft vor Lachen. Mit bösen Blicken funkelte Stotzheim die Männer an. Dann griff er dem Mönch unter die Arme und half ihm auf. Mühevoll setzte sich Philipus auf einen Mauervorsprung. Mit leeren Augen blickte er Stotzheim an. Obwohl ihm das Sprechen mit der aufgeschlagenen Lippe schwer fiel, sagte er: »Gehen Sie … zu Appolonia! Sie braucht Sie … dringender als ich!« Als der Rheinbacher Pfarrer zögerte, wurde er ungeduldig. »Gehen Sie schon. Ich komme zurecht.«

»Versprechen Sie mir aber, dass Sie sich gleich ins Pfarrhaus begeben und sich wieder hinlegen«, antwortete der besorgte Pfarrer. Philipus starrte an ihm vorbei. Als Stotzheim sah, dass er keine Antwort bekommen würde, drehte er sich um und stieg die Burgtreppe hoch.

Pater Philipus atmete flach. Dann begann er zu frösteln. Seine Hand ging zur heißen Stirn. Wie in Trance stolperte er an der Stadtmauer entlang. Aber sein Ziel war nicht das Pfarrhaus. Er wollte einen letzten Versuch machen und mit demjenigen sprechen, von dem er sich jetzt noch Hilfe erhoffen konnte. Als er sich die Straße zur Kirche hinaufschleppte, riss er sich zusammen, denn er begegnete einigen Bürgern, die ihn entgeistert ansahen.

Endlich hatte er St. Gregorius erreicht. Die Glieder seiner Finger schmerzten ihn so sehr, dass er Mühe hatte, die Kirchentür zu öffnen. Das Licht der zahlreichen Kerzen im Innern des Gotteshauses gab ihm etwas Trost. Er sah sich um und war froh, dass sich niemand außer ihm in der Kirche befand. In gebeugter Haltung schleppte er sich zum Altar. Direkt unter dem Kreuz fiel er vor Schwäche nieder. Sein Herz pochte bis zum Hals. Nach einiger Zeit schaffte er es, sich hinzuknien. Er wollte bei diesem Gespräch seinem Herrn ganz nahe sein. Jetzt setzte Schüttelfrost ein. Sein ganzer Körper zitterte so heftig, dass es ihm schwer fiel, die Hände zu falten. Mit schmerzenden Augenlidern hob er den Kopf und blickte den Gekreuzigten an. Er konnte das Kreuz nur noch schemenhaft erkennen.

»Mein Herr und Gott!«, rief er so laut, dass seine Stimme im Kirchengewölbe widerhallte. »Ich habe ein Gelübde gegeben, Dir ein Leben lang zu dienen, weil ich Dir aus ganzem Herzen vertraue. Man hat mich gelehrt, dass Du die Macht über Leben und Tod und den Lauf der Dinge in der Welt hast. Ich flehe Dich an! Lass nicht zu, dass das Böse siegt. Lass nicht zu, dass ich mein

Versprechen nicht erfüllen kann, das ich einer guten und gottesfürchtigen Mutter und ihren Kindern gegeben habe. Gib mir ein Zeichen, wie ich den wahren Täter finden kann. Noch ist es nicht zu spät!«

Eine halbe Stunde flehte der Mönch in hingebungsvollen Gebeten immer wieder um Hilfe. Dann gab er auf. Ermattet ließ er den Kopf sinken und fühlte eine abgrundtiefe Leere. Gott sprach nicht mit ihm und gab ihm kein Zeichen. Glühend vor Fieber erhob er sich und würdigte den Gekreuzigten keines Blickes mehr. Plötzlich rauschte es in seinen Ohren, und alles drehte sich um ihn herum. Dann wurde ihm schwarz vor Augen.

Maria Kannegießer kam seit Jahren etwas früher zur Andacht. Die alte Frau liebte es, in der Kirche allein zu sein. In ihrem schlichten Gemüt meinte sie, dass der liebe Gott dann auch allein für sie da war. Wie immer benetzte sie zuerst ihre Finger mit Weihwasser, bevor sie sich mit trippelnden Schritten zum Marienaltar begab. Sie war nur einige Schritte durch den Mittelschiff gegangen, als sie plötzlich stehenblieb. Vorsichtig reckte sie ihren Kopf, denn sie konnte nicht glauben, was sie da sah. Ihr entfuhr ein Schreckensschrei. Vor ihr auf den Stufen zum Altar lag eine leblose Gestalt. Sie wusste zunächst nicht, wie sie sich verhalten sollte. Schließlich siegte die Neugier über ihre Furcht, so dass sie sich noch etwas näher an den Liegenden herantraute. Dann erkannte sie den Mann. Es war der Mönch, der dem Vicarius bei der heiligen Messe assistiert hatte und nach Rheinbach gekommen war, um die Mordtaten zu untersuchen.

Als sie so nahe herangekommen war, dass sie ihn fast berühren konnte, hörte sie seinen rasselnden Atem. Gott sei Dank! Er lebte noch. Die Schweißperlen auf seiner geröteten Stirn zeigten, dass er hoch fieberte. Sie sah zum Kreuz, machte einen Knicks und bekreuzigte sich. Dann drehte sie sich um und eilte aus der Kirche, so schnell sie konnte.

Pfarrer Stotzheim war gerade erst aus dem Burgturm zurückgekehrt und hatte sich in der Küche auf die Bank gesetzt. Abwesend stierte er vor sich hin. Das Gespräch mit Appolonia hatte ihn doch arg mitgenommen. Wieder einmal musste er feststellen, dass die Berufung als Seelsorger oft ein schweres Los war. Zugleich drängte es ihn aufzustehen, um sich im Keller einen Krug Wein zu holen. Er musste sein angeschlagenes Gemüt beruhigen. Dann dachte er an seinen Vorsatz, nicht mehr so viel zu trinken, und ließ es bleiben. Gerade jetzt, wo Pater Philipus durch seine Krankheit außer Gefecht gesetzt war, musste er einen klaren Kopf bewahren. Stattdessen entschied er sich, vor der Andacht lieber noch einmal nach Pater Philipus zu schauen. Er stand schon auf der ersten Stufe der Treppe, als er lautes Klopfen an der Tür hörte. Missmutig kehrte er um und öffnete die Haustür. Er blickte in das aufgelöste Gesicht von Maria Kannegießer.

Die alte Frau war so aufgeregt, dass sie kaum ein Wort herausbrachte. »Herr Vicarius …«, stotterte sie. »Da liegt jemand in der Kirche vor dem Altar!«

Pfarrer Stotzheim sah sie zweifelnd an und dachte, dass die Greisin in ihrer überstiegenen Bigotterie sicherlich einem Trugbild erlegen war. Erst als sie rief: »Es ist der Mönch! Es ist der Mönch!«, stutzte er. Dann wußte der Pfarrer, wen Maria meinte. Er ließ die alte Frau stehen und rannte über die Straße. Nachdem er die Treppenstufen mit großen Sprüngen überwunden hatte, riss er die Kirchentür auf. Die Alte hatte nicht fantasiert.

»Pater Philipus!«, schrie er durch den Mittelgang und rannte nach vorne. Als er sah, dass der Mönch noch lebte, fiel ihm ein Stein vom Herzen. Er kniete sich neben ihn und legte die verkrümmte Gestalt in eine bequemere Position. Dabei spürte er durch die Soutane die Hitze des fiebernden Körpers. Stotzheim tätschelte dem Mönch die Wange, um ihn zu beleben. Dabei begann die Wunde an der Lippe wieder zu bluten.

Philipus hielt die Augen geschlossen und brabbelte nur ein paar unverständliche Laute.

Einen Moment überdachte der Pfarrer sein weiteres Vorgehen. Dann stand er auf und rannte davon. Vor dem Eingang traf er wieder auf Maria Kannegießer. »Bleiben Sie bei ihm!«, befahl er der Frau. »Ich bin gleich wieder zurück.«

Im Hof des Pfarrhauses rief er aufgeregt nach Heinrich. Der Knecht kam verstört aus dem Pferdestall. »Schnell, Heinrich!«, sagte Stotzheim. »Hol schnell eine Leiter und komm damit in die Kirche!«

Der Knecht schaute ihn verwirrt an. Als er aber das sorgenvolle Gesicht des Pfarrers sah, stellte er keine Frage und lief gleich davon.

Stotzheim drehte sich um und hastete in das Pfarrhaus. In der Schlafkammer besorgte er sich zwei Decken und lief zur Kirche zurück. Dort sah er, dass Maria sich mit zwei weiteren Kirchenbesucherinnen um Philipus kümmerte. Eine von ihnen hatte dem Fiebernden ein feuchtes Tuch auf die Stirn gelegt.

Heinrich war inzwischen auch mit der Leiter angekommen. Als der Knecht sah, dass es sich bei dem Schwerkranken um Philipus handelte, begann er zu schluchzen und zitterte am ganzen Körper. Ergriffen beobachtete Stotzheim, wie Heinrich sich um den Pater sorgte.

Der Pfarrer polsterte die harten Sprossen der Leiter mit einer Decke. Dann legten die beiden Männer den Ohnmächtigen darauf. Während sie Philipus hinaustrugen, mussten sie durch ein Spalier von Menschen, die gerade zur Abendandacht eintrafen. Als die Kirchgänger sahen, wen sie hinaustrugen, hörte Stotzheim einige lästerliche Reden, die das Verhältnis von Philipus mit Appolonia betrafen. Einen Augenblick überlegte er, ob er den Schandmäulern nicht die Meinung sagen sollte. Dann unterließ er es. Er würde nie verstehen, warum gerade viele der eifrigsten Kirchenbesucher die hässlichsten Ansichten hatten. Es war jetzt wichtiger, den schwerkranken Mönch zu versorgen.

Nachdem man Philipus auf seine Kammer getragen hatten, entschied Stotzheim, Doktor Wiemann noch am Abend zu holen.

Zunächst wollte er Heinrich beauftragen. Doch dann dachte er daran, dass man ihn nach den Vorkommnissen von heute Morgen nicht aus der Stadt lassen würde. Er musste selber nach Flerzheim fahren. Vorher ging er noch in die Kirche, um die Abendandacht abzusagen.

Samstag, 22. August, Anno Domini 1654

Philipus wurde von einem grässlichen Dämon verfolgt. In panischer Angst wollte er fliehen, aber plötzlich kam er nicht mehr von der Stelle. Als das Monster ihn eingeholt hatte und sein geiferndes Maul aufriss, um ihn zu verschlingen, verwandelte sich seine Fratze in das Gesicht des Hexenkommissars.

Unvermittelt kroch er auf allen Vieren über einen Felsen und sah, wie Appolonia ihm mit angsterfüllten Augen hilfesuchend die Hände entgegenstreckte. Sie hing über einem steilen Abhang und drohte abzustürzen. Er versuchte, sie zu erreichen. Aber wieder kam er nicht von der Stelle. Seine vergeblichen Bemühungen wurden von dem schadenfrohen Gelächter der Rheinbacher Schöffen begleitet.

Dann sah er rührende Szenen aus seiner Kindheit: Wie ihm seine Mutter seine langen blonden Haare kämmte und ihm dabei die Geschichte von Moses und dem Bastkörbchen auf dem Nil erzählte oder wie er mit seinen Brüdern auf selbstgebastelten Stecken mit Pferdeköpfen zwischen den Beinen über den Hof ritt und die Ritter aus König Artus' Tafelrunde nachahmte.

Manchmal meinte er auch, wie durch einen Nebelschleier die winzigen Äuglein Doktor Wiemannns zu erkennen, oder hörte in der Ferne die Stimmen von Engelbert Schnehagen und Johannes. Ein anderes Mal glaubte er die kalten Hände des Vicarius auf seiner Stirn zu spüren oder beobachtete Heinrich, der versuchte, ihm das durchschwitzte Hemd zu wechseln.

Am Abend wachte er einmal kurz auf und glaubte, Doktor Wiemann zu hören, der sagte, dass das Schlimmste jetzt überstanden sei. Dann fiel er in einen langen traumlosen Schlaf.

Sonntag, 23. August, Anno Domini 1654

Am späten Nachmittag wachte Philipus auf und war fieberfrei. Die Strahlen der Sonne, die durch das Kammerfenfenster fielen, hatten ihn geweckt. Mit blinzelnden Augen betrachtete er seine Umgebung. Seine Lider waren schwer und taten ihm weh. Dann sah er Pfarrer Stotzheim, der auf einem Stuhl neben seinem Bett saß und vor sich hin döste. Philipus versuchte, seine Arme und Beine zu bewegen. Sie schmerzten zwar noch, aber sie gehorchten ihm wieder. Die Geräusche, die er dabei verursachte, schreckten den Vicarius auf.

»Dem Herrn sei Dank«, rief er freudig aus und beugte sich mit verschlafenen Augen über den Genesenen. »Sie sind wach und«, der Pfarrer schaute sich Philipus genau an, »zwar noch käseweiß, aber Ihre Augen sind klar.«

»Wie lange … liege ich schon hier?«, fragte der Mönch stockend. Er fuhr sich mit der Zunge über die aufgeplatzte Lippe, die ihn beim Sprechen noch immer schmerzte.

»Zwei Tage!«, antwortete Stotzheim. »Doktor Wiemann sagte, Sie könnten den Kräutern der alten Cath und Ihrer guten Verfassung danken, dass Sie diese Ansteckung überstanden haben! Ich muss gleich hinuntergehen und Heinrich erzählen, dass Sie wieder unter den Lebenden sind. Der arme Kerl ist fast vor Sorge gestorben.« Der Vicarius stand auf und eilte aus der Tür.

Philipus schloss die Augen und versuchte sich zu erinnern. Nach und nach kamen die Bilder der Ereignisse vor seiner Krankheit wieder zurück und legten sich wie eine Zentnerlast auf seine Schultern.

Als der Vicarius zurückkehrte, registrierte er erfreut, dass Philipus schon aufrecht im Bett saß. »Heinrich ist überglücklich. Er ist in der Küche und …!«

»Was ist mit Appolonia?« Die Frage des Paters durchschnitt den Redefluss des Pfarrers wie ein scharfes Messer. Philipus merkte, wie sich Stotzheim um eine Antwort drückte.

»Darüber können wir doch noch später reden!«, sagte er ausweichend. »Kommen Sie doch erst einmal wieder auf die Beine. Heinrich macht Ihnen in der Küche eine Rinderbrühe. So lange sollten wir zusammen beten und dem Herrn danken, dass ...«

Wieder unterbrach Philipus den Pfarrer. »Ich will nicht beten«, sagte er hart. »Beantworten Sie mir bitte meine Frage!«

Der Pfarrer setzte sich auf den Stuhl und senkte den Kopf. Er sah ein, dass es keinen Sinn hatte, weiter auszuweichen. »Ihre Hinrichtung ... ist auf morgen ... Nachmittag angesetzt«, sagte er leise.

Philipus entgegnete nichts. Er drehte den Kopf zur Seite und starrte mit leerem Blick auf die Wand der Kammer. Der Pfarrer wollte noch etwas sagen, aber der Mönch kam ihm zuvor. »Lassen Sie mich bitte alleine!«, sagte er.

Pfarrer Stotzheim blieb noch einen Moment sitzen. Dann stand er auf und verließ das Zimmer.

Nach einer halben Stunde traute der Rheinbacher Vicarius sich wieder ins Zimmer des Genesenen. Er hatte Heinrich mitgenommen. Pater Philipus hatte sich auf die Seite gelegt und ihnen den Rücken zugekehrt. Noch immer starrte er ausdruckslos ins Leere. Heinrich trug das Tablett mit der Brühe und warf dem Pfarrer einen fragenden Blick zu. Der Vicarius gab ihm zu verstehen, dass er das Essen auf die Kommode stellen und die Schlafkammer wieder verlassen sollte. Traurig blickte der Junge noch einmal auf den bewegungslosen Pater. Dann kam er der Bitte nach.

Stotzheim setzte sich neben das Bett. Er räusperte sich. »Nehmen Sie es sich nicht so zu Herzen!«, sagte er. »Sie haben das Bestmögliche versucht. Sie konnten sie nicht retten!«

Der Mönch antwortete nicht.

»Es gibt eben Dinge im Leben, die furchtbar zu ertragen sind und vor Ungerechtigkeit schreien. Nur der Herr weiß, warum!«

»Warum haben Sie mich nicht sterben lassen?«, sagte Philipus mit tonloser Stimme. »Ich kann das, was jetzt geschieht, einfach nicht ertragen!«

»Das dürfen Sie nicht sagen; Sie versündigen sich gegen den Herrn!«, widersprach der Vicarius.

»Ich bin fertig mit ihm!«, antwortete Philipus.

»Die Wege des Herrn sind unergründlich. Denken Sie an diese Weisheit. Alles hat einen Sinn. Niemand weiß, welchen Weg der Herr Ihnen zugedacht hat. Sie dürfen jetzt nicht so mutlos werden. Sie müssen wieder aufstehen und weiter gegen das Böse angehen. Nur Männern wie Ihnen gelingt es, die Menschen zu verändern und gegen den Hexenwahn anzugehen. Sie werden sehen, es kommt die Zeit, da trägt Ihre Arbeit Früchte. Nehmen Sie mich als Beispiel. Auch ich hatte früher eine andere Meinung. Sie haben mir die Augen geöffnet, und ich stehe dieser Sache jetzt ganz anders gegenüber.«

Als der Pater wiederum nichts entgegnete, fuhr Stotzheim fort: »Es gibt außerdem Menschen, die Sie brauchen und die Ihnen vertrauen. In den Gesprächen mit Appolonia habe ich bemerkt, dass sie sich nicht vor dem Tod fürchtet. Aber ihre größte Sorge ist, was aus ihren Kindern wird. Ich weiß, dass sie alle Hoffnung daran setzt, dass Sie sich um sie kümmern werden. Und … helfen Sie Heinrich! Der arme Kerl verehrt Sie abgöttisch und vertraut Ihnen. Auch er ist vom Feuertod bedroht. Der Hunger nach verbranntem Fleisch ist bei dem Hexencommissarius noch lange nicht gestillt. Appolonia hat in den Vernehmungen niemanden verleumdet. So wird er sich jetzt auf Heinrich stürzen!«

Der Rheinbacher Pfarrer spürte, dass seine Rede Spuren hinterließ. Er wusste, dass es besser war, Philipus jetzt einige Zeit damit alleine zu lassen. »Denken Sie darüber nach!«, sagte Stotzheim und stand auf, »und … essen Sie etwas! Sie müssen so schnell wie möglich wieder auf die Beine kommen.« Dann verließ er das Zimmer.

Pfarrer Stotzheim saß völlig erschlagen am Küchentisch. Sein Drang, wieder zum Weinkrug zu greifen, um alles um ihn herum ertragen zu können, war übergroß. Als er daran dachte, dass er gleich erneut zu Appolonia ins Verlies gehen musste, um ihr am Abend vor ihrem Tod seelischen Beistand zu geben, zitterten ihm die Hände. Schon gar nicht wusste er, woher er die Kraft nehmen sollte, sie morgen auf den Scheiterhaufen zu begleiten. Zu allem Überfluss lag oben auf der Kammer Pater Philipus in völliger Apathie und hatte mit sich, der Welt und seinem Glauben abgeschlossen. Das alles war zu viel für ihn. Er stand auf und wollte in den Keller gehen. Da hörte er das Knarren der Holzstufen auf der Treppe. Er hielt den Atem an und wartete.

Kurz darauf stand Pater Philipus in der Tür. Mit seiner bleichen Gesichtsfarbe, den eingefallenen Gesichtszügen und dem langen weißen Nachthemd sah er aus wie ein Gespenst.

»Philipus«, rief der Pfarrer aufgeregt, »was machen Sie denn? Sie sind noch zu schwach und müssen im Bett bleiben!«

Der Mönch ging nicht auf den Einwand ein und setzte sich mit wackligen Beinen neben den Vicarius. »Ich fühle mich zwar noch schwach, aber es muss gehen.«

Der Pfarrer schüttelte ungläubig den Kopf. »Sie müssen ja eine unglaubliche Konstitution haben. Doktor Wiemann hatte recht. Er sagte, er kenne niemanden, der diese schlimme Krankheit in so kurzer Zeit überstanden hätte. Manch anderer würde noch drei Wochen im Krankenbett liegen, und Sie stolzieren jetzt schon durchs Haus!«

»Ich muss«, sagte Philipus, »denn ich will morgen weg von hier. Ich könnte es nicht ertragen, in Rheinbach zu sein, wenn Appolonia ihren letzten Weg geht.« Dem Mönch stiegen Tränen in die Augen. »Ich werde in aller Frühe Heinrich in Sicherheit bringen. Dann komme ich zurück und werde mich um Appolonias Kinder kümmern.«

Dem Vicarius fiel ein Stein vom Herzen. Er konnte dem Mönch zwar ansehen, dass er seine Seelenqual noch nicht überwunden hatte, aber er hätte sich sehr gewundert, wenn Philipus Heinrich und die Kinder im Stich gelassen hätte.

»Wo bringen Sie sie denn unter?«, fragte Stotzheim.

»Heinrich kann zu meinen Eltern fahren, bis in Rheinbach wieder Ruhe eingekehrt ist. Severin und Siglinde bringe ich nach Köln. Ich kenne dort eine gute Klosterschule, die sie aufnehmen wird. Dort kann ich am besten ihren weiteren Werdegang im Auge behalten.«

»Haben Sie schon etwas gegessen?«, fragte der Pfarrer, der sorgenvoll bemerkt hatte, wie viel Gewicht Philipus durch seine Krankheit verloren hatte.

Der Mönch nickte. »Die Rinderbrühe hat mir Appetit gemacht«, sagte er und schaute zum Herd hinüber. »Ist noch etwas davon übrig?«

»Natürlich!«, rief Stotzheim erfreut. »Ich mache Ihnen noch einen Teller.« Dann stürzte er zum Herd und kam bald mit einer dampfenden Rinderbrühe zurück. Zufrieden beobachtete er, wie Philipus die Suppe mit Heißhunger zu sich nahm.

»Können Sie mir etwas zum Prozessverlauf sagen?«, fragte Philipus schließlich und wischte sich mit dem Ärmel seines Nachtgewandes über die Lippen. Schmerzhaft fuhr er zusammen, als er dabei seine Verletzung berührte.

»Wir können froh sein, dass Schnehagen zugegen war«, begann der Pfarrer seinen Bericht. »Ihm ist es zu verdanken, dass Appolonia nicht weiter der Folter ausgesetzt wurde, als sie die Morde nicht gestand und auch keine weiteren Mittäter nennen wollte. Er überredete die Schöffen, dass die Indizien für ihre Schuld so groß seien, dass man von einer weiteren peinlichen Befragung absehen könne. Als der Hexenkommissar sich noch querstellte, bot ihm der Bürgermeister unter vier Augen Geld an.«

Philipus zog die Augenbrauen hoch.

»Als er nicht darauf einging, stellte er ihm sogar in Aussicht, ein großes Stück aus Appolonias Nachlass zu bekommen. Da willigte der Inquisitor endlich ein.«

»Dieses Schwein!« Der Pater war außer sich. »Aber diese Suppe werde ich ihm versalzen! Ich werde seine Machenschaften an die Hofgerichte bringen ... und wenn ich persönlich zum Kurfürst gehen muss, ich werde Doktor Liblar das Handwerk legen!«

Der Vicarius registrierte erfreut, dass das Feuer wieder in Philipus' Augen loderte. »Tun Sie das!«, sagte er glücklich. »Dann hätte Appolonias Tod auch einen Sinn. Sie glauben nicht, welchen Trost ihr das gibt, wenn ich ihr erzähle, dass Sie wieder gesund sind und sich um ihre Kinder kümmern. Ich gehe jetzt zu ihr. Soll ich ihr etwas von Ihnen ausrichten?«

Der Mönch überlegte lange. Dann füllten sich seine Augen mit Tränen. »Sagen Sie ihr, dass ich mir nie verzeihen werde, dass ich mein Versprechen nicht halten konnte ... und ...«, flüsterte er mit bebenden Lippen, »dass ich mich um ihre Kinder kümmern werde, als wären es meine eigenen.«

Die Worte des Mönchs berührten den Rheinbacher Pfarrer so sehr, dass auch er feuchte Augen bekam. Er stand auf und verließ die Küche. Als er nach draußen schaute und sah, dass es wieder regnete, ging er in die Diele zurück und warf sich einen Umhang über. Dann eilte er aus dem Haus in Richtung Burgturm.

Philipus ging an diesem Abend schon sehr früh zu Bett. Die wenigen Minuten, die er aufgestanden war, hatten ihn schon sehr geschwächt. Er musste sich schonen. Der morgige Tag würde ihn viel Kraft kosten, und er wusste, dass der Schlaf in seiner Situation die beste Medizin war. Zunächst hatte er noch überlegt, nach den durchschwitzten Nächten ein Bad zu nehmen. Aber dann hatte er davon Abstand genommen. Es war noch zu früh dafür. Das heiße Wasser würde seinen Körper zu sehr belasten. Bevor er die Treppe zu seiner Schlafkammer hochstieg, hatte er Heinrich informiert, dass er ihm morgen zur Flucht verhelfen würde. Zunächst war der schlichte Junge betrübt, dass er seine gewohnte Umgebung verlassen musste. Als er aber hörte, dass ihn Philipus persönlich in Sicherheit bringen würde, war er überglücklich. Am Ende der

Unterredung trug er Heinrich auf, alles so weit herzurichten, dass sie spätestens um neun Uhr am anderen Morgen Rheinbach verlassen konnten. Er wollte auf jeden Fall aus der Stadt sein, bevor sich der Todesmarsch zur Richtstätte aufmachte. Anschließend legte er seine Kleidung zurecht, damit sie am anderen Morgen schneller zur Hand war. Dabei hörte er, wie Pfarrer Stotzheim von seiner seelsorgerischen Mission aus dem Burgverlies zurückkehrte. Er überlegte noch, ob er mit ihm sprechen sollte, sah aber davon ab, weil es ihn um den Schlaf bringen würde. Kurz bevor er einschlummerte, vernahm er Stotzheims schleppende Schritte in Richtung Kellertür. Wahrscheinlich holt er sich wieder einen Krug Wein, dachte er.

Montag, 24. August, Anno Domini 1654

Als Philipus am Morgen nach einem traumlosen Schlaf aufwachte, brauchte er lange, um sich zurechtzufinden. Der Schlaf musste erholsam gewesen sein, denn er fühlte sich wesentlich kräftiger als noch am gestrigen Tag. Doch dann kehrte der lähmende Gedanke an den geplanten Tod von Appolonia zurück. Wie mochte sie sich jetzt fühlen? Daraufhin dachte er an Siglinde und Severin. Wussten sie, was heute mit ihrer Mutter geschah? Er wälzte sich hin und her. Die Verzweiflung und die Hoffnungslosigkeit, nichts gegen das Unabwendbare unternehmen zu können, machten ihn schier verrückt. Lange Zeit lag er in dumpfen Gedanken bewegungslos im Bett. Erst als er hörte, dass Heinrich unten im Hof die Pferde für die Reise fertig machte, riss er sich mit aller Gewalt zusammen und erhob sich. Dabei streifte sein Blick das Kreuz an der Seite des Bettes. Reflexartig wollte er seine Morgenandacht halten. Doch dann kehrte er dem Gekreuzigten den Rücken zu und zog sich an.

Nachdem er seine Reisetasche gepackt hatte, legte er die Bettwäsche zusammen und verließ den Raum. Auf der Treppe roch er das Essen aus der Küche. Er war hungrig; sein ausgezehrter Körper verlangte nach Nahrung. Ein gutes Zeichen! Ein reichliches Frühstück würde ihm weitere Kräfte verleihen.

In der Küche erwartete ihn ein schauriges Bild. Der Vicarius saß auf der Küchenbank und schlief. Dabei hatte er den Kopf tief in den Nacken geworfen und den Mund weit geöffnet. Vor ihm auf dem Tisch stand ein Weinkrug. Philipus nahm an, dass Stotzheim nicht zu Bett gegangen war und die Nacht hindurch getrunken hatte. Aber dieses Mal konnte der Pater ihm nicht böse sein. Der Pfarrer tat ihm leid. Hinter seiner rauen Schale steckte in Wirklichkeit eine sensible Seele. Die Situation um Appolonia setzte ihm bestimmt so zu, dass er dem Druck nicht länger hatte standhalten können.

Erst als der Mönch den Tisch deckte, wachte der Vicarius auf. Zunächst wusste er gar nicht, wo er sich befand, und brabbelte unverständliches Zeug daher. Erst allmählich fand er sich zurecht. »Pater … Philipus! … es tut … mir leid. Ich …«

»Lassen Sie es gut sein«, unterbrach ihn der Mönch. »Versuchen Sie erst einmal, wieder einigermaßen nüchtern zu werden. Appolonia braucht Sie nachher!« Der Pfarrer schluckte schwer und nickte. Schweigend nahmen die beiden Geistlichen das Frühstück ein.

Philipus schaute sich noch einmal um. Er war beruhigt. Er hatte Heinrich gut versteckt. Niemand würde auf die Idee kommen, dass sich unter der Plane außer dem Reisegepäck noch ein Flüchtling verbarg. Dem Knecht hatte er eingebläut, sich ganz ruhig zu verhalten, was auch geschah. Aphrodite war gesattelt hinter dem Fuhrwerk angebunden. Stolz schob sie ihren schönen Kopf nach vorne, als wollte sie Heinrich in seinem Versteck bewachen. Während sie an der Gaststätte vorbeifuhren, rissen die Wolken auf, und strahlender Sonnenschein überflutete Rheinbach. Wieder haderte Philipus mit dem Schöpfer. Wie konnte er nur zulassen, dass so ein himmelschreiendes Unrecht von so schönem Wetter begleitet wurde? Einen Moment überlegte er noch, vom Kutschbock zu steigen und Franziska und die Kinder aufzusuchen. Aber es würde ihm das Herz brechen und die Kraft rauben, die er jetzt brauchte, um Heinrich aus der Stadt zu bringen. Dieses Mal durfte nichts schiefgehen.

Als er dem Dreeser Tor entgegenfuhr, begegneten ihm schon viele Rheinbacher, die frohgelaunt und in Festtagsstimmung dem Sammelplatz für den Hinrichtungszug zustrebten. Philipus schaute mit Verachtung auf sie hinab. Welche niedrigen und abartigen Triebe waren Menschen zu eigen, um an so einem Spektakel Freude zu finden? Vor dem Dreeser Tor konnte er schon von weitem Walter Eick erkennen. Auch er hatte sich zur Feier des Tages in seinen Sonntagsstaat geworfen und konnte wohl die Hinrichtung kaum erwarten. Wie ein stolzer Hahn patrouillierte er vor seinem Wachturm. Mit Genugtuung registrierte Philipus, dass keiner der Schergen des Hexenkommissars heute Morgen am Dreeser Tor Dienst tat. Sie hatten wohl die Aufgabe, den Hinrichtungszug zu eskortieren.

Der alte Torwächter war vor Schadenfreude schier aus dem Häuschen, als er den Dominikaner auf dem Kutschbock erkannte. »Lieber Pater«, rief Eick gehässig, »Sie lassen sich doch nicht die Hexenverbrennung entgehen? Oder sind Sie etwa ein schlechter Verlierer? Hexencommissarius Liblar hat Ihnen ja schnell gezeigt, wie man solche Fälle aufklärt und wie man mit diesem Hexenvolk umgeht.«

Ohne den Torwächter anzuschauen, passierte der Pater das Tor. Eick war so damit beschäftigt, den Mönch zu verhöhnen, dass er gar nicht auf die Idee kam, das Fuhrwerk zu kontrollieren. Philipus hörte noch die Spottreden des Wächters, als sie das Tor in Richtung Drees weit hinter sich gelassen hatten. Der böige Wind verschluckte schließlich die letzten Worte. Schon bald hatten sie sich so weit aus dem Sichtkreis des Stadttors entfernt, dass der Dominikaner Heinrich auffordern konnte, sein Versteck zu verlassen. Der Junge kletterte erleichtert auf den Kutschbock neben Philipus und übernahm die Zügel.

In dumpfen Gedanken stierte Philipus auf den Rücken der Zugpferde. Je weiter er sich von Rheinbach entfernte, desto mehr verschlechterte sich seine Gemütslage. Als er sich noch einmal umdrehte und nur noch die Silhouette von Rheinbach erkennen konnte, drängte sich ihm immer mehr der Gedanke auf, dass er ein Feigling war. Er hatte Heinrich in Sicherheit gebracht, und jetzt war es eigentlich seine Pflicht, Appolonia auf ihrem letzten Gang zu begleiten, auch wenn ihn der Schmerz umbrächte. Der Tod und die Qualen würden ihr leichter fallen, wenn sie ihn in ihrer Nähe wusste, wenn er ihr mit Blicken und Gesten Trost geben und ihr zeigen konnte, dass sie diesen letzten Weg nicht alleine gehen musste.

Philipus entschied sich umzukehren. Heinrich konnte sich mit der Kutsche in einem nahegelegenen Waldstück verbergen, solange er sich in Rheinbach aufhielt. Er würde mit Aphrodite nach Rheinbach zurückreiten. Später konnten sie dann gemeinsam ihre Reise fortsetzen. Gerade wollte er Heinrich anweisen, das Fuhrwerk zu stoppen, als sein Blick abgelenkt wurde.

Direkt über ihnen zog ein Habicht ruhig seine Kreise. Plötzlich stürzte er wie ein Stein zu Boden und krallte seine Fänge in ein Kaninchen, das in der Furche eines Feldes zu fliehen versuchte. Das arme Tier zappelte hilflos in den Klauen des Raubvogels. Der Habicht bohrte seinen spitzen Schnabel in den Kopf des Tieres, bis es sich nicht mehr bewegte.

Philipus stutzte. Einen Moment war er wie gelähmt, denn ihm kam ein Einfall, der so abwegig war, dass er ihn zunächst nicht zu Ende denken wollte. Doch es war noch Zeit, jeder Spur nachzugehen, auch wenn sie ihm noch so absurd erschien.

»Heinrich, dreh die Kutsche!«, wies er den Jungen an. »Wir statten Johannes in Lüftelberg noch einen Besuch ab, bevor wir weiterfahren.«

Heinrich schaute den Dominikaner fassungslos an. Philipus hatte ihm mitgeteilt, dass sie sich so schnell wie möglich weit von Rheinbach entfernen sollten. Warum jetzt diese Sinnesänderung? »Noch einmal zu Johannes Henckels?«, fragte er verdutzt.

»Ja, ich möchte mich noch von ihm verabsch …« Abrupt hielt er mitten im Wort inne. »Was sagtest du eben?«, fragte der Pater fassungslos und starrte den Knecht an.

Heinrich wusste zunächst nicht, was der Mönch meinte. Fragend sah er Philipus an.

»Wie hast du eben Johannes genannt?«, bohrte der Mönch nach.

Heinrich überlegte. »Jo … hannes … Henckels!«, sagte er und schaute den Mönch erwartungsvoll an.

»Wieso Henckels?«, fuhr ihn Philipus an.

Der Knecht zuckte mit den Schultern. »Heinrich kennen Johannes schon sehr lange … schon als Kind«, sagte er wie selbstverständlich. »Da hieß er Henckels. Johannes war der einzige, der mit Heinrich gespielt hat. Auf einmal war Johannes weg. Heinrich war sehr traurig.«

Philipus überlegte fieberhaft, wo ihm der Name schon einmal begegnet war. Dann fiel es ihm ein. Die Henckels waren mit der gesamten Familie Opfer der Hexenverbrennungen im Jahre 1636 geworden.

Der Mönch sah den Knecht mit offenem Mund an. »Beeile dich, mein Junge!«, rief er auf einmal laut aus. »Hol alles aus den Pferden heraus! Wir müssen, so schnell es geht, nach Lüftelberg.«

Auf der Fahrt zur Burg überkamen Philipus plötzlich Zweifel, ob er Johannes von Wartenberg überhaupt antreffen würde. Dann fiel ihm ein, dass Pfarrer Stotzheim erzählt hatte, dass der Falkner nur einen Tag in Kleve verbracht hatte und am nächsten Morgen schon wieder zurückgekehrt war. Als er von Philipus' Krankheit hörte, hätte er ihn sogleich voller Sorge aufgesucht und sogar einige Stunden an seinem Bett gewacht.

Dann nahm Philipus Heinrich ins Kreuzverhör. Er war sich noch immer unsicher, inwieweit er den Worten des schlichten Jungen Glauben schenken konnte. Eindringlich fragte er ihn, ob er sich nicht irre. Ob Johannes von Wartenberg wirklich der Junge war, mit dem er als Kind in Rheinbach gespielt hatte.

Heinrich beteuerte, dass Johannes neben seiner Familie gewohnt hätte und dass der Name seines Vaters Peter Henckels gewesen wäre. Er konnte sich auch noch daran erinnern, dass Johannes eine Schwester hatte und die Henckels immer große Not gelitten hätten. Eines Tages wäre Johannes, wie vom Erdboden verschluckt, nicht mehr da gewesen.

Philipus überlegte krampfhaft, warum ihm Schnehagen nichts von einem Sohn der Henckels erzählt hatte. Dann fiel ihm ein, dass der Bürgermeister erst kurz nach den ersten Hexenprozessen im Jahre 1631 nach Rheinbach gekommen war. Der kleine Johannes musste also vorher aus Rheinbach verschwunden sein.

Als sie die Burg Lüftelberg erreichten, entschied sich Philipus, durch das offene Tor direkt in den Hof hineinzufahren. Der Amtmann war bestimmt auf dem Weg nach Rheinbach, um der Verbrennung der Hexe beizuwohnen. Philipus war sich sicher, dass ihn Johannes nicht begleitet hatte.

Die Kutsche war noch nicht ganz zum Stehen gekommen, als der Mönch schon aufgeregt vom Fuhrwerk sprang. Beinahe wäre er gestürzt, so schwach waren seine Beine noch. Er nahm sich vor, vorsichtiger zu sein.

Auf dem Weg zur Falknerei lief ihm Mathias Reimberg über den Weg. »Sie hier, Pater Philipus?«, sprach er ihn sogleich mit einem erstaunten Blick an. »Man hat mir erzählt, Sie seien ernstlich erkrankt?«

Der Mönch ging nicht auf die Frage ein. »Wo ist Johannes?«, überfiel er den alten Knecht.

»Er … er ist mit dem Amtmann auf der Falkenjagd«, antwortete Mathias irritiert.

»Ich denke, Schall von Bell geht nicht mehr jagen?«, fragte der Mönch ungeduldig.

»Normalerweise ist das auch so, aber Johannes hat ihn dazu überredet. Er wollte ihm den neuen Jagdfalken vorstellen, den er von seiner Reise mitgebracht hat. Aber … wir machen uns schon ein wenig Sorgen, denn der Amtmann müsste längst zurück sein. Er hatte vor, den Falkner nur kurz zu begleiten, weil er noch nach Rheinbach wollte.«

Philipus war so aufgeregt, dass es ihm schwer fiel, geordnete Gedanken zu fassen. Er musste sich zwingen, ruhig zu bleiben. Da fiel ihm ein, dass Mathias schon seit ewigen Zeiten auf der Burganlage arbeitete. »Ich habe noch eine Frage zu Johannes Wartenberg«, sagte er. »Heinrich behauptet, Johannes hätte früher anders geheißen und als kleiner Junge mit ihm in Rheinbach gespielt. Kann das möglich sein?«

Mathias nickte und begann zu erzählen: »Johannes' Eltern waren so arm, daß sie noch nicht einmal ihre Kinder ernähren konnten. Weil Johannes ein sehr aufgeweckter Junge war, hat ihn der damalige Rheinbacher Pfarrer an den Amtmann vermittelt. Schall von Bell wusste, dass der Hofrat von Wartenberg einen Sohn adoptieren wollte, da er selber keine Kinder bekommen konnte. Der Hofrat ermöglichte ihm, die besten Schulen zu besuchen. Später schickte er ihn zur Lehre hierhin.«

Philipus hatte den Bericht atemlos verfolgt. Er konnte nicht glauben, was er da hörte. »Wo wollte Johannes auf die Jagd gehen?«, fragte er ungeduldig.

»Soviel ich weiß am Waldrand, etwa eine gute Meile von hier.« Mathias deutete mit dem Finger in Richtung des Kottenforstes.

Ohne ein weiteres Wort drehte sich Philipus um und eilte zum Fuhrwerk zurück. Dann band er Aphrodite los. »Schnell, Heinrich!«, rief er dem verstörten Jungen auf der Kutsche zu, der der raschen Unterredung nicht hatte folgen können. »Hilf mir auf das Pferd.«

Heinrich stieg herab und formte mit seinen Händen eine Steighilfe für den Geistlichen. »Wo wollen Pater Philipus hin?«

»Ich reite zu Johannes. Mit Aphrodite bin ich schneller als mit der Kutsche. Ich bin bald wieder zurück.«

Als er auf dem Pferd saß, spürte er noch seine schwache Konstitution. Mit Mühe zwang er die Stute in den Trab. Als er am Vogelgehege vorbeiritt, sah er, dass der Steinadler, der Gerfalke und auch einer der Habichte nicht auf ihren Plätzen saßen. Johannes hatte also außer dem neuen Falken noch weitere Greifvögel mitgenommen.

Plötzlich hatte er eine Eingebung. Er parierte das Pferd, stieg ab und band es an einem der Käfige fest. Dann hastete er zum Schuppen. Er hatte Glück. Die Tür war offen. Das Innere des Raumes sah noch genau so aus, wie er es vor ein paar Tagen verlassen hatte. Selbst das Falkenbuch des Stauferkaisers lag noch aufgeschlagen auf dem Schreibtisch. Der Mönch ging umher und sah sich um.

Als er sich der verschlossenen Tür im hinteren Teil des Zimmers näherte, stutzte er. Er schnupperte und nahm einen merkwürdigen Geruch wahr. Kräftig zog er jetzt die Luft durch die Nase ein und war sich bald sicher, dass er dem schwefelartigen Gestank glich, der an der Kleidung von Bartholomäus Winssen gehaftet hatte. Er untersuchte die Tür. Sie war ihm schon beim letzten Mal aufgefallen. Damals hatte er sich gefragt, was sich dahinter verbergen könnte und warum sie mit einem Schloss verriegelt war. Krampfhaft suchte er nach einem Werkzeug, aber konnte nichts finden. Philipus rannte wieder nach draußen und sah, dass sich Mathias Reimberg noch immer auf dem Hof aufhielt und mit Heinrich sprach. Philipus rief ihn herbei.

Als der alte Knecht vor ihm stand, fragte er verwundert: »Ich dachte, Sie wollten zu Johannes und dem Amtmann reiten?«

»Später«, antwortete der Mönch aufgeregt. »Kommen Sie mit! Sie müssen mir helfen!«

Als sie vor der verschlossenen Tür standen, blickt der Mönch Mathias ungeduldig an. »Wissen Sie, was sich dahinter befindet?«

Der Knecht zuckte die Schultern. »Das kann ich Ihnen nicht sagen. Fragen Sie Johannes! Er hütet diesen Raum wie seinen Augapfel. … aber warum wollen Sie das wissen?«

Philipus ging nicht auf die Frage ein. »Holen Sie bitte schnell Werkzeug und brechen Sie die Tür auf.«

Mathias schaute den Mönch konsterniert an. »Das darf ich nicht«, erwiderte er ängstlich, »dann bekomme ich Ärger mit Johannes.«

Der Dominikaner wusste, dass er keine Zeit für große Erklärungen hatte. »Bitte, bitte«, flehte er den Knecht an, »tun Sie, was ich Ihnen sage! Es geht um Leben und Tod! Ich erkläre es Ihnen später.« Als er sah, dass Mathias noch immer unschlüssig war, fügte er hinzu: »Ich stehe dafür gerade und verspreche Ihnen, dass ich den Vorfall mit Johannes regele.«

»Auf Ihre Verantwortung!«, sagte der alte Knecht brummig und verließ den Raum. Kurz darauf kam er mit einem Brecheisen zurück. Mit einem schnellen Ruck hatte er das Schloss aufgebrochen. Philipus riss die Tür auf und ging hinein. Als er sah, was sich im Innern befand, verharrte er zunächst wie vom Donner gerührt. Seine Ahnung hatte sich bestätigt.

Mathias war ihm gefolgt. Auch er blieb verblüfft stehen und sah sich um. »Was ist das?«, fragte er leise.

»Ein Laboratorium!«, antwortete der Pater und deutete auf die vielen Destilliergefäße und Glaskolben, die sich auf den Stellagen an der Wand befanden. »Johannes ist ein Alchimist!«

»Ein Alchimist?«

»Ja, Johannes experimentiert mit chemischen Stoffen und anderen Materialien. Man sagt, dass die Alchimisten versuchen, aus unedlen Metallen Gold zu gewinnen.«

Philipus ging weiter und begutachtete einen kleinen Brennofen. Dann untersuchte er einen Tisch, auf dem sich verschiedene Mörser und Stößel zum Zerreiben von Stoffen befanden. Auf einem Stapel Schriften ruhte ein Totenkopf. Die Kerze war heruntergebrannt, ein Weinglas umgefallen. Daneben lag ein weiteres Buch. Philipus betrachtete es ehrfürchtig. Es war die »Tabula Smaragdina«, die wichtigste Zusammenstellung der alchimistischen Geheimlehren. Der Mönch hatte davon gehört, dass sie eine schwer verständliche Sammlung von auslegungsbedürftigen Sätzen sei, in denen die gesamte Weltweisheit gesammelt war.

Plötzlich fuhr Philipus herum und schnupperte. Er ging zu dem Gestell, das hinter ihm stand. Kurz darauf hielt er ein Glasgefäß in der Hand, in der sich eine hellgelbe Flüssigkeit befand. Der Mönch öffnete den Verschluss und roch daran. Die Essenz war so stark, dass ihm der Atem wegblieb und die Augen zu tränen begannen. Er begann zu husten. Schnell verschloss er das Behältnis wieder. Aber er war sich jetzt sicher, dass mit dieser Flüssigkeit die Mordopfer in Verbindung gekommen waren. Er überlegte, warum er den Geruch nicht schon vor ein paar Tagen im Nebenraum wahrgenommen hatte. Es konnte nur daran liegen, dass erst vor kurzem mit dem Stoff gearbeitet worden sein musste und daher sein Duft noch nicht verflogen war. Das bedeutete aber auch, dass er sich jetzt beeilen musste. Jede Sekunde war kostbar.

Der Pater lief so ungestüm aus der Kammer, dass er Mathias Reimberg fast über den Haufen rannte. Draußen stand Heinrich und wartete. Dieses Mal versuchte Philipus, ohne seine Hilfe auf das Pferd zu kommen. Doch er hatte seine Kräfte überschätzt und hatte Mühe, sich in den Sattel zu ziehen. Heinrich eilte herbei und drückte ihn mit der Schulter hoch. Kurz darauf trabte der Mönch in Richtung Kottenforst. Die beiden Knechte sahen ihm verwundert, aber auch mit Sorge hinterher.

Appolonia blinzelte in die Sonne. Das grelle Licht bereitete ihren entzündeten Augen nach den Tagen der Finsternis im Turmverlies Schmerzen. Sie trug ein langes weißes Leinenhemd, und ihre Haare waren kurzgeschoren. Die Verletzungen der Folter hatten sie so geschwächt, dass Pfarrer Stotzheim sie stützen musste.

Der Platz vor der Burg glich einem Jahrmarkt. Viele Einwohner Rheinbachs, aber auch von anderswo, waren erschienen, um dem Spektakel beizuwohnen. Eine Reihe von Händlern hatte Verkaufsstände eröffnet. Spielmänner, Jongleure und andere Gaukler unterhielten die Menschenmenge. Engelbert Schnehagen hatte darauf gedrungen, dieses Treiben bei Hinrichtungen endlich abzuschaffen, war aber an dem Widerspruch seiner Ratsmitglieder gescheitert.

Als Appolonia und Stotzheim, eskortiert von den beiden Schergen des Hexenkommissars, mühevoll die Treppe hinunterstiegen, wurde die Volksmenge unruhig. Viele Zuschauer warfen Appolonia üble Schmähungen an den Kopf. Wegen ihrer Fußfesseln konnte sie nur kleine Schritte machen, so dass es eine Weile dauerte, bis die Verurteilte und der Pfarrer den Schinderkarren, der unterhalb der Burg wartete, erreichten.

Der Vicarius half Appolonia in das kleine Fuhrwerk, das von zwei Ochsen gezogen wurde. Der Pfarrer setzte sich mühsam auf den Boden des Gefährts. An seinen langsamen Bewegungen konnte man erkennen, dass er sich mit sehr viel Wein betäubt hatte.

Appolonia kniete sich in den Wagen und faltete die Hände. Der Vicarius band ihr einen Rosenkranz um die Finger. Dann begannen sie zu beten. Als der Zug sich in Bewegung setzte, wurde der Schinderkarren an beiden Seiten von den Schergen des Inquisitors begleitet. Bei früheren Hexenverbrennungen war es schon zu Tätlichkeiten aus den Reihen der Bevölkerung gegenüber den Verurteilten gekommen. Schnehagen wollte verhindern, dass so etwas noch einmal geschah.

Hinter dem Wagen schritt majestätisch und mit eiserner Miene der Hexenkommissar, gefolgt von den Bürgermeistern, Schöffen und Ratsmitgliedern der Stadt. Dann reihte sich die Volksmasse nach und nach in den Zug ein. Die Straßenränder waren bis zum Voigtstor von einer dicht gedrängten Menschenmenge gesäumt, aus deren Mitte allerlei Unrat auf Appolonia geworfen wurde. Zunächst versuchte Stotzheim, die Leute daran zu hindern. Als er die Sinnlosigkeit seiner Bemühungen einsah, postierte er sich so, dass er Appolonia mit seinem breiten Kreuz schützen konnte. Unter dem lauten Geläut der Glocken von St. Gregorius fuhr man dem Voigtstor entgegen.

Der Dominikanerpater versuchte, dem Gang des Pferdes mit seinen schmerzenden Knochen zu begegnen, so gut es ging. Als er daran dachte, dass man sich auf der Burg Sorgen machte, weil der Amtmann noch nicht zurückgekehrt war, fiel ihm ein, was ihm Martin Koch auf dem Sterbelager erzählt hatte: Amtmann Schall von Bell sollte die Fäden der Verschwörung von seiner Burg aus gezogen haben.

Ein weiterer Gedanke kam ihm jäh. Er schloss die Augen und zählte die Tage, die nach der Ermordung des Meckenheimer Schultheißen vergangen waren. Es waren sieben. In fiebriger Hast versuchte der Mönch, Aphrodite in den Galopp zu bringen. Aber ihm fehlte die Kraft dazu. Er hätte doch lieber die Kutsche nehmen sollen. Als er die Baumwipfel des nahen Waldes sah, ging es nur noch eine kleine Erhebung hinauf. Dahinter musste die Senke sein, in der Johannes die Beizjagd abhielt. Er hörte das angestrengte Schnauben des Pferdes beim Anstieg. Dann endlich stand er auf der Kuppe des Hügels.

Als er hinunterblickte, stockte ihm der Atem. Unten in der Mulde bot sich ihm ein bizarres Bild. Nur wenige Meter vom Waldrand entfernt lag der Amtmann bäuchlings auf dem Boden. Auf seinem reglosen Körper saßen die Raubvögel des Falkners und rissen mit ihren Schnäbeln Fleischstücke aus dem Leib des Wehrlosen. Nachlässig schlugen sie ab und zu mit ihren Schwingen.

Als er näher heranritt, versuchte Philipus, die Tiere mit einem lauten Schrei zu vertreiben. Aber erst als die Hufe der Stute den Körper des Amtmanns fast berührten, ließen die Greifvögel von ihrem Opfer ab und schwangen sich mit ausgreifenden Flügelschlägen in die Höhe.

Philipus sprang vom Pferd. Er sah sofort, dass Schall von Bell nicht mehr lebte. Die fürchterlichen Wunden und der Geruch des schwefelhaltigen Konzentrats, das die Leiche umgab, waren zu viel. Die Übelkeit kam so schnell, dass der Pater sich hinknien musste. Dann übergab er sich. Das Würgen strengte ihn so sehr an, dass er sich mit seinen Händen in das Gras der Wiese krallte.

»Mein Gott, Pater Philipus«, hörte er auf einmal eine laute Stimme vom Waldrand her. »Was machen Sie denn hier draußen? Ich denke, Sie sind krank und müssen das Bett hüten?«

Als sich Philipus umdrehte, sah er, dass Johannes auf ihn zukam. Auf seinem linken Arm trug er den Falken, den er von Kleve mitgebracht hatte. »Auch wenn Sie sich alles andere als wohlfühlen, hoffe ich, dass meine außergewöhnliche Dressur Sie beeindruckt hat«, lästerte er. »Kein Mensch hält für möglich, was mir gelungen ist: Greifvögel auf Menschen abzurichten. Friedrich II. von Hohenstaufen wäre stolz auf mich. Aber …, was mich brennend interessiert: Wie sind Sie doch noch auf meine Spur gekommen?«

»Es … war eine Eingebung«, rang der Mönch nach Luft, »ein Fingerzeig Gottes. Als ich heute Morgen sah, wie ein Habicht ein Kaninchen auf den Feldern vor Drees tötete, kam mir der Gedanke, wie die Morde verübt sein konnten. Dann hat mir Heinrich noch die Geschichte Ihrer wahren Herkunft erzählt.«

»Da habe ich den Tölpel wohl unterschätzt«, sagte der Falkner nachdenklich. »Ich habe nicht geglaubt, dass er mich nach so vielen Jahren wiedererkennen würde. Aber das ist jetzt nicht mehr wichtig. Mein Werk ist vollendet. Soeben habe ich den letzten Angehörigen dieser Höllenbrut ins Jenseits befördert.«

Philipus war noch so geschwächt, dass er auf den Knien blieb. Trotzdem drängte es ihn danach, die beiden letzten Mosaikstücke in den Mordfällen zusammenzusetzen. »Wie haben Sie von den Machenschaften der Gerichtsmitglieder von 1636 erfahren?«, fragte er keuchend.

»Ich habe ein Gespräch zwischen dem Amtmann und meinem Stiefvater belauscht, als dieser einmal zu Besuch auf der Burg weilte. Der volltrunkene Schall von Bell erzählte ihm prahlerisch, wie die Verschwörung damals ablief.«

»Und …«, mühsam kam der Pater wieder auf die Beine, »wie haben Sie es geschafft, dass die Opfer nicht den Gestank des Konzentrats an ihrer Kleidung bemerkten?«

»Dafür habe ich lange experimentieren müssen«, antwortete der Alchimist stolz. »Mir ist es schließlich gelungen, eine Mischung zu finden, deren Geruch erst Stunden später zur Entfaltung kommt. Als die Opfer es bemerkten, war es schon zu spät. Da kreisten meine Schätzchen schon über ihnen.«

Dann deutete der Falkner auf die Leiche.

»Bei Schall von Bell brauchte ich das nicht. Ich habe ihm hier an Ort und Stelle normales Schwefelwasser übergeschüttet. Er hatte keine Chance. Sekunden später stürzten sich die Raubvögel auf ihn.«

Philipus dachte an Appolonia. »Ich kann ja verstehen, dass Sie den Tod Ihrer Familie rächen und die Mitglieder des Hexengerichts für ihre Untaten büßen lassen wollten, aber … können Sie es mit ihrem Gewissen vereinbaren, eine Unschuldige in den Tod gehen zu lassen?«, fragte er angewidert.

»Ich musste den Verdacht auf jemand anderen lenken, damit ich meinen Plan ohne Störungen ausführen konnte. Als mein Vorhaben so gut wie vollendet war, wäre es mir auch lieber gewesen, Appolonias Flucht wäre erfolgreich gewesen. Aber es hat nicht sollen sein«, Johannes zuckte mitleidlos die Schultern. »So spielt das Schicksal eben. Manchmal ist es notwendig, dass zur Durchführung einer höheren Mission Unschuldige sterben müssen.«

»Höhere Mission?«, fragte Johannes außer sich vor Wut.

»Die Auslöschung dieser gottlosen Kreaturen war nur der Anfang«, erklärte Johannes mit Pathos in der Stimme. »Viele weitere Mordbuben, die das Volk in Dummheit und Armut halten und die Religion und ihre Macht dazu benutzen, es auszubeuten, werden folgen. Dann beginnt eine neue Ära: eine Zeit des Verstandes, der Vernunft und der Gerechtigkeit. Der große Staufer hatte schon diese Vision. Aber die Zeit war noch nicht reif dafür.« Sanft streichelte Johannes dem Falken über den Kopf. Dann sah er Philipus fordernd an. »Sie sind aus dem gleichen Holz geschnitzt wie ich, Pater Philipus. Machen Sie mit und helfen Sie mir, eine bessere und gerechtere Welt zu schaffen, so wie es unser Herrgott wollte, als er sich für uns am Kreuz geopfert hat.«

Philipus schüttelte den Kopf. »Ihr Weg ist der falsche, Johannes! Diesen hat Jesus Christus nicht gemeint. Ich bin überzeugt, dass die Zeit, von der Sie sprechen, einmal kommen wird. Aber sie mit Mordtaten und dem Tod Unschuldiger herbeizuzwingen, ist eine Todsünde. Zur Umkehr ist es noch nicht zu spät. Wenn Sie noch einen Funken Ehre und Anstand im Leib haben, dann reiten Sie jetzt mit mir zur Richtstätte nach Rheinbach und retten Appolonia! Denken Sie auch an ihre Kinder!«

Der Falkner überlegte kurz. Dann ging er einen Schritt auf den Dominikaner zu. Seine Miene wurde eiskalt. »Ich habe Sie geachtet und gemocht, aber wer nicht mit mir ist, ist gegen mich«, sagte er mit funkelnden Augen. »Ich kann nicht zulassen, dass Sie meinen Plan durchkreuzen! Dann wird mir nichts anderes übrigbleiben, als auch Sie zu töten, Bruder Philipus!«

Mit einer ruckartigen Bewegung seines linken Armes ließ er den Falken davonfliegen. Jetzt hatte er beide Hände frei. Er griff in die Seitentasche seines Lederwamses und holte ein kleines Glasgefäß heraus. Als er sich am Verschluss zu schaffen machte, wusste Philipus, was er vorhatte.

Der Mönch machte kehrt um und suchte nach Aphrodite. Mit Schrecken sah er, dass sich die Stute von ihnen entfernt hatte. Wahrscheinlich hatte ihr feiner Geruchssinn den Gestank des Schwefels nicht ertragen können. Die Stute stand ungefähr fünfzig Schritte von ihm entfernt und graste auf der Wiese. Dem Mönch wurde klar, dass er nur dann eine Chance hatte, wenn er das Pferd erreichte. In panischer Angst begann er zu laufen. Er wusste, dass er nicht nur um sein Leben lief, sondern auch um das von Appolonia.

Seine angegriffene Gesundheit und die lange Soutane hinderten ihn an einer schnellen Flucht. Schon nach wenigen Schritten hörte er den keuchenden Atem von Johannes hinter sich.

Da vernahm Philipus plötzlich ein ratterndes Geräusch zu seiner Rechten. Aus dem Augenwinkel sah er, dass sich ein Fuhrwerk in hoher Geschwindigkeit den Hügel hinunter auf sie zubewegte. Auf dem Kutschbock konnte er Heinrich und Mathias erkennen. Philipus schlug einen Haken und änderte seine Laufrichtung, was ihm wieder einen kleinen Vorsprung vor seinem Verfolger einbrachte. Dann hastete er, so schnell es ging, dem Fuhrwerk entgegen. Aber er musste bergan laufen. Schon nach wenigen Metern versagten ihm die Beine, und er fiel kraftlos zu Boden.

Johannes hatte ihn schnell eingeholt. Als der Verfolger über ihm war, musste Philipus ohnmächtig ansehen, wie der Falkner den Verschluss des Glasgefäßes aufschraubte. Philipus schloss die Augen. Er wusste, dass er verloren war. Ein dumpfes Krachen riss ihn aus seiner Agonie. Als er die Augen wieder öffnete, sah er, dass die Zugpferde Johannes erfasst und zur Seite geschleudert hatten.

Regungslos lag der Falkner nur wenige Schritte von ihm entfernt auf dem Boden. Mühsam bewegte er nach kurzer Zeit wieder Arme und Beine. Dann hob er benommen den Kopf. Während er aufzustehen versuchte, blickte er plötzlich auf seine rechte Hand. Sie blutete, und er bemerkte, dass er nur noch Scherben des Glasbehälters in den Händen hielt. Mit vor Entsetzen geweiteten Augen sah er an sich hinunter und stellte fest, dass sich die Essenz auf seine Kleidung verteilt hatte. Panisch flog sein Blick in Richtung der kreisenden Vögel.

Johannes hob noch die Arme schützend über seinen Kopf und versuchte zu schreien. Da rissen ihn schon die Fänge des Steinadlers zu Boden. Auch der Gerfalke und der Habicht fielen kurz darauf wie Steine aus der Höhe und stießen ihre Krallen in seinen Körper. Johannes brüllte vor Schmerzen auf. Jetzt ließ der Adler seinen spitzen Schnabel mit einem krachenden Geräusch in seine Schädeldecke fahren.

Philipus sah, dass die Beine des Falkners noch einmal zitterten. Dann regte er sich nicht mehr. Obwohl der Mönch wusste, dass es zwecklos war, wollte er aufstehen, um dem Opfer beizustehen. Doch die Beine versagten ihm wieder. Er knickte ein und verlor das Bewusstsein.

Philipus wusste nicht, wie lange seine Ohnmacht gedauert hatte. Als er die Augen wieder aufschlug, sah er Heinrich neben sich sitzen. Der Knecht stieß einen Freudenschrei aus, als er merkte, dass der Pater wieder zur Besinnung gekommen war.

Benebelt hob Philipus den Kopf und sah sich um. Allmählich kehrte die Erinnerung zurück. Wenige Schritte neben ihm lag Johannes' Leiche. Mathias Reimberg bückte sich und trug sie zum Fuhrwerk. Dabei hatte er sich ein Taschentuch über Mund und Nase gebunden, um den Gestank der Flüssigkeit ertragen zu können. Über ihnen zogen noch immer die Greifvögel ihre Bahn und ließen ihre pfeifenden Laute vernehmen.

»Schnell, hilf mir auf!«, sagte der Mönch.

»Pater Philipus noch zu schwach!«, erwiderte Heinrich besorgt, »... müssen dringend ausruhen!«

Der Dominikaner schüttelte den Kopf. »Nein, nein, Heinrich«, keuchte er, »ich darf nicht rasten. Ich muss sofort nach Rheinbach. Vielleicht ist es noch nicht zu spät.«

Mithilfe des Knechts rappelte er sich hoch. Er blieb einige Sekunden mit geschlossenen Augen stehen und wartete, bis das dumpfe Gefühl aus seinem Kopf verschwand. Als er einige Male kräftig durchatmete, spürte er, wie allmählich die Kraft wieder in seinen Körper zurückkehrte. Erleichtert stellte er fest, dass Heinrich und Mathias die Schimmelstute inzwischen eingefangen hatten. Sie stand angebunden am Fuhrwerk.

»Hol mir schnell das Pferd«, bat Philipus eilig. Er wollte nicht mehr zum Wagen gehen und sich dem Geruch des Teufels aussetzen.

Kurze Zeit später hatte er aufgesessen und gab Heinrich und Mathias die Anweisung, auch noch die Leiche des Amtmanns auf den Karren zu laden. Dann sollten sie ihm so schnell wie möglich zur Richtstätte nach Rheinbach folgen.

Als Heinrich bemerkte, wie schwer es dem Mönch fiel, das Pferd anzutreiben, gab er Aphrodite einen kräftigen Klaps auf das Hinterteil. Mit einem munteren Wiehern schoss die Schimmelstute nach vorne und trabte hügelaufwärts.

Das Gekreische der Weiber ging durch Mark und Bein. Mit geschwärztem Gesicht und langen Gewändern tanzten sie gespenstisch und wie von Sinnen dem Todeszug voran. Dabei wurden sie von Männern in langen schwarzen Kapuzenmänteln begleitet, die große Gefäße mit Weihrauch schwenkten. Dieses schaurige Ritual war bei Hexenverbrennungen seit langem Brauch. Mit ihm wollten die Tänzerinnen den Teufel und seine Hexenkumpanei abschrecken und davon abhalten, den Verurteilten kurz vor ihrer Hinrichtung zu Hilfe zu eilen.

Appolonia stand jetzt aufrecht im Wagen. Sie wollte dem johlenden Gesindel nicht den Gefallen tun, als jammerndes Bündel in den Tod zu gehen.

Man hatte das Voigtstor passiert, und der Pfarrer saß noch immer im hinteren Teil des Karrens. Mit düsterem Blick bewunderte er den Stolz und die Haltung dieser außergewöhnlichen Frau. Wie durch Nebel verfolgte er den nur langsam vorankommenden Zug. Er hätte viel dafür geben, wenn dieses unwürdige Schauspiel endlich zu Ende wäre. Als der Fahrer des Schinderkarrens das Ochsengespann mit seiner Peitsche antrieb, hob der Vicarius den Kopf und konnte die Richtstätte in einiger Entfernung sehen. Aber es würde noch eine gute Viertelstunde dauern, bis man sie erreicht hatte. Mit der rechten Hand wehrte er einen verfaulten Salat ab, mit dem Appolonia beworfen wurde. Empört drehte er sich um und beobachtete mit Abscheu, wie die Meute den letzten Gang der Wirtswitwe grölend und feixend zu einem Volksfest machte. Die Menschenschlange war so lang, dass erst jetzt das Ende des Zuges durch das Voigtstor schritt. Stotzheim entschloss sich, nun auch aufzustehen. Er wollte aller Welt zeigen, dass er mit dieser Frau fühlte und litt. Sanft nahm er ihre zitternden Hände. Dann begann er wieder zu beten.

Philipus sah von weitem die Umrisse Rheinbachs, als er den langen Abhang hinunterritt. Er versuchte auszumachen, ob er das Geschehen vor den Toren Rheinbachs erkennen konnte. Aber er war noch zu weit entfernt. Er krallte sich in Aphrodites Mähne und neigte den Kopf nach vorne. »Komm, hilf mir, mein Mädchen!«, flüsterte er der Stute ins Ohr. »Sonst ist Appolonia verloren!« Aphrodite hob ihren Kopf, als hätte sie die Worte ihres Reiters verstanden. Nur eine kleine Reithilfe des Paters genügte dieses Mal, und Aphrodite ging in den Galopp. Sie flog davon wie der Wind.

Philipus' schwacher Körper wurde so durchgeschüttelt, dass er vor Schmerzen stöhnte. Aber er wusste, dass er diese Prozedur ertragen musste, wenn er noch rechtzeitig in Rheinbach ankommen wollte. Im vollen Galopp legte er sich einen Schlachtplan zurecht. Er wusste, dass Appolonia noch lange nicht vor dem Feuertod gerettet war, wenn er vor die Meute trat und die Wahrheit über die Morde vorbrachte. Wenn er keine eindeutigen Beweise hatte, würde der Inquisitor alles Erdenkliche versuchen, um ihn als Lügner und Kumpan der Hexe zu verleumden. Als er endlich den langen Zug in der Ferne erkennen konnte, kam ihm der rettende Einfall. Er würde den Aberglauben und die Leichtgläubigkeit des Volkes dieses Mal für seine Zwecke benutzen.

Pfarrer Stotzheim blickte mit Schaudern auf die Rheinbacher Gerichtsstätte, die sich auf einer gemähten Wiese nahe der Abzweigung des Wormersdorfer Weges von der Straße nach Meckenheim befand. Um einen Baumstamm herum hatte man über Manneshöhe hinaus eine Art runder Hütte aus Strohbündeln und Reisig errichtet. An der Vorderseite war ein Eingang freigelassen, durch den die Verurteilte die Richtstätte betreten musste.

Als der Vicarius in die Augen von Appolonia sah, bemerkte er, dass sie völlig abwesend war. Es kam ihm vor, als wäre sie schon in eine andere Welt eingetreten. Er nahm an, dass sie sich zu ihrem Schutz in einen Dämmerzustand begeben hatte, um die schrecklichen letzten Augenblicke ihres Lebens nicht bewusst zu erleben.

Der Ochsenkarren hielt so ruckartig an, dass der Pfarrer die Verurteilte festhalten musste, damit sie nicht vom Wagen stürzte. Der Henker kam hinzu und half ihr beim Absteigen. Als er ihre durch die Folter verrenkten Arme grob anfasste, zuckte sie einen Moment schmerzhaft zusammen. Dann ließ sie sich widerstandslos zum Scheiterhaufen führen.

Pfarrer Stotzheim holte ein großes Holzkreuz hervor und hielt es laut betend in die Höhe. Er folgte Appolonia und dem Scharfrichter in das Innere der Hütte. Während die junge Frau mit Stricken an einem Baumstamm festgebunden wurde, betete Stotzheim mit ihr die letzte der Fürbitten. Dann verband der Henker

Appolonia die Augen und verließ die Strohhütte. Der Pfarrer blieb noch einen Moment bei der Todgeweihten. Zitternd streichelte er ihr noch einmal über die Stirn. »Leben Sie wohl, Appolonia!«, sagte er mit brüchiger Stimme. »Wir sehen uns in einer besseren Welt wieder!«

Als er hörte, dass Appolonia leise zu weinen begann, brach es ihm das Herz. Noch einmal blickte der Vicarius auf die Verurteilte, dann stürzte er nach draußen.

Vor der Richtstätte blieb er stehen und nahm vor der heranziehenden Menschenmenge einen tiefen Schluck Wein aus einem Gefäß, das er unter seinem Talar versteckt hatte. Mit ausgestreckter Hand hob er dann das Holzkreuz in die Höhe und wartete, bis der lange Zug an der Richtstätte zum Stillstand gekommmen war. Der Pfarrer nahm allen Mut zusammen und ging leicht schwankend auf die dichtgedrängten Reihen zu.

»Bei dem Namen des einzigen und gerechten Gottes sage ich euch, dass wir einen großen Frevel begehen, wenn wir diese gute und fromme Frau verbrennen«, verkündete er mit lauter Stimme. »Ich kenne sie seit vielen Jahren und bin ihr geistlicher Hirte gewesen. Ich habe sie auf das Sterben im Verlies vorbereitet und bin in ihrer letzten Stunde ihr Beichtvater gewesen. Auf meine Frage hat sie bei dem Tode und Blute unseres Erlösers Jesu Christi und bei der Auferstehung der Toten zum jüngsten Gericht geschworen, keine Hexe zu sein und die ihr vorgeworfenen Mordtaten nicht begangen zu haben. Ich glaube ganz gewiß, dass Appolonia Simons im Angesicht des Todes nicht lügen würde.«

Dann wandte er sich mit hochrotem Kopf und mit wütenden Blicken dem Inquisitor und den Schöffen zu.

»Dir, dem falschen Zauberrichter Doktor Liblar, und deinen gottlosen Ja-Schöffen weissage ich, dass ihr dereinst Rechenschaft über eure grausamen Taten vor dem Thron unseres Herrn ablegen müsst. Dann werdet ihr eure gerechte Strafe erhalten!«

Noch einmal blickte er voller Zorn die Angehörigen des Hexengerichts an. Mit langsamen Schritten verließ der Vicarius die

Richtstätte. Die Menge wurde unruhig. Als sie eine Gasse bildete, damit der Pfarrer hindurchgehen konnte, wurde er mit bösen, aber auch ängstlichen Blicken empfangen.

»Bleib stehen! Du armseliges, versoffenes Pfäfflein«, hörte man plötzlich die polternde Stimme des Hexenkommissars über den Richtplatz schallen. »Du hast als Pfarrer die Pflicht, dem Brennen bis zum Schluss beizuwohnen!«

Als Stotzheim nicht stehenblieb, keifte der Hexencommissarius weiter: »Wie kommst du dazu, solche dreisten Reden gegen einen kurfürstlichen Richter und seine Schöffen zu schwingen? Seht nur, welche böse Macht diese Hexe hat, dass sie sogar einen Mann Gottes zu ihrem Komplizen machen kann!«

Dann ging sein Blick zu seinen Leibgardisten.

»Ergreift diesen Zauberer! Er wird der nächste sein, der vor dem Hexentribunal erscheinen muss. Dann wird er uns schon sagen, wie das Teufelsweib es zuwege gebracht hat, mit einem Gottesmann eine Buhlschaft einzugehen.«

Die beiden Schergen liefen dem Vicarius hinterher und packten ihn an den Armen. Widerstandslos ließ sich Stotzheim festnehmen. Die Soldaten führten ihn zum Schinderkarren und fesselten ihn dort an eines der Räder. Einige Zuschauer murrten.

Der Inquisitor spürte, dass er mit der Festnahme des Rheinbacher Pfarrers vielleicht ein wenig zu weit gegangen war. Noch kein Hexenkommissar hatte es bisher gewagt, einen Priester der Zauberei anzuklagen. Darum beeilte er sich, die Hinrichtung voranzutreiben. »Wohlan, Henker!« rief er laut. »Beginne mit dem Brennen, damit dieses widerwärtige Geschöpf endlich von der Erde getilgt ist!«

Der Scharfrichter verschloss den Eingang der Hütte mit hohen Strohbündeln und griff zur Fackel.

Doch wie aus dem Nichts hörte man plötzlich die donnernden Hufe eines herangaloppierenden Pferdes. Ein Reiter tauchte hinter der Strohhütte auf und preschte in die Mitte des Richtplatzes. Die ersten Reihen der dichtgedrängten Volksmenge wichen ängstlich zurück. Der Schimmel drehte einen Kreis und wieherte laut auf. Dann trabte der Reiter auf den Inquisitor zu und ließ das Pferd steigen. Einige hysterische Schreie begleiteten den theatralischen Auftritt des Paters.

»Ein Zeichen, ein Zeichen«, rief Pater Philipus in die Volksmenge und reckte den rechten Arm nach oben. Dabei ließ er Aphrodite weiterhin tänzeln. »Der heilige Michael hat mir ein Zeichen gegeben.«

Langsam wurde der Volkshaufen ruhiger. Philipus wartete, bis Stille eingetreten war. Dann stellte er sich in die Steigbügel. »Heute Morgen vor Drees riss auf einmal der Himmel auf. Im strahlenden Glanz sah ich den Heiligen, wie er einen Habicht auf dem Arm trug. Er ließ ihn im Sturzflug auf die Erde fahren und ein Kaninchen schlagen. Da wurde mir klar, was das zu bedeuten hatte. Ich erhielt eine Eingebung, wer die Mordtaten begangen hatte.«

Der Hexenkommissar war von Philipus' Erscheinen so überrascht worden, dass er ihm zunächst nicht ins Wort gefallen war. Jetzt hatte er seine Sprachlosigkeit überwunden. »Komm herab von deinem Gaul, du falscher Mönch!«, schrie er Philipus an. »Welche Hirngespinste erzählst du hier dem Volk? Schergen, ergreift ihn und stellt ihn gleich neben seine Hexenbuhle in die Strohhütte!«

»Dieses Sakrileg sollten wir nicht zulassen«, ertönte plötzlich eine schneidende Stimme über den Platz. Dann trat Engelbert Schnehagen vor und ging in die Mitte des Platzes. Er stellte sich schützend vor Pferd und Reiter und zog seinen Säbel.

Die beiden Gardisten, die schon auf dem Weg zu Philipus waren, wichen zurück.

»Wenn der heilige Michael einem Mann Gottes ein Zeichen sendet, dann haben wir die von Gott auferlegte Pflicht, ihm bis zum Ende zuzuhören.«

Der Inquisitor wollte protestieren, aber als er das zustimmende Gemurmel der dichtgedrängten Menge vernahm, schwieg er.

Philipus warf Schnehagen einen dankbaren Blick zu. »Der Schuldige ist Johannes von Wartenberg, der Burgverwalter und

Falkner des Amtmanns«, fuhr er mit klarer Stimme fort und ritt auf die Menschenmenge zu. Er spürte, dass sein Auftritt die letzte Kraft aus seinem schwachen Körper herausholte. Ein erstauntes Raunen ging durch die Menge.

»Viele von euch alten Rheinbachern kennen ihn vielleicht noch unter seinem richtigen Namen, Johannes Henckels«, erklärte Philipus. »Vor vielen Jahren brachte der alte Pfarrer Hartmann den aufgeweckten Jungen zum Amtmann, weil die Henckels große Not litten. Schall von Bell gab ihn an seinen Freund weiter, den Propst des Bonner Cassiusstiftes, Hofrat Wilhelm von Wartenberg. Dieser nahm ihn an Sohnesstatt an. Bei einem Gespräch zwischen dem Amtmann und dem Propst, seinem Ziehvater, das Johannes belauschte, erfuhr er von den widerwärtigen Machenschaften des Hexenkommissars Möden und seiner Gerichtshelfer, denen auch seine Eltern und seine Schwester zum Opfer gefallen waren. Daraufhin beschloss er, ihren grausamen Tod zu rächen und die noch lebenden Mitglieder des Hexengerichts und die alte Cath zu töten, weil sie damals die späteren Opfer benannt hatte.«

Die Unruhe in der Volksmenge wurde so laut, dass Bürgermeister Schnehagen wieder eingriff. »Seid ruhig und lasst den Pater zu Ende reden!«, schrie er aus Leibeskräften.

Der Dominikaner wartete, bis der Respekt vor dem Rheinbacher Bürgermeister die Menge wieder beruhigt hatte. »Zum Töten bediente Johannes Henckels sich seiner Raubvögel«, fuhr er fort.

Die Zuhörer fingen an zu tuscheln.

»Wie soll er das denn angestellt haben?«, rief ihm der Inquisitor spöttisch zu. Einige der Umstehenden lachten.

»Johannes war nicht nur ein vorzüglicher Vogeldresseur, sondern auch ein Alchimist. Er entwickelte eine nach Schwefel riechende Essenz, die er auf die Kleidung seiner Opfer verteilte. Er brachte seine Greifvögel dazu, dass der Geruch dieser Flüssigkeit ihren Jagdtrieb erweckte und sie die Opfer töteten.«

»Ha, ha, ha!« Mit einem höhnischen Lachen versuchte Doktor Liblar die Ausführungen des Paters ins Lächerliche zu ziehen. »So ein schönes Ammenmärchen hat wohl noch niemand vernommen! Sie glauben doch nicht wirklich, dass Ihnen hier jemand diesen Unfug abnimmt? Kommen Sie endlich runter von Ihrem ...« Die Worte des Kommissars wurden jäh abgeschnitten.

Dieses Mal war es das laute Rumpeln eines Pferdefuhrwerkes, das das Geschehen unterbrach. Als die Zuschauer sich umdrehten, sahen sie, dass Heinrich und Mathias in voller Fahrt auf sie zuhielten. Kreischend stob die Volksmenge auseinander, so dass das Pferdegespann vor die Richtstätte fahren konnte.

»Was ist denn jetzt schon wieder los?«, brüllte der Inquisitor und gab seiner Leibwache einen Wink. Aber der drohende Blick und der blanke Säbel des Bürgermeisters hielten sie davon ab, in das Geschehen einzugreifen.

»Hier kommt der Beweis für meine Ausführungen«, rief Philipus laut und ritt auf das Fuhrwerk zu. »Schaut her! Hier auf der Ladefläche liegen die Leichen von Amtmann Schall von Bell und Johannes!«

Das Volk strömte zusammen und drängte sich um den Wagen. Ein kollektiver Aufschrei erfolgte, als man die verstümmelten Leichen der beiden Männer auf dem Wagen liegen sah. Der Geruch der Essenz war noch immer so stark, dass einige Neugierige angewidert zurückwichen.

»Johannes ermordete heute sein letztes Opfer. Es war der Amtmann, der ebenfalls an der Verschwörung von 1636 beteiligt war. Als ich Johannes mit seinen Raubvögeln auf frischer Tat ertappte, wollte er auch mich umbringen. Dabei kam er selber mit der Essenz in Berührung und wurde von seinen eigenen Tieren getötet.«

Die Unruhe in der Menge weitete sich zu einem regelrechten Tumult aus. Darüber legte sich wieder die bissige Stimme des Hexencommissarius. »Ihre Erzählungen werden ja immer absurder! Wie lange noch wollen wir uns noch solche Phantastereien anhören?« Der Inquisitor sprang auf die Deichsel des Fuhrwerks. »Bringt dieses Hexengezücht endlich zum Schweigen!«

Drohend drängten sich einige aus der Menge, die sich um das Spektakel einer Hinrichtung gebracht sahen, nach vorne. Doch zwei weitere bewaffnete Rheinbacher Ratsmitglieder gesellten sich zu Bürgermeister Schnehagen und hielten die Meute in Schach.

Jetzt spielte Philipus seinen letzten Trumpf aus. »Ihr alle kennt Mathias Reimberg!«, verkündete er und deutete auf den alten Knecht, der auf dem Kutschbock saß. »Er arbeitete schon lange für den Amtmann auf der Burg Lüftelberg. Ihr wisst, dass er seit vielen Jahren ein rechtschaffener und gottesfürchtiger Mann ist. Er hat alles, was ich euch berichtet habe, miterlebt und kann meine Worte bezeugen.«

Der alte Knecht erhob sich bedächtig und zeigte sich der Menge. Als er seinen Hut abnahm und drei Finger seiner Schwurhand nach oben streckte, trat plötzlich eine gespenstische Ruhe ein.

»Ich schwöre bei Gott und allen Heiligen«, rief Mathias für jedermann vernehmlich, »dass alles, was euch der Pater berichtet hat, der Wahrheit entspricht.«

Wieder ging ein lautes Raunen durch die Zuhörer.

Der Hexenkommissar unternahm einen letzten Versuch. »Es wird Zeit, dass wir diesem unwürdigen Schauspiel ein Ende bereiten«, schrie er mit sich überschlagender Stimme. »Merkt ihr Dummköpfe denn nicht, dass die Hexe ihre hinterhältige Brut herbeigerufen hat, um ihren Kopf im letzten Moment aus der Schlinge zu ziehen?« Mit hochrotem Kopf drehte sich der Kommissar zur Richtstätte. »Henker!«, kreischte er. »Ich befehle dir als Bevollmächtigter des kurfürstlichen Hofgerichts: Walte endlich deines Amtes und zünde den Scheiterhaufen an!«

Der Scharfrichter schaute unschlüssig. Dann machte er einen Schritt auf die Hütte zu. Als er jedoch die drohende Miene des Bürgermeisters sah, ließ er die brennende Fackel fallen und lief davon.

»Das ist eine Rebellion gegen Ihre kurfürstlichen Gnaden«, brüllte der Inquisitor wie von Sinnen und sprang vom Wagen.

»Gardisten eilt herbei!« Er ruderte verzweifelt mit den Armen. Als er sah, dass seine Leibwache untätig blieb, wusste er, dass das Spiel verloren war. Mit hasserfüllten Augen blieb er einen Moment unsicher stehen. Dann rannte er mit schnellen Schritten auf die brennende Fackel zu. Flink hob er sie auf und hielt ihre Flamme an das trockene Stroh der Hütte. In Windeseile stieg eine hohe Flamme an der Wand der Hütte empor.

Ein Entsetzensschrei fuhr durch die Menge. Bürgermeister Schnehagen und seine Gehilfen eilten herbei. In diesem Moment fegte eine Windböe über das Feld und gab dem Brand zusätzliche Nahrung, so dass die Männer vor der lodernden Feuerwand zurückweichen mussten.

Da preschte Philipus heran und sprang von der Stute. Er entriss Schnehagen den Säbel und lief auf den brennenden Scheiterhaufen zu. Mit einem tiefen Atemzug füllte er noch einmal seine Lungen. Dann riss er die brennenden Strohbündel, die den Eingang versperrten, mit blanken Händen zur Seite und eilte in die Hütte. Diese war schon so von Rauch gefüllt, dass er nichts erkennen konnte. Philipus hörte die gefesselte Appolonia husten. Als er in ihre Richtung stürzte, lösten sich bereits die ersten Reisighölzer vom Dach und fielen auf ihn herunter. Der glühende Funkenregen versengte seine Haare und brannte sich in seine Haut ein.

Schließlich berührte er Appolonias Körper. Er ging in die Hocke, weil er bemerkte, dass der Rauch den Boden der Hütte noch nicht erreicht hatte. Er riss die tränenden Augen auf und konnte einen Moment die Fesseln erkennen. Diese Zeit genügte ihm, die Stricke mit der scharfen Klinge des Säbels zu durchschneiden.

Appolonia fiel vornüber, aber Philipus bekam sie zu packen. Die Luft ging ihm aus, und er glaubte, dass seine Lungen bersteten. Mit letzter Kraft nahm er die röchelnde Frau auf die Arme und hetzte der Öffnung der Hütte zu, die hoch in Flammen stand. Philipus nahm allen Mut zusammen und sprang mit einem weiten Satz durch die Feuerwand.

Als der Pater vor der Hütte landete, stolperte er und fiel vornüber. Mit voller Wucht stürzte er auf Appolonias Körper, die vor Schmerzen aufschrie. Seine Atemwege waren so gereizt, dass er zunächst einige Zeit würgend auf dem Boden lag. Dann bemerkte er, dass jemand die brennenden Scheite von seiner Soutane entfernte und die kokelnden Flammen auf seiner Kleidung ausschlug. Als er aufschaute, sah er, dass es Heinrich war, der ihn voller Sorge anschaute. Das brennende Gefühl in der Lunge ließ allmählich nach.

Appolonias Leib wand sich immer wieder in Hustenanfällen unter dem seinem. Aber er wusste, dass sie überleben würde. Sanft streichelte er über ihr kurzgeschorenes Haar und beruhigte sie. »Alles ist gut, alles ist gut«, flüsterte er ihr ins Ohr. »Gott hat uns erhört. Wir haben es überstanden.«

Dann spürte er, wie Appolonia seine Hand suchte und sie drückte. Sie war zu schwach, um irgendetwas zu sagen. Fest schmiegten sie ihre Körper aneinander.

Plötzlich vernahm Philipus tumultartige Schreie. Er hob seinen Kopf und sah, dass die Volksmenge sich drohend auf den Hexenkommissar zubewegte. Dieser wich mit vor Todesangst geweiteten Augen zurück und schrie die Angreifer zornig an. Dann fielen sie über den Inquisitor her. Philipus sah noch, wie Schnehagen und seine Ratsmitglieder versuchten, die rasende Menge aufzuhalten, aber vergebens.

Der Mönch schloss ermattet die Augen. Er spürte, dass Appolonias Herz wieder ruhiger schlug, und hörte ihre weichen Atemzüge in seinem Ohr. Ein jubelnder Aufschrei sagte ihm, dass der Volkszorn sein Werk vollbracht hatte. Dann übermannte ihn die Erschöpfung.

Epilog

Köln, Dominikanerkloster Heilig Kreuz
17. November, Anno Domini 1654

Pater Atanasius war so in Eile, dass er die Treppe zum Refektorium hinunterstolperte. Dabei hatte er beinahe am Fuße der Treppe einen Mitbruder umgestoßen, der im Begriff war, das Frühstück aufzutragen. Er errötete vor Scham, als er bemerkte, dass er seine Mitbrüder in ihrer Andacht gestört hatte. Einige von ihnen warfen sich einen vielsagenden Blick zu. Selbst der Vorleser hatte die Rezitation der Verse aus dem Buch der Könige, mit der er das Mönchskollegium während des Frühstücks unterhielt, unterbrochen.

Atanasius war im Kloster dafür bekannt, dass er zu fast allen Zusammenkünften zu spät erschien. Er hatte diese kleine Charakterschwäche bis in sein hohes Alter nicht ablegen können. Hektisch raffte er die Rockschöße seines Habits zusammen und hastete zu seinem Platz. Erst jetzt traute er sich, zu Prior Hubertus hinüberzuschauen, der etwas erhöht am hinteren Ende des Speisesaals saß. Auch dieser hatte seine Verspätung bemerkt. Vorwurfsvoll blickte der Prior Atanasius an und schüttelte den Kopf. Der alte Mönch zuckte entschuldigend mit den Schultern und versuchte, mit einem gespielten Lächeln die unangenehme Situation zu überspielen. Dann griff er in den Brotkorb, der in der Mitte des Tisches stand. Als er den Mitbruder zu seiner Rechten bat, ihm die Butter herüberzureichen, fiel sein Blick auf das gegenüberliegende Ende der Tafel.

Der Platz, auf dem Bruder Philipus gewöhnlich saß, war leer geblieben. Erst jetzt erinnerte er sich wieder an die Vorkommnisse der vergangenen Nacht.

Atanasius klopfte gegen die Zellentür und wartete. Die Abwesenheit von Pater Philipus hatte ihm während des gesamten Frühstücks keine Ruhe gelassen. Er musste unbedingt erfahren, was mit seinem Mitbruder geschehen war. Nachdem er geholfen hatte, das Geschirr abzutragen, machte er sich sofort auf den Weg zu seiner Klause.

Er klopfte ein weiteres Mal. Als sich auch jetzt nichts in der Klosterzelle rührte, wollte er eintreten. Aber die Tür war verschlossen. Ein ungewöhnlicher Vorgang, denn die Zellentüren des Dominikanerkollegiums blieben in der Regel tagsüber geöffnet. Einen Moment verweilte Pater Atanasius vor der Tür und überlegte. Dann entschloss er sich, Prior Hubertus aufzusuchen. Diese Entscheidung fiel ihm nicht leicht, musste er doch damit rechnen, dass dieser ihn wegen seiner wiederholten Verspätung zur Rede stellen würde. Aber seine Neugier und die Sorge um Philipus waren größer als die Furcht vor dem zu erwartenden Tadel.

»Na, Bruder Atanasius! Wollen Sie sich wegen Ihres Missgeschicks beim heutigen Frühstück entschuldigen?«

Als der alte Pater sah, dass Prior Hubertus diese Worte mit einem Lächeln auf den Lippen aussprach, war er beruhigt, denn es bedeutete, dass dieser ihm schon verziehen hatte. Der Prior war dafür bekannt, dass er insbesondere Fehltritte der älteren Mitbrüder mit großer Nachsicht behandelte.

»Ja, ja … auch das!«, erwiderte Atanasius halbherzig. »Aber ehrlich gesagt … eigentlich bin ich gekommen, um zu erfahren, warum Bruder Philipus heute Morgen nicht zum Frühstück erschienen ist.«

Erstaunt zog Hubertus von Nideke die Augenbrauen hoch. »Das ist ja sehr mitfühlend von Ihnen, dass Sie sich Sorgen um Ihre Mitbrüder machen. Gibt es bezüglich Pater Philipus' einen besonderen Grund?«

Ein eigenartiges Gefühl überfiel plötzlich den alten Pater. Eine innere Stimme riet ihm davon ab, dem Klostervorsteher zu erzählen, was sich in der letzten Nacht in Philipus' Zelle abgespielt hatte. »Bruder Philipus wollte heute Morgen mit mir zu St. Ursula gehen, um dort die Goldene Kammer zu besichtigen, in denen sich neuerdings die Reliquien der heiligen Jungfrauen befinden«, log er. »Außerdem habe ich lange mit ihm in der Bibliothek zusammengearbeitet. In dieser Zeit ist er mir irgendwie ans Herz gewachsen. Dann macht man sich doch Sorgen.«

Der Prior nickte bedächtig. »Unser Mitbruder wäre heute Morgen mit dem Vorlesen an der Reihe gewesen. Als er nicht erschien, ließ ich nach ihm schauen. Einige Zeit später kam Bruder Rufus zu mir und berichtete, dass es Philipus nicht gut gehe. Vorsichtshalber hätte er ihn in der Krankenstation aufgenommen. Ich werde nachher einmal nach ihm schauen.«

Pater Atanasius bedankte sich für die Auskunft. Dann machte er sich auf den Weg in die Krankenstation. Er wollte Pater Philipus unbedingt sprechen, bevor der Prior ihn aufsuchte.

Nachdenklich blickte ihm Prior Hubertus hinterher. Er hatte das Gefühl, dass ihm der alte Mönch nicht die ganze Wahrheit gesagt hatte. Auch ihm war aufgefallen, dass mit Bruder Philipus irgendetwas nicht in Ordnung war, seit dieser aus Rheinbach zurückgekehrt war.

Bevor Atanasius den Krankensaal betreten konnte, musste er einen kleinen holzgetäfelten Flur durchqueren, an dessen Seite sich ein Behandlungszimmer befand. Als der alte Mönch durch die geöffnete Tür sah, dass sich der Hospitalvorsteher darin befand, entschied er sich, ihm zuerst einen Besuch abzustatten.

Pater Rufus war gerade damit beschäftigt, aus verschiedenen Tinkturen ein Medikament herzustellen. Trotz seiner jungen Jahre hatte er sich wegen seiner überragenden Kenntnisse der Medizin einen guten Ruf als Heiler erworben. Viele wohlhabende Kölner schickten nach ihm, wenn sie krank waren, und vertrauten ihm mehr als einem der vielen Doktoren in Köln.

»Der Herr sei mit dir, Bruder Rufus!«, sprach Atanasius den Mönch unvermittelt an. »Wie geht es Pater Philipus?«

Der junge Dominikaner unterbrach seine Tätigkeit und drehte

sich um. Auch seiner Miene war zu entnehmen, dass er überrascht war, dass sich der alte Mönch nach Philipus erkundigte. »Den Umständen entsprechend gut«, antworte er. Er musterte Atanasius eingehend. Er schien zu ahnen, dass der alte Mönch über die Selbstkasteiung ihres Mitbruders im Bilde war. »Seit wann wissen Sie es?«, fragte er ohne Umschweife.

»Seit der letzten Nacht«, entgegnete Atanasius. »Ich habe es zufällig gehört, als ich an seiner Klause vorbei kam, um den Abort aufzusuchen.«

»Sehen Sie einmal hier!«, sagte Pater Rufus. Er stand auf und ging zu einem kleinen Schrank. Dort zog er eine Schublade auf und holte eine kleine Peitsche mit Lederriemen hervor. »Die habe ich heute Morgen neben seinem Bett gefunden. Philipus lag mit blutendem Rücken ohnmächtig auf dem Zellenboden.«

Pater Atanasius nahm die Peitsche an sich und betrachtete sie. Dann schüttelte er nachdenklich den Kopf. »Wissen Sie, was ihn so quält, dass er sich dieser Tortur unterzieht?«, fragte der junge Medicus.

Atanasius hob die Schultern. »Ich weiß nur, dass eine Veränderung in ihm vorgegangen ist, seit er von seiner Ermittlungsreise aus der Eifel zurückgekehrt ist.«

»Ist es wahr, dass er dort eine als Hexe angeklagte Frau vor dem Feuertod gerettet hat?«, fragte der Hospitalvorsteher und verschloss die Peitsche wieder in der Schublade.

»Davon habe ich auch gehört«, antwortete Atanasius.

»Aber das ist doch eigentlich ein erfreuliches Ereignis.«

»Da haben Sie recht, guter Rufus. Das ist mehr als seltsam. Darüber würde ich mich gerne einmal mit ihm unterhalten.«

»Tun Sie das!«, erwiderte der junge Mönch. Er wollte diesen seelsorgerlichen Dienst lieber einem älteren Mitbruder überlassen.

Als Atanasius in der Tür stand, drehte er sich noch einmal um und sagte: »Ich finde es anständig von Ihnen, dass Sie Prior Hubertus noch nicht über Philipus' Problem unterrichtet haben.«

»Ich verehre ihn sehr«, antwortete Rufus. »Philipus ist ein wunderbarer Mensch. Ich wollte ihm Unannehmlichkeiten ersparen.«

Atanasius nickte dankbar. Dann verließ er den Raum.

Der alte Mönch war überrascht, als er den Krankensaal betrat. Nicht nur, dass Pater Philipus der einzige Kranke auf der Station war, sondern er fand ihn dazu auch noch auf der Bettkante sitzend vor. Da Philipus mit dem Rücken zur Eingangstür saß, hatte er das Eintreten des alten Mönchs nicht bemerkt. Als sich Atanasius dem Kranken näherte, sah er deutlich den nässenden Verband auf dem gekrümmten Rücken des Verletzten.

»Pater Philipus!«, rief der alte Pater leise. Langsam drehte dieser seinen Kopf. Als Athanasius die ausgemergelten Gesichtszüge seines Mitbruders erkannte, erschrak er.

»Lieber Atanasius«, empfing ihn Philipus mit matter Stimme und bemühte sich um ein Lächeln. »Was führt Sie hierher?«

Der alte Besucher setzte sich auf das gegenüberliegende Bett und betrachtete sein Gegenüber. »Ich wollte sehen, wie es Ihnen geht!«, sagte er bedächtig.

Philipus lächelte erneut und nickte langsam.

Atanasius räusperte sich. »Lieber Bruder, ich bin in dieser Nacht an Ihrer Zelle vorbeigekommen und habe gehört, was darin vorging.«

Philipus hob den Kopf und schaute ihn an.

»Ich mache mir große Sorgen um Sie!«

»Das müssen Sie nicht mehr!«, antwortete Philipus. »Seit dieser Nacht bin ich mit mir und unserem Herrgott im Reinen! Rheinbach mit seinen Versuchungen und seinem Hexenwahn ist weit weg.«

Die Art und Weise, wie der Mönch dies sagte, und sein ruhevoller und ausgeglichener Gesichtsausdruck verrieten Atanasius, dass sein Mitbruder die Wahrheit gesprochen hatte. Außerdem wusste er, dass er jetzt besser war, keine Fragen mehr zu stellen und den Kranken in Frieden zu lassen. »Da fällt mir aber ein Stein vom Herzen«, entgegnete er und stand auf. Noch einmal strich er seinem Mitbruder über die Hand. »Ich hoffe, der Herr begleitet Sie auf all Ihren Wegen. Ich bete für Sie.«

»Danke, Bruder«, sagte Philipus. »Darauf setze ich mein ganzes Vertrauen.«

Als Pater Atanasius den Raum verließ, war er sich sicher, dass es keinen Grund mehr gab, Prior Hubertus in diese Geschichte einzuweihen, die ohnehin bald vergessen sein würde.

Noch viele Jahre später wurde in Rheinbach erzählt, dass die Wirtin Appolonia Simons von einem Tag auf den anderen aus Rheinbach verschwand. Die Legende berichtet weiter, dass ein Mönch aus Köln auf einer Schimmelstute sie und ihre Kinder abgeholt hätte, zusammen mit dem Knecht des damaligen Pfarrers. Den Rest ihres Lebens hätten sie im Herzogtum Bayern verbracht – so war es von Reisenden aus dem Süden zu erfahren. Von dort kam auch die Kunde, dass ein früherer Geistlicher aus dem Rheinland Zeit seines Lebens erfolgreich gegen die dort stattfindenden Hexenverfolgungen zu Felde gezogen war.

»Nadelprobe« (oben) und »Verbrennungshütte« (unten) aus Hermann Löhers »Wehmütiger Klage« (siehe Seite 251)

»Zeugenaussagen« (oben) und »Richtertisch, dahinter Fürsten und Kleriker« (unten) aus Hermann Löhers »Wehmütiger Klage« (siehe Seite 251)

Nachwort

Schon als Kind übte der Hexenturm in Rheinbach eine beklemmende Faszination auf mich aus. Später wurde ich wieder mit diesem düsteren Kapitel meiner Heimatstadt konfrontiert, als ich mich für ihre Geschichte zu interessieren begann. Damals fiel mir das Buch »Die Rheinbacher Hexe« (1881)* des Rheinbacher Gymnasiallehrers Wilhelm Hermann Disselbeck in die Hand, der in seinem Roman unter dem Pseudonym Cl. Wüller die Geschehnisse der Hexenverfolgungen in Rheinbach von 1631 bis 1636 beschreibt. Seine Quelle ist der Augenzeugenbericht des Rheinbacher Schöffen Hermann Löher, der vor dem Hexenwahn nach Amsterdam flüchtete. Dort im Exil schrieb er das Erlebte unter dem (hier verkürzten) Titel »Wehmütige Klage der frommen Unschuldigen«** (1676 gedruckt) nieder.

Die Handlung meines Romans, die sich achtzehn Jahre später abspielt, knüpft an die letzte Hexenprozesswelle des Jahres 1636 an, ist aber rein fiktiv. In einigen Szenen, wie der der Ankunft des Hexenkommissars in Rheinbach, des anschließenden Banketts im Rathaus und der Beschreibung des Scheiterhaufens, habe ich mich eng an die Vorlage meiner Vorgänger gehalten.

Bemerkenswert erschien mir, dass die Hexenverfolgungen im Laufe des siebzehnten Jahrhunderts nicht nur in Rheinbach, sondern auch im gesamten Kurfürstentum Köln nachließen. Dies war sowohl kritischen Stellungnahmen weltlicher und religiöser Autoren als auch dem Aufkommen aufklärerischen Gedankenguts zu verdanken. Das Zusammenprallen der mittelalterlich präg-

* 1981 in Rheinbach wiederveröffentlicht unter dem Titel »Die Rheinbacher Hexe. Die Holländer in Rheinbach. Zwei historische Erzählungen«, herausgegeben von Willi Berg mit Illustrationen von Franz Josef Feuser.

** http://www.zeitenblicke.de/2002/01/becker/becker.html.

ten, abergläubischen Überzeugungen der Bevölkerung mit dieser neuen Geisteshaltung ist ein zentrales Thema meines Romans.

Heute stehen wir aufgeklärte Menschen der Zeit der Hexenhatz fassungslos gegenüber. Auch ich habe mich immer wieder gefragt, wie solch grausamen Exzesse – bar jeder Vernunft und gegen jedes logische Denken – möglich waren. Doch sollten wir nicht zu hart mit unseren Vorfahren ins Gericht gehen. Die Geschehnisse sind nur aus der Vorstellungswelt der damaligen Zeit erklärlich. Bei der Beurteilung dieser Epoche sollten wir Lebensgefühl, Sehnsüchte und Ängste der Menschen jener Zeit wie auch ihr ständiges Suchen nach Gottes Plan und drückende eschatologische Fragen berücksichtigen.

Am 11. Juni 2012 wurden die Opfer der Hexenverfolgungen in Rheinbach während einer Gedenkstunde durch den Stadtrat rehabilitiert. Die dazu auf der Homepage der Stadt veröffentlichte Erklärung lautet: »Im 16. und 17. Jahrhundert wurden Menschen auf dem Gebiet, das heute die Stadt Rheinbach bildet, als Hexen oder Zauberer verfolgt. Den unrühmlichen Höhepunkt bildeten die Vorgänge zwischen 1631 und 1637, bei denen nach Angaben des Augenzeugen Hermann Löher rund 130 Frauen und Männer aus Rheinbach, Flerzheim und Meckenheim gefoltert und auf dem Scheiterhaufen verbrannt wurden. Der Rat der Stadt Rheinbach bedauert, dass unschuldige Frauen und Männer aus unserer Stadt als Hexen und Zauberer denunziert, gefoltert, durch die Folter getötet oder schließlich hingerichtet wurden. Der Rat der Stadt Rheinbach stellt fest, dass die Anwendung der Folter und der Vollzug der Todesstrafe aus heutiger Sicht Unrecht waren und sind.«

Viele mittelalterliche Bauwerke, die in meinem Roman angeführt werden, sind auch heute noch in meiner Heimatstadt zu besichtigen. Interessenten empfehle ich daher die regelmäßig stattfindenden Führungen des Eifel- und Heimatvereins Rheinbach, die sich auch der Thematik der Hexenverfolgungszeit in Rheinbach annehmen.

Folgenden geschätzten Herren, die zum Gelingen des Buches beigetragen haben, möchte ich danken: *Dietmar Pertz*, dem Leiter des Stadtarchivs Rheinbach, und *Dr. Thomas Becker*, dem Leiter des Archivs der Universität Bonn, für wertvolle Informationen über die Stadt Rheinbach im 17. Jahrhundert; *OStD Paul-Georg Neft*, dem Schulleiter des St. Michael-Gymnasiums in Bad Münstereifel (in Verbindung mit der dortigen Stadtverwaltung), für die freundlich gewährte Abdruckerlaubnis für die Abbildungen aus Hermann Löhers »Wehmütiger Klage (...)« und schließlich meinem Verleger *Winrich C.-W. Clasen* für seine Freundlichkeit und Sorgfalt, mit der er Lektorat und Korrektorat meines Romans durchgeführt und die Herstellung des Buches begleitet hat.

Ein weiterer Dank gilt auch dieses Mal wieder meiner Frau Ruth und meinen Töchtern Susanne und Jennifer für manch wertvolle Korrektur, Lob und Tadel.

Rheinbach, im Februar 2014

»Von atmosphärischer Dichte und Poesie« (amazon.de)

Gabriele Hamburger
Vanitas. Historischer Kriminalroman

13,5 × 21 cm, 710 Seiten, Broschur; ISBN 978-3-87062-130-8

Nachkriegszeit in Deutschland – nach 30 Jahren Mord, Hunger und Verwüstung. Auch in Kurköln wird der im Oktober 1648 geschlossene Westfälische Friede gefeiert. So lädt Herr Sechem von Merhoffen zu einem Friedensbankett ein. Sein Gast, Carl Caspar von der Leyen, vertraut ihm den Plan eines Feldzugs an, den das Trierer Domkapitel gegen seinen Kurfürsten wegen dessen Rechtsbrüche führen will. Auch die ausgeplünderten Bauern von Friesdorf wollen Gerechtigkeit und überfallen zwei Soldaten im nächtlichen Wald. Einer entkommt verletzt. Christoph Salentin, Sohn des Herrn von Merhoffen, nimmt sich seiner an. Damit bringt er sich wie seinen Vater in Lebensgefahr.

»Exzellent recherchiert« (amazon.de)

Gabriele Hamburger
Exitus. Historische Kriminalgeschichte

13,5 × 21 cm, 312 Seiten, Broschur; ISBN 978-3-87062-147-6

Ein verschlüsselter Brief und das Verschwinden seines Sohnes reißen 1673 Christoph Salentin Sechem von Merhoffen aus seinem beschaulichen Landleben. Unter Lebensgefahr versucht er mit ungewöhnlichen Mitteln, die von kaiserlichen, spanischen und holländischen Truppen belagerte Residenzstadt Bonn vor dem Exitus zu retten, ohne zu wissen, dass er bald selbst eine Figur in einem Kriminalfall sein wird, der 1674 Europa bestürzte.